KB082012

영주(조
탁군(천경)
정양
임유관
태원
돈황
낙주
배
동래군(내주)
제군(제주)
북해군(청주)
항돈장성
개봉
나양
대흥(상안)
당
항주

요동성

비사성(대련)

장안성(평양)

원산

남포

달 국

부소갑(개성)

익현현(속초)

칠중성(파주)

만노군(진천)

당성(화성)

국원성(충주)

웅진성(공주)

중천성(부여)

서라벌(경주)

기벌포(장항)

월나(영암)

이도성

대마도(두섬)

탐라

국지성

시의 나라

신의 나라
신영진 장편소설 ⑤

초판 인쇄 | 2012년 12월 27일
초판 발행 | 2013년 01월 01일

지은이 | 신영진
펴낸이 | 신현운
펴낸곳 | 연인M&B
기 획 | 여인화
디자인 | 이희정
마케팅 | 박한동
등 록 | 2000년 3월 7일 제2-3037호
주 소 | 143-874 서울특별시 광진구 자양로 56(자양동 680-25) 2층
전 화 | (02)455-3987 팩스 | (02)3437-5975
홈주소 | www.yeoninmb.co.kr
이메일 | yeonin7@hanmail.net

값 13,000원

ISBN 978-89-6253-127-5 04810
ISBN 978-89-6253-122-0 04810(전5권)

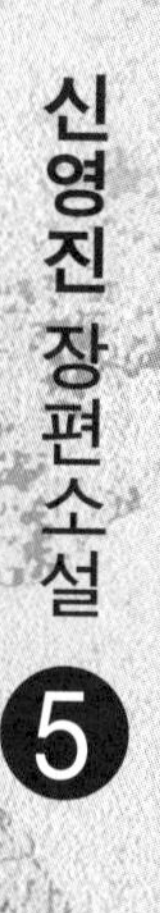

신의 나라

대제국

백성을 보호하지 못하는 나라는 나라가 아니다…
참으로 명언 중에 명언이외다.

대제국

소신은 걱정해 본 적이 없소이다.
백성들을 잘살게 하는 것이 땅을 넓히는 것보다 더 중요하다는
태황제 폐하의 말씀만 염두에 두고 있을 뿐이외다.

연인M&B

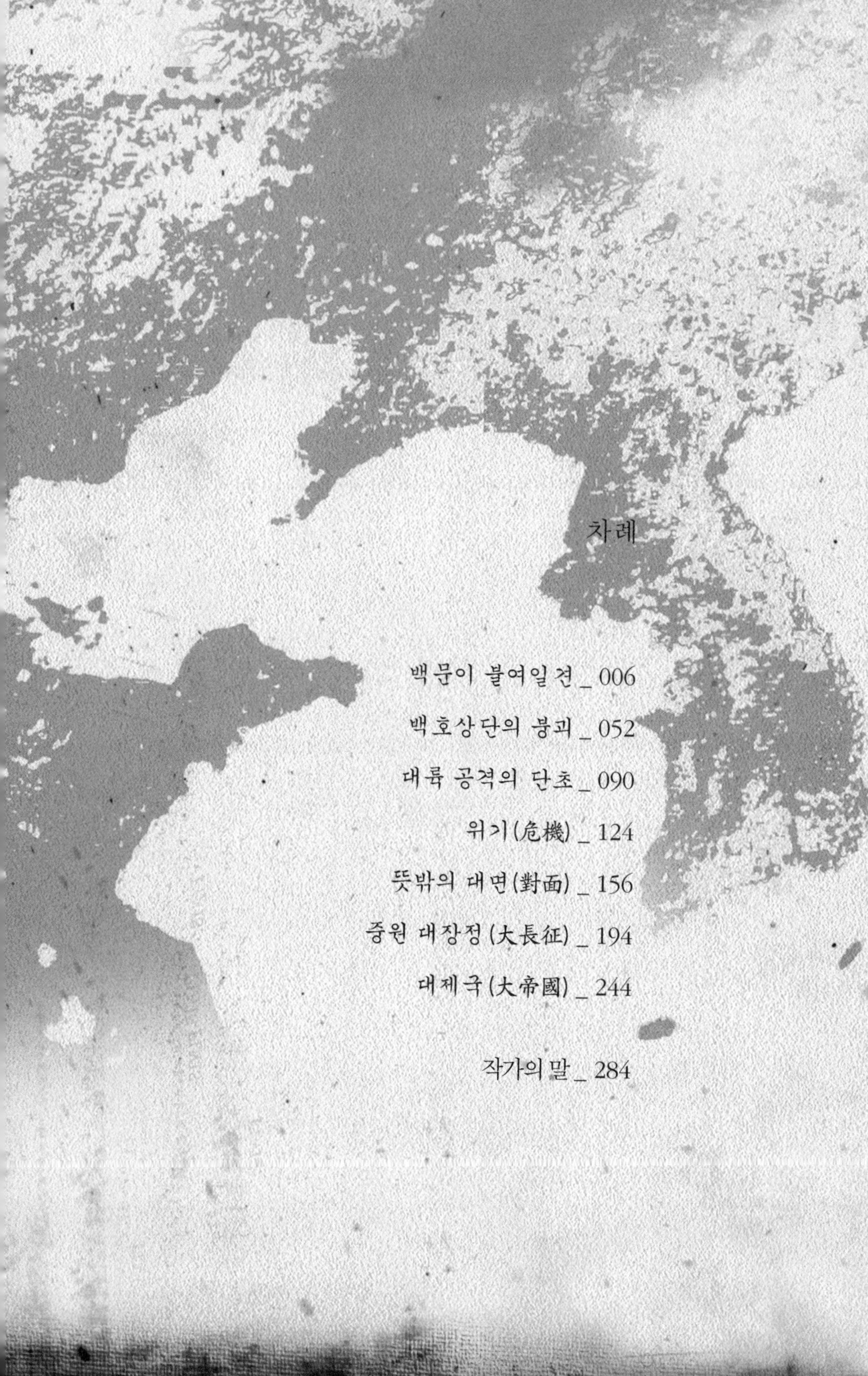

차례

백문이 불여일견

고구려 국정을 논하는 장안성의 조당(朝堂)에서는 다른 날과 달리 이른 시간에 조회가 열렸다. 와병 중인 태왕의 빈 옥좌 앞에 놓인 또 하나의 금빛 의자에는 대행왕인 고건무가 막 들어와 앉고 있었다. 자세를 가다듬은 그는 좌우에 늘어서 있는 신료들을 향해 입을 열었다.

"모두 들으시오. 다들 아시겠지만, 팔월 보름인 오늘은 배달국 사신단이 오기로 한 날이오. 본관은 그분들을 맞이할 준비와 요구했던 사항들이 차질 없이 준비가 되었는지 확인하기 위해 일찍 경들을 모이게 한 것이오."

대행왕인 고건무의 말이 끝나자, 신료들의 수장인 고식이 한 발 앞으로 나와 침중한 표정으로 입을 열었다.

"각하! 벌써 시간이 진시(辰時: 7~9시)가 되었는데, 여태껏 그들이 국경을 넘었다는 연락도 없었고, 오고 있는 기척도 없는데 과연 오기나 하는 건지 의문이 아닐 수 없사옵니다."

고건무 역시도 불안한 마음이 전혀 없는 것은 아니었지만, 배달국에서 오겠다는 약조를 어기리라고는 생각지 않았기 때문에 분명하게 대꾸를 했다.

"그 점은 대대로께서 크게 염려하지 않아도 될 것이요. 말로 한 것도 아니고, 항차 국서로 약조한 일을 배달국에서 어길 리가 없소. 그보다 사신을 맞을 준비나 제대로 됐는지, 그것부터 먼저 말씀해 보시오."

고건무의 말에 머쓱해진 고식은 할 말이 궁했는지, 백성들에게서 거둬들이는 세곡에 대해서 말을 꺼냈다.

"각하, 백성들이 부담해야 하는 세곡을 깎아 주고, 그 공을 배달국으로 돌리기로 했던 일은 큰 효과가 있는 것 같사옵니다. 수나라와 전쟁으로 힘들던 백성들이 모두 크게 기뻐하고 있사옵니다."

"그거야 이미 지난번에 본관에게 고했던 일이잖소? 오늘은 그보다 배달국 사신단을 맞는 일이 더 급하니, 그런 일은 다음에 다시 논하시오."

고건무가 시큰둥하게 대꾸를 하면서 속으로는 대대로라는 자가 저토록 상황 파악을 못하나 싶은 생각에 혀를 찼다.

그는 고식을 썩 탐탁지 않게 여기고 있었다. 그나마 그를 내치지 않는 것은 동생인 고대양 편에 서지 않고 중립에 섰다가 자신이 대행왕이 되도록 힘써 준 공을 생각해서였다.

실상 대대로인 연태조가 죽고 나자, 모두들 후임에는 울절인 강이식이 대대로에 오를 거라고 생각했다. 하지만 영양태왕은 고식의 나이가 강이식보다 많다는 이유를 들어 그를 대대로에 올려 앉혔던 것이다. 영양태왕의 입장에서는 중신들의 대표인 그 자리에 강직한 강이식을 앉히기보다는 매사에 우유부단하고 두루뭉술한 그가 더 적격이라고 생각했는지도 모를 일이었다.

머쓱해진 순간을 넘겨 보려고 다른 말을 꺼냈던 고식은 면박이라고까지는 할 수 없지만 탐탁해하지 않는 고건무의 대답을 듣고는 시무룩해져서 자리로 돌아갔다.

이번에는 강이식이 한 발 앞으로 나와 고했다.

"각하, 소장이 맡은 소임은 각 성의 성주들을 소집해서 병장기 사격 시범을 참관케 하는 일이옵니다. 이미 압록수 이북의 성주들 중에 처려근지 이상이 어젯밤까지 모두 도착하였사옵니다."

"강 울절께서 수고가 크셨소이다. 그런데 그들은 지금 어디에 있소?"

"예, 각하. 그들 대부분이 성내에 연고가 있기 때문에 각자 그곳에서 머물고 있사오나, 행사를 알리는 북이 울리면 행사장으로 나올 것이옵니다."

"알겠소. 그럼, 다른 분 말씀해 보시오."

강이식이 자리로 들어가자, 이번에는 연개소문이 한 발 앞으로 나왔다.

"각하, 소관 동부대인 겸 주부 연개소문 고하옵니다. 소관이 맡은 일은 배달국에서 요구한 병장기 사격장의 설치이옵니다. 병장기 사격을 실시할 장소인 창광산 기슭에 목판 과녁을 원하는 숫자대로 세워 놨사오며, 사격장 둘레에는 깃발을 꽂아 알아보기 쉽도록 하였사옵니다."

"잘하셨소. 다른 분 말씀하시오."

이번에는 고정의가 머뭇거리며 한 발 앞으로 나왔다.

"각하, 조의두대형 고정의 고하옵니다. 소관은 성안 백성과 인근 고을 백성들이 병장기 사격 시범을 볼 수 있도록 널리 알리는 소임을 깔축없이* 행하였사옵니다. 하오나 예상 밖으로 백성들이 관심이 커서인지 구경하기 위해 입성한 백성들의 숫자가 너무 많아 오히려 골치가 아플 지경이옵니다."

고정의의 보고를 듣는 고건무는 속으로 '흠, 고정의에게 일을 맡기기를 잘한 것 같군.' 하고 생각하면서 부드럽게 대꾸를 해 주었다.

"오! 조의두대형이신 고정의 공께서 노고가 크셨소. 백성들이야 오늘 행사가 끝나면 돌아갈 터인즉, 크게 걱정하지 않아도 될 일이요."

"알겠사옵니다."

공손히 대답하고 물러나는 고정의는 지난달까지만 해도 대행왕인 고건무의 국사 처리에 늘 불만을 나타내며 사사건건 반기를 들던 자였다. 그는 원래 고건무가 아닌 고대양이 대행왕이나 태왕이 되기를 바라던 무리 중에 하나였는데, 강이식과 배달국에서 돌아온 연개소문의 강력한 지지를 받은 고건무가 대행왕이 되자 불만이 이만저만이 아니었다.

그 후부터 고대양을 지지하던 무리들은 고건무의 국정 수행에 딴

* 깔축없이: 조금도 부족하거나 버릴 것이 없이.

죽을 걸어 대며 조정을 들쑤셔 놓기가 일쑤였다. 이런 꼴을 보다 못한 연개소문은 수하들인 추정국과 소부손을 시켜 은밀히 그들 무리를 하나씩 제거해 나갔다. 물론 그들 역시 강이식이나 연개소문에 의해 동료들이 목숨을 잃고 있다는 것을 눈치챘다.

그렇지만 교묘히 사고를 위장하는 바람에 명확한 증거도 없는데다가 그렇다고 살기 위해서 반란을 일으켜 보려 해도, 이미 군사권을 장악하고 있는 그들에게 대항할 만한 군사가 없었다. 그러니 기껏 국사를 논하는 조당에서나 불만을 토로하는 수밖에는 딴 방법이 없었던 것이다.

결국 그렇게 되어 고대양을 따르던 무리들이 거의 제거되고 마지막 남은 고위직이 고정의였지만, 연개소문도 그만은 손을 대지 않았다. 이유는 배달국을 떠나올 때, 태황제가 추정국, 소부손, 고정의에게 관심이 크다는 말을 강철에게서 들었기 때문이었다. 그렇지만 조당에서 늘 반대만 일삼는 그를 두고 볼 수만은 없어서 지난달에 강이식이 그를 만나 담판을 지었던 것이다.

강이식의 말에 의하면 처음에는 게거품을 물고 대들며 완강히 협조를 거부하던 그에게 마지막으로 배달국 태황제께서 거론하신 인물 중에 장군의 이름이 들어 있어서 여태껏 목숨을 붙여 놓은 것이라는 말을 듣고 나서야 태도가 달라지기 시작하더라는 것이다. 이런 이후부터는 고정의가 조당을 시끄럽게 만드는 일이 사라졌고, 고건무도 차별 없이 그에게 나랏일을 맡기면서 오늘처럼 부드러운 분위기가 이루어지게 된 것이다.

보고를 마친 고정의가 자리로 들어가는 것을 확인한 고건무가 다시 조신들을 내려다보았다.

이번에는 외교를 총괄하고 있는 약덕이 나섰다.

"각하, 사신단 인원이 너무 많아 사신관(使臣館)만으로는 비좁기 때문에 별도로 사신관 옆에 있는 건물들을 비워 사신들이 묵을 수 있도록 준비를 마쳤사옵니다."

"잘 하셨소."

"자! 말씀들을 듣고 보니 웬만큼 준비는 끝난 것 같소만, 혹시 빠진 것이 있으면 말씀해 보시오."

이때 밖으로부터 주부에 소속된 관원이 들어와 다급한 목소리로 고했다.

"대행왕 각하! 이상한 물체가 도성 하늘에 나타났사옵니다!"

관원의 보고를 들은 고건무도 벌떡 자리에서 일어나며 외쳤다.

"아! 비조기가 온 모양이요. 더 이상 하실 말씀이 없으신 것 같으니, 조회를 끝내겠소. 어서들 나가 봅시다."

"예!"

조당 안은 갑자기 부산스러워졌다. 고건무가 서둘러 대행왕좌가 있는 계단을 내려와 조당을 나서자, 역시 눈에 익은 비조기가 큰 물체 하나를 매달고 중성 마당에 착륙하는 것이 보였다.

궁궐이 있는 내성에서 병장기 시범을 보일 창광산까지는 오 리(五里) 길이었기 때문에 이미 밖에는 말이 준비되어 있었다. 고건무는 신료들과 함께 말을 타고 내성과 중성을 연결하는 정해문을 지나서 비조기가 착륙하고 있던 장소에 도착했다.

그곳에는 이미 배달국에서나 보던 깃발들이 나부끼고 있었고, 주위에는 특전군들이 부지런히 움직이고 있었다. 그때 말에서 내리고 있는 고구려 신료들을 보았는지 특전군들을 지휘하고 있던 낯익은 얼굴이 그들을 향해 걸어오면서 인사를 했다. 고구려 신료들 중에 뉘라서 그를 몰라 보겠는가?

을지문덕!

"하하하! 왕제 공, 그동안 별고 없으셨소이까?"

고건무가 마주 걸어가서 수인사를 했다.

"하하! 어서 오시오, 을지문덕 공! 오랜만입니다."

"정말 오랜만에 뵙는구려."

인사를 나누고 난 을지문덕은 고건무 옆에 있던 강이식을 발견하고는 반색을 했다.

"아이쿠! 강 장군, 잘 지내셨소? 정말 뵙고 싶었소이다."

강이식이 너무 반가운지 눈시울을 붉히며 마주 인사를 했다.

"대장군을 오랜만에 뵈오니 감개가 무량하외다. 먼발치로 소식은 듣고 있었습니다만, 고구려 도성에서 뵐 수 있으리라고는 생각도 못 했소이다."

"하하하! 피차일반이요. 그런데 본장이 우선 소개해 드릴 분들이 계시오."

하더니 홍룡군포 차림으로 멀찍이 서 있던 조영호와 이일구에게 다가가 무슨 말인가 나누고는 함께 고건무가 있는 곳으로 왔다.

"하하! 오랜만입니다, 고건무 공! 본장을 기억하시겠소?"

"그럼요! 기억하다마다요. 천족장군이신 조영호 장군과 이일구 장군을 미처 알아뵙지 못했으니 큰 결례를 했습니다."

"하하하! 오랜만에 을지문덕 장군을 뵈어서 그러시겠지요."

특전군사령인 조영호가 가볍게 응수를 했다.

고구려 조정 신료들은 그동안 고구려에 파견되어 있던 한글 강사들에게 한글을 배웠기 때문에 서로 간의 대화에는 통역이 필요 없었다.

을지문덕은 조영호와 이일구를 일일이 고구려 신료들에게 소개를 시키면서 인사를 나누다가 연개소문과 맞닥뜨리게 되자, 흐뭇한 미소를 머금은 채 자연스럽게 그의 어깨를 두 손으로 잡으면서 입을 열었다.

"자네가 고구려 백성들을 살렸네. 고맙네!"

지금 고구려 내에서는 감히 동부대인 겸 내장관인 연개소문의 어깨를 잡고 말을 할 수 있는 사람은 아무도 없었다. 그러나 연개소문은 전혀 개의치 않고 순한 양처럼 을지문덕에게 마주 미소를 지으며 대꾸를 했다.

"모두 대장군의 가르침과 도움 덕분이옵니다. 소장이 한 일이라고는 대장군의 가르침을 따랐다는 것뿐이옵니다."

연개소문이 겸양하는 말로 자신에게 공을 돌리자, 을지문덕이 농을 섞어 가며 대꾸를 했다.

"하하하! 그렇게 말해 주니 고맙네. 어이쿠! 반가운 마음에 그만 동부대인 어른의 어깨를 잡다니 본장이 결례를 했구먼, 하하하!"

그 말에 연개소문은 가볍게 웃음으로 넘기며, 조영호와 이일구를 향해 군례를 올리며 정중하게 인사말을 건넸다.

"조영호 사령관님과 우수기 사령관님께서도 그동안 안녕하셨습니까? 소장이 오래간만에 두 분을 뵙습니다."

연개소문의 군례에 이일구와 조영호가 마주 군례로 답했다.

"연개소문 중령, 그동안 잘 있었소? 본장도 오랜만에 귀장을 보니 반갑소."

"연 중령, 오랜만이요."

연개소문과 양만춘은 배달국에 가 있는 동안 군사 훈련을 받았다. 그때 조영호와 이일구도 교관을 맡아 훈련을 지도했기 때문에 연개소문이 그들을 깍듯하게 대하는 것은 당연했다. 또한 훈련을 끝내고 배달국을 떠나오면서 받은 계급이 연개소문은 육군 중령이었고, 양만춘은 육군 소령이었기 때문에 그들은 자연스럽게 연개소문의 계급을 불러 주고 있는 것이다.

고구려 신료들은 옛 전우이며 동료인 을지문덕의 호방한 웃음소리를 다시 듣게 되자, 얼굴에는 저절로 미소가 번졌다. 서로 간에 인사를 나누고 나자, 을지문덕은 다시 고건무에게 다가갔다.

"왕제 공, 지금 총리대신 각하와 배달국의 여러 장수들께서 패강(浿江)* 앞바다에 와 계시오. 어느 분이 본장과 함께 가서 모셔 와야 할 것 같소만……."

고건무가 아리송한 표정으로 물었다.

"아니? 그분들이 어찌서 패강 앞바다에 계신다는 말씀입니까?"

"하하하! 실은 큰 군선을 타고 와서 그렇소이다."

그래도 납득이 가지 않는 표정으로 곁에 서 있는 강이식에게 고개를 돌리며 말했다.

---

* 패강(浿江): 대동강의 고구려 때의 이름.

“무슨 영문인지는 모르겠지만, 누군가 가서 맞이해야 되지 않겠소?”

“당연하신 말씀이옵니다.”

고건무가 강이식에게 묻는 모습을 지켜보던 을지문덕이 빙그레 웃으며 자신의 생각을 말했다.

“본장 생각에는 강이식 장군과 연개소문 대인이 가시면 어떨까 하외다. 그 외에도 가시고 싶은 분이 있으시면 한 분쯤 더 가셔도 무방하오.”

“그렇다면 강이식 공과 연개소문 공, 고정의 공이 다녀오도록 하시오.”

이렇게 되어 이곳에는 조영호가 남아 행사 준비를 하기로 했고, 을지문덕은 세 사람을 데리고 이일구가 조종하는 비조기에 올랐다.

비조기는 서서히 이륙을 해서 군함이 있는 대동강 하구로 향했다. 연개소문이야 비조기를 타 봤었기 때문에 별다른 놀라움은 없었지만, 처음 탑승한 강이식과 고정의는 당연히 얼이 빠져 있었다. 을지문덕은 그들의 모습을 보면서 말없이 미소만 짓고 있었다.

10여 분 남짓해서 육지에서 멀리 떨어진 바다 위에 배가 보였다. 현대에는 대동강 하구에 남포항이라는 큰 항구가 있지만, 이 시대에는 근처에 작은 어촌밖에 없어서 군함은 바닷물 위에 정지 상태로 떠 있는 중이었다.

군함 가까이 접근한 비조기는 위치를 잡더니 조심스럽게 착륙을 시작했다. 원래 이일구는 현대에서도 구축함에 탑재된 헬기를 조정하는 조종사였었기 때문에 함선 위에 착륙시키는 데는 누구보다도 노련했다.

비조기가 완전히 착륙하자, 을지문덕을 따라 비조기에서 내린 세 사람은 그때서야 정신을 차리고 주변을 둘러보았다. 그러고는 또다시 벌어진 입을 다물지 못하고 있었다.

'이 어마어마한 것이 과연 군선이란 말인가!'

그들이 정신을 차릴 겨를이 없이 놀라고 있을 때, 홍룡포 차림의 강철과 홍룡군포 차림의 홍석훈, 박영주, 민진식 등과 푸른색 군복 차림의 배달국 장수들이 그들을 반갑게 맞이했다.

"세 분, 어서 오시오."

"……?"

강이식과 고정의는 그들에게 어떻게 예를 표해야 하는지 몰랐기 때문에 어리둥절하고 있을 때, 연개소문이 강철을 향해 주먹 쥔 팔을 가슴에 대는 군례를 올리며 인사말을 했다.

"각하! 소장 배달국 육군 중령 겸 고구려 동부대인 연개소문, 총리대신 각하께 인사를 올립니다."

연개소문은 부하가 자신의 상관을 대하듯이 강철에게 깍듯이 예를 표했다.

"하하하! 연개소문 중령, 그동안 잘 있었소?"

"옛, 각하!"

"못 본 동안 더 늠름해진 것 같구려."

인사를 끝낸 그는 고구려 장수들인 강이식과 고정의를 강철에게 소개했고, 그들은 연개소문이 했던 대로 정중하게 군례를 올렸다.

"배달국 총리대신 각하, 소장 강이식 인사드리옵니다. 그동안 각하에 대해서는 말씀을 많이 들었습니다."

강철은 을지문덕과 비견될 만한 강이식 장군을 만나 보게 되자, 왠지 모를 설렘과 격정이 일어 자신도 모르게 다가간 그는 강이식을 가슴에 안았다.

원래 첫 대면에서 이런 행동을 보인다는 것은 큰 결례였지만, 당사자인 강이식은 물론 그 자리에 있는 다른 사람들 눈에는 전혀 이상하게 보이지 않았다.

"반갑소, 강이식 장군! 본관도 하늘에 있을 때부터 강 장군에 대해 잘 알고 있었소. 특히 지난 이십여 년 전에 임유관을 돌파해 수나라를 떨게 했던 장군의 위엄과 혁혁한 무훈에 대해서도 잘 알고 있소."

강철이 자신을 힘차게 껴안자, 강이식은 감격으로 가슴이 진탕되어 왔다. 두 사람이 나이 차이는 많았지만 이미 배달국의 위엄을 등에 업은 강철의 권위는 나이를 따질 계제가 아니었다.

"과찬이십니다. 소장은 장수로서 할 일을 했을 뿐인데, 그렇게까지 극찬을 하시니 부끄럽습니다."

"하하하! 아니요. 기회가 되면 언제 장군의 무용담을 자세히 듣고 싶소."

"알겠습니다."

강철이 안았던 팔을 풀면서 이번에는 경직돼 있는 고정의를 쳐다보았다.

"소장 고정의, 배달국 총리대신 각하께 예를 올립니다."

"하하! 고정의 장군, 반갑소. 본관은 장군에 대해서도 나라에 큰일을 해낼 분이라는 것을 잘 알고 있소."

"감사합니다."

강철은 좌중을 돌아보면서 입을 열었다.

"자자! 갑판에서 이럴 것이 아니라 우선 들어가서 인사도 마저 나누시고, 잠시 대화도 하십시다."

그 말에 곁에 있던 박영주가 강철을 향해 제안을 했다.

"각하, 작전실로 안내하겠습니다."

"그러십시다. 아! 잠시!"

"……?"

다른 사람들이 왜 그러나 하고 궁금해할 때, 강철은 구석에 서 있던 김유신과 설계두를 가까이 오라고 손짓으로 불렀다.

"이곳에 남아서 준비를 해야 하는 두 장수는 따로 소개해 드릴 시간이 없을 것 같아서 먼저 소개를 드리겠소. 이번 병장기 사격 시범을 실질적으로 지휘하는 육군 부장 김유신 소령과 특전군 부장 설계두 소령이요."

강철의 말이 끝나자, 두 사람은 고구려 장수들을 향해 군례를 올리며 씩씩하게 인사말을 했다.

"소장은 육군 부장인 김유신 소령입니다."

"소장은 특전군 부장인 소령 설계두입니다."

두 사람의 인사가 끝나고 일행들은 부함장인 박영주의 안내를 받아 군함에서 가장 넓은 방인 지하 1층의 작전 회의실로 들어갔다. 25평 정도 되는 방 안은 마치 교실처럼 책상과 의자들이 놓여 있고, 정면 벽에는 곱돌로 쓰는 칠판과 삼한 땅을 중심으로 왜국과 중원 대륙까지 그려진 대형 지도가 걸려 있었다.

강이식이나 고정의는 말할 것도 없고, 배달국에서 몇 달을 살다 온 연개소문조차도 이 배는 처음 보는 것이었기 때문에 모든 것이 놀랍고 신기할 뿐이었다. 각자 자리에 앉은 그들은 돌아가며 간단하게 서로 인사를 나누었다. 그나마 배달국 장수들에 대해 알고 있는 연개소문이 강철에게 조심스럽게 질문을 했다.

"각하, 소장이 배달국에 있을 때, 하늘에서 보낸 병선(兵船)이 올 거라는 말은 얼핏 들었지만 실제로는 처음 보는 것입니다. 아까 보니 갑판도 철로 만들어진 것 같았는데 그런 것입니까?"

"하하하! 그렇소. 연개소문 중령이 궁금한 것이 많은 모양인데 시간이 많지 않으니 우리 박영주 부함장에게 이 군선에 대해 간단한 설명을 듣도록 하시오. 그럼, 박 부함장! 부탁하오."

"옛!"

대답을 한 박영주는 설명을 시작했다.

이 배는 안팎이 모두 철로 만들어져 화살이나 불로 공격해도 끄덕없고, 1500명의 군사를 무난히 실을 수 있으며, 빠르기는 여기서 바다 건너편 중원 대륙까지 8시간이면 갈 수 있다고 설명했다.

설명을 듣던 강이식이 놀란 표정으로 조심스럽게 물었다.

"동래군(東萊郡)까지 팔 시진이라면 하루 정도면 간다는 말씀입니까?"

"……?"

박영주가 8시간이면 간다고 했는데, 강이식은 하루가 걸리느냐고 되묻고 있으니 박영주로서는 잠시 멍해졌다.

이때 한쪽 편에 앉아 설명을 듣고 있던 연자발이 상황을 눈치채고는 자리에서 일어났다. 그는 배달국에 망명하기 전엔 고구려에서 수군 장수를 했었기 때문에 수군에 대해 밝았다.

"강 장군, 그것이 아니오. 고구려에서 쓰고 있는 시간은 하루를 열두 등분해서 쓰는 십이시진법을 사용하지만, 우리 배달국에서 쓰고 있는 시간은 하루를 이십사 등분해서 쓰기 때문에 혼동하시는 것이요. 그러니 고구려에서 쓰는 시진으로 말하면 산동까지 네 시진이면 갈 수 있다는 말이요."

강이식이 놀랐는지 펄쩍 뛰듯이 자리에서 일어나면서 되물었다.

"네 시진이요?"

"그렇소! 더 이해하기 쉽게 말씀드리면, 고구려 도성 앞에 있는 패강나루에서 비사성까지 바람을 잘 탄다면 배로 보통 이틀이 걸리지 않았소? 그런데 이 군선으로는 삼 시진밖에는 안 걸린다는 말씀이요."

연자발의 설명을 들은 강이식은 의자에 털썩 주저앉으며 허파에 바람이 빠지는 소리를 냈다.

"허……!"

박영주가 아직도 설명이 남았는지 말을 이었다.

"한 가지 더 말씀드리면 원래는 계획이 없던 것이지만, 총리대신 각하께서 이 군함에 있는 병장기 중에 하나를 여러분께 보여 드리라는 명에 따라, 고구려 도성으로 출발하기 전에 간단히 시범을 보여드리겠소."

"……?"

박영주의 말이 끝나자, 이번에는 강철이 자리에서 일어섰다.

"본장은 여기에 오신 강이식 장군과 고정의 장군 그리고 연개소문 중령에게 말씀드릴 것이 두 가지가 있소."

말을 꺼낸 강철은 앞에 걸려 있는 지도 앞으로 걸어 나가 배달국과 고구려, 동쪽에 있는 왜국과 서북쪽에 있는 당나라의 위치를 자세히 설명했다. 그러고 나서 첫째로 요동반도의 끄트머리에 있는 비사성에 이런 큰 군함을 정박시킬 수 있는 나루터가 필요하다는 것과 요동 벌판에 있는 영주성을 하루빨리 공취해야 한다고 강조했다.

그 말이 끝나자, 강이식을 비롯한 세 사람은 가타부타 말이 없었다.

작전실 안은 갑자기 정적이 흘렀다.

"……?"

이때 역시 혈기가 왕성한 연개소문이 자리에서 일어나면서 질문을 던졌다.

"각하! 말씀하신 것 중에 비사성에 나루를 만드는 일은 크게 어렵지 않은 일이라고 생각합니다. 하오나, 영주를 공취하는 일은 쉽지 않을 것으로 판단합니다. 하여 소장은 어째서 그 성을 얻어야 하는지 이유를 알고 싶습니다."

"하하하! 가능하면 빨리 영주를 장악해 놔야만 새로 들어선 당나라가 도발하더라도 효과적으로 대처할 수 있기 때문에 말을 꺼낸 것이니, 부담은 갖지 마시기 바라오."

이어서 지금은 당나라가 새로 개국하는 와중이기 때문에 쉽게 그곳을 취할 수 있지만, 시간이 지나면 지날수록 그곳을 뺏기가 더 힘들어진다는 것과 그곳이 고구려 땅과 당나라 사이의 중간 길목이기 때문에 그곳을 얻어 당나라를 향한 군사 발진 기지로 삼아야 한다고 설명을 해 주었다. 그때서야 세 사람은 이해를 했는지 고개를 끄덕거렸다.

다시 연개소문이 무슨 말인가 말을 꺼내려고 하자, 강철이 손을 들어 제지를 하면서 말했다.

"시간이 많이 지나 다들 기다릴 것이요. 이 얘기는 병장기 사격 시범을 끝내고 나서 다시 논해 봅시다."

"예, 알겠습니다."

"자! 다들 나가십시다."

작전 회의실에 있던 장수들이 갑판으로 나오자, 기다리고 있던 김유신이 그들을 배달국 군사들이 모여 있는 곳으로 안내했다.

그러고는 강철에게 군례를 올리면서 보고를 했다.

"각하! 준비가 완료됐습니다. 목표물은 화포 정면 작은 돌섬입니다."

"김 소령! 그럼, 시작하시오."

"옛! 알겠습니다."

강철에게 군례를 올리고 뒤돌아선 김유신은 신기전 화포 앞에 서 있던 군사들을 향해 소리쳤다.

"정면 돌섬 중간 지점 조준!"

군사들이 급히 화포에 달린 재봉틀 손잡이처럼 생긴 조정 핸들을 돌리면서 위치를 맞췄다.

"신기전 장전!"

그 말이 떨어짐과 동시에 군사들이 중간에 화약통이 매달린 화살을 화포 구멍에 집어넣었다.

"점화! 발사!"

김유신의 연이은 구령에 맞춰 화약통에 매달린 심지에 불을 붙이자 '세액!' 소리를 내며, 30개의 화살이 2킬로미터쯤 떨어진 돌섬을 향해 작은 연기를 뿜으며 날아가서는 '쾅! 쾅!' 하는 폭음을 내며 명중했다.

그 모습을 본 강이식은 고개를 흔들며 혀를 내둘렀다. 도대체 무슨 병장기기에 저렇듯 경천동지할 성능을 보이는 것인지 도무지 짐작도 할 수가 없었다.

김유신이 강철에게 군례를 올리고 보고를 했다.

"신기전 서른 발 중 서른 발 명중! 이상입니다."

고개를 끄덕이는 것으로 대답을 대신한 강철은 강이식을 향해 말했다.

"지금까지 바다에서 군선끼리 싸울 경우를 여러분께 보여 드린 것이요. 잠깐 눈요기한 것으로 생각하시고, 이 병장기의 진정한 위력은 도성에서 보실 수가 있을 것이요. 자! 이제 그럼, 도성으로 가 보십시다."

배달국 장수들이야 당연하게 생각했지만, 강이식과 고정의는 속으로 단 1개의 화포에서 발사하는 화살도 저 정도의 성능을 보이는데, 하물며 병선 한쪽에 설치된 10대의 화포에서 한꺼번에 화살이 발사된다면 어느 정도일까 생각하니 간담이 서늘해지면서 등줄기에 소름까지 돋았다.

그들은 정신을 차릴 틈도 없이 배달국 장수들을 따라 비조기에 올랐다. 이륙한 비조기가 장안성을 향해 날고 있을 때 을지문덕은 강이식과 고정의의 표정을 힐끗 쳐다보았다. 처음 올 때와는 달리 한결 여유를 찾은 모습으로 그들은 가끔씩 창밖으로 지면을 내려다보곤 다시 생각에 잠기고 있었다.

비조기가 장안성의 마련된 행사장 마당에 도착했을 때는 시간이 벌써 오전 11시를 가리키고 있었다. 시계를 보던 강철이 비조기에서 내리면서 언뜻 주위를 살펴보니 적어도 3, 40만 명에 달하는 백성들이 운집해 있었다.

먼저 와 있던 조영호와 계백은 비조기에서 강철이 내리는 것을 발견하고는 급히 달려와 군례를 올리면서 보고를 했다.

"각하, 이곳의 준비는 요구한 대로 이상이 없었습니다."

"수고하셨소. 뙤약볕에 있는 백성들이 고생이 클 것이요. 가능하면 빨리 시작했으면 하오."

"예! 알겠습니다. 이번 비조기로 가져온 신기전 화포만 내리면 즉시 시작할 수 있습니다."

"알았소."

하고 막 대답을 끝냈는데, 어느새 옆에는 낯익은 얼굴이 지긋한 미소를 짓고 서 있다가 손을 모으고 깊숙이 고개를 숙여 인사를 했다.

"총리대신 각하! 오랜만에 뵙습니다. 그동안 안녕하셨습니까?"

고건무였다.

"아, 고건무 공 반갑소. 얼굴을 뵌 지 벌써 이 년이 다 돼 가는 것 같구려."

"그렇습니다. 먼 길을 마다하지 않으시고 이렇게 와 주셔서 감사합니다. 자! 일단 마련해 놓은 자리로 가셔서 우리 신료들의 인사를 받으시지요."

"하하하! 그러십시다."

고건무는 앞장서 걸으면서 햇볕을 가리는 커다란 차광막이 쳐진 곳으로 강철을 안내했다. 그러고는 그곳에 마련되어 있는 2개의 호화로운 의자 중에 더 크고 화려한 의자를 가리키며 앉기를 권했다.

강철은 순간적으로 망설여졌지만, 문득 천족장군들은 타국의 왕과 대등하다는 태황제의 말이 떠올라 사양하지 않고 자리에 앉았다. 고건무 역시 옆에 놓인 호화로운 의자에 앉고 나서는 대대로인 고식을 시작으로 강철 앞으로 오는 순서대로 고구려 신료들을 소개했다.

그들은 고건무의 소개가 끝나면 손을 모으고 깊숙이 허리를 굽히는 공수의 예를 취하거나 무장들은 한 다리만 굽히고 절을 하는 궤배(跪拜)를 했다.

1백여 명에 달하는 신료들의 인사를 받고 난 강철이 번거롭다는 생각을 하고 있을 때, 행사의 시작을 알리는 요란한 북소리가 들렸다.

첫 번째 순서는 박격포 사격 시범이었다.

'퐁!' 하는 병마개 따는 소리에 이어 '꽝!' 하는 폭탄 터지는 소리가 들리자, 창광산 언덕에 세워 놓은 1킬로미터 거리의 첫 번째 과녁이 반쯤 부서져 날아갔고, 이어진 두 번째 사격에 문짝만한 과녁은 완전히 사라졌다.

백성들이 놀란 비명과 감탄 소리에 이어 중성 안이 떠나가도록 환호성을 질러대기 시작하는 가운데, 고구려 신료들은 바로 저 병장기가 지난번에 정해문을 부숴 놓고 간 병장기라는 것을 어렴풋이 짐작했다.

환호 소리가 잦아들 무렵, 이번에는 신기전 화포의 발사가 시작되었다. 5대의 화포에서 쏘아진 150개의 화살이 꼬리처럼 연기를 달고 2킬로미터를 날아가서는 두 번째 놓인 과녁에 명중했다.

순간 '꽈과광!' 소리와 함께 과녁이 산산조각으로 부서져 사방으로 튀어나가는 모습이 뚜렷이 보였다. 역시 요란한 백성들의 환호성이 들리는 가운데 강철이 고개를 돌려 옆에 앉아 있는 고건무의 표정에 눈이 갔다. 그는 입을 벌린 채 멍하니 표적판이 있던 자리를 응시하고 있었다.

뒤이어 하늘 높이 이륙한 비조기가 하강하면서 세 번째 과녁을 향해 기관포를 작열시키자, 과녁은 순식간에 너덜거리는 모습으로 풀썩 제자리에 무너져 버렸다. 사격을 끝낸 비조기가 돌아와 착륙하는 사이에 이번에는 본부석 앞으로 장갑차가 나와 멈춰 섰다.

정지해 있던 장갑차는 쏜살같이 창광산 쪽으로 달려 나가면서 기관포탄을 퍼부어 마지막 남은 네 번째 과녁을 박살내고는 뒤로 돌아서는 차광막이 쳐진 본부석 쪽을 향해 멈춰 섰다.

이때 갑자기 이전보다 더 거센 백성들의 환호 소리와 괴성이 쏟아져 나왔다. 고구려가 자랑하는 맥궁을 든 1백여 명의 싸울아비들이 좌르륵 좌르륵 갑옷 스치는 소리를 내면서 보무도 당당히 장내에 등장한 것이다. 그들은 활을 쏘는 자세로 멀리 전방에 있는 장갑차와 마주 섰다.

곧이어 깃발이 힘차게 오르는 것을 신호로 멈춰 있던 장갑차는 서서히 본부석 쪽을 향해 전진해 왔고, 싸울아비들은 시위에 화살을 메겼다.

열광하던 백성들은 환호성을 멈추었다. 과연 어떤 일이 일어날지 흥분과 긴장감으로 손에 땀을 쥐면서 행여나 중요한 장면을 놓칠세라 눈에 불을 켜고 양쪽을 번갈아 가며 응시하고 있었다.

드디어 움직이던 장갑차가 싸울아비들이 서 있는 200미터 남짓 앞으로 다가오자, 싸울아비들은 기다렸다는 듯이 장갑차를 향해 맥궁을 쏘기 시작했다.

연속적으로 쏘아 대는 화살은 새까맣게 하늘을 날아가서는 거의 모두가 장갑차에 명중되고 있었다. 그 숫자는 얼핏 봐도 1천여 발이 넘었지만, 장갑차는 무슨 일이 있었냐는 듯이 화살들을 퉁겨 내며 유유히 본부석 앞까지 와서 멈췄다.

"허……!"

"으음!"

"저런……!"

"아……!"

그 순간 고건무의 입에서 흘러나온 어이없어 하는 탄식 소리 외에도 차광막 곳곳에서 놀라움과 허탈감이 배어나오는 소리가 들려오고 있었다.

자신들이 자랑하는 병장기인 맥궁을 무안스러울 만큼 저렇게 무용지물로 만드는 괴물체가 도대체 무엇이란 말인가?

그러는 사이에 장갑차의 위 뚜껑이 열리고 천족장군인 민진식이 몸을 내밀어 본부석을 향해 씩씩하게 군례를 올렸다.

"총리대신 각하! 이상으로서 배달국 병장기 사격 시범을 마치겠습니다."

지난 연말에 있었던 병장기 시범과는 달리 극적인 장면을 연출하기 위해서 마지막은 장갑차의 사격과 방탄 능력을 보여 준 것이다.

강철은 흐뭇한 미소를 머금고 옆에 앉아 있는 고건무에게 말을 건넸다.

“고건무 공, 잠시 일어나 격려를 해 주십시다.”

“예!”

고건무가 일어나는 것을 확인한 강철이 장갑차 위에서 군례를 올리고 있는 민진식을 향해 오른손을 들어 올리며 큰 소리로 입을 열었다.

“민진식 장군! 수고했소!”

그러자 옆에 서 있던 고건무도 격려의 말을 했다.

“민 장군! 오늘 보여 주신 병장기 시범은 대 만족이오. 고구려 조정을 대표해서 오늘 수고하신 배달국 장졸들에게 감사의 말씀을 전합니다.”

“옛!”

민진식이 가슴에 올렸던 손을 내리면서 우렁차게 대답을 하고는 장갑차 안으로 들어갔고, 잠시 후 장갑차는 서서히 본부석 앞을 빠져나갔다. 그때서야 잠잠하던 군중들의 환호가 다시 도성 안에 울려 퍼지기 시작했다.

고건무가 강철을 향해 입을 열었다.

“각하, 소관이 사신관으로 안내하겠습니다. 가시지요.”

강철이 고개를 끄덕이고는 옆에 있던 조영호를 쳐다봤다.

“그러십시다. 조영호 장군도 함께 가십시다.”

"예."

그들이 행사장을 빠져나가자, 배달국 장수들과 군사들은 서둘러 장비들을 군함으로 옮겼다. 그런 다음 장안성으로는 홍석훈과 을지문덕, 비조기 조종사인 이일구 그리고 비조기를 지킬 특전군 5명만 다시 가기로 하고, 나머지는 군함에 남아 있기로 했다.

그들을 태우고 이륙한 비조기가 장안성으로 날아가 병장기 시범을 보였던 장소에 착륙했다. 이때, 고구려 군사 하나가 국빈께서 오시면 사신관으로 모셔 오라는 명을 받았다며 안내를 하겠다는 것이었다. 그들은 특전군들에게 비조기 경계를 철저히 하라고 당부하고는 고구려 군사를 따라 사신관으로 갔다.

그들이 들어가자 고건무가 놀란 표정으로 홍석훈에게 인사를 했다.

"아이쿠! 어서 오십시오. 어째서 수군사령이신 홍 장군께서 안 보이시나 했습니다."

병장기 사격 시범이 진행되는 동안 홍석훈은 군함에 있었기 때문에 고건무는 그를 지금에서야 보는 것이다.

"고건무 공, 그동안 잘 지내셨습니까? 반갑습니다."

"하하! 정말 반갑습니다. 아니? 그런데 어째서 세 분만 오셨습니까?"

을지문덕이 얼른 대답을 했다.

"예, 행사가 끝났기 때문에 다른 장수들은 군선에서 대기하기로 하고 우리들만 다시 온 것이외다."

고건무는 아쉬운 표정을 지우지 못하면서 입을 열었다.

"사신단이 묵으실 숙소까지도 넉넉히 준비해 놨는데…… 쯧쯧, 그럼 각하! 우리 중신들과 함께하실 오찬 자리를 옆방에 만들어 놨으니 일단 가시지요."

"그러십시다. 오찬이 끝나면 본관도 돌아가 봐야겠소."

고건무가 발걸음을 멈추고 무슨 소리냐는 표정으로 말을 했다.

"아니? 각하! 오늘 도성으로 돌아가시겠다는 말씀이십니까?"

"하하! 그렇소. 원래는 육로로 와서 하루를 묵을 생각이었으나, 군함으로 오는 바람에 아무래도 오늘 돌아가 봐야겠소."

고건무는 강철이 피치 못하게 돌아가야겠다는 데는 말릴 수도 없는 노릇이었다.

"허! 소관은 각하께서 오늘 하루 이곳에서 유하실 줄 알고 있었는데, 급작이 돌아가시겠다니 당황스럽습니다."

"고건무 공께서 그렇게 마음을 써 주니 고맙소. 오찬을 준비하셨다니, 다들 시장하실 텐데 일단 가십시다."

"예!"

그들은 모두 옆방으로 가서 푸짐하게 차려진 오찬을 들면서 오늘 있었던 병장기 시범을 화제로 대화를 나누며 출출하던 뱃속을 달랬다.

자리가 자리니 만치 대화가 부족하다고 느낀 고건무는 오찬이 거의 끝나갈 무렵이 되자, 강철을 향해 조심스럽게 의견을 물었다.

"총리대신 각하, 시간이 괜찮으시다면 우리 조당으로 가셔서 중신들과 성주들에게 배달국 태황제 폐하와 지금 얘기를 나누다만 병장기에 대해서 좋은 말씀을 들려주셨으면 합니다."

홍룡포 차림의 강철이 빙긋이 웃으며 말을 받았다.

"허허허! 글쎄요? 이미 고건무 공을 위시해서 이 자리에 계신 약덕 공과 연개소문 공, 그리고 양만춘, 요련추가 공께서 하늘에서 오신 태황제 폐하를 만나 뵌 적이 있는데, 무슨 할 말이 더 필요하겠소? 병장기 역시 우리 배달국 병장기 중에 몇 가지만 가져왔지만, 오늘 보신 병장기로 미루어 짐작하시면 될 일을 본장에게 무슨 말을 더하라는 게요?"

강철은 은연중에 배달국을 다녀갔던 신료들의 이름을 일일이 거론하면서 그들의 권위를 세워 주고, 한편으로는 더 많은 병장기가 있다는 것을 은근히 암시한 것이었다.

"각하께서는 사양치 마시고, 우리 중신들이나 성주들이 귀담아 들어야 할 새롭고 주옥같은 말씀을 해 주시기 부탁 올리겠습니다."

"허허허! 참! 정 그렇게 권하시니 태황제 폐하께서 고건무 공에게 벼슬을 내리시는 발령장을 전해 드리기 위해서라도 가기는 가겠지만……."

고건무의 부탁으로 강철이 조당으로 가겠다는 응낙이 떨어지자 갑자기 걱정스러워지는 것은 연개소문이었다. 배달국 총리대신인 강철의 자리 배치를 어떻게 하느냐 하는 고민이었다. 번뜩 머리를 스치는 생각에 연개소문은 을지문덕을 밖으로 불러내었다.

"웬일로 동부대인께서 본장을 불러내셨는가?"

"예, 송구하옵니다. 실은 대장군께 급하게 여쭐 것이 있어 뵙자고 하였사옵니다. 총리대신 각하께서 조당으로 가시면 자리를 어떻게 해야 할지……."

을지문덕은 연개소문의 고민을 금방 알아챘다.

"무슨 말인지 알겠네. 배달국에서 대장 계급 이상은 타국의 왕과 동등하다고 태황제 폐하께서 말씀하셨으니 나머지는 알아서 판단하시게, 아시겠는가?"

"아! 그렇사옵니까? 감사하옵니다. 소장이 이제야 걱정을 덜었사옵니다."

연개소문은 을지문덕에게 고개를 숙이며 고마움을 표했다.

"허허! 도움이 되었다니 다행일세. 그럼, 본장은 들어가겠네."

"예!"

을지문덕이 안으로 들어가고 나서 얼마 지나지 않아 고건무를 필두로 모두들 사신관을 나와 조당으로 향했다.

고건무가 조신들을 뒤따르게 하고는 강철 일행을 안내하며 조당으로 들어섰을 때, 단 위에 있던 영양태왕의 옥좌가 치워져 있는 것을 보고는 속으로 놀라움과 당황스러움이 교차했다. 게다가 그 자리에는 병장기 사격 시범 때 강철과 자신이 앉았던 의자가 나란히 놓여 있었다. 그는 순간적으로 여러 생각이 머릿속을 스쳤다.

그것은 중대한 의미를 내포하고 있었다. 아직도 영양태왕이 숨이 끊어지지 않고 버젓이 살아 있기 때문에 자신은 대행왕일 뿐이지 태왕은 아니었다. 만에 하나 영양태왕이 의식을 되찾는다면 언제든지 자신은 대행왕의 자리에서 물러나 태왕의 일개 신하로 되돌아가야 하는 것이다.

그런데 지금 놓인 2개의 좌석 중에 하나는 배달국 총리대신을 앉히려고 준비한 것일 테고, 다른 하나는 자신의 자리가 분명했다. 그것은 자신이 태왕으로 즉위한 것은 아니지만, 이제부터 실질적으로는 태왕이라는 의미가 아닌가!

강철도 고건무를 따라 들어오긴 했지만, 단 위에 놓인 2개의 의자를 보고 의아하기는 마찬가지였다. 보아하니 이곳이 왕과 신료들이 국사를 논하는 편전이 분명한데 상석에 2개의 옥좌가 놓여 있다는 것이 이상했다. 게다가 속속 뒤따라 들어오고 있던 고구려 중신들이 웅성거리는 소리로 보아 의자는 방금 저 자리에 놓여진 것이 분명했다.

강철이 이런 생각을 하고 있을 때, 고건무는 국빈을 모셔 놓고 우왕좌왕하는 모습을 보이지 않으려고 그랬는지 강철을 더 화려하게 만든 좌석에 앉기를 권했다.

"각하, 자리에 좌정을 하시지요."

강철은 순간 망설여졌다.

'과연 저 자리에 앉아야 하는가? 아니면 사양해야 옳은가?'

비록 찰라 간에 머릿속을 스쳐 가는 생각들이었지만, 강철은 마음을 정했다.

"하하하! 이곳은 아직까지 엄연히 고구려 조정이요. 본관은 그 자리에 앉을 수가 없소이다. 게다가 고구려 중신들과 편하게 대화를 나누려고 온 자리니 단 아래에 자리를 만들어 주시면 고맙겠소."

그 말이 떨어지자 쑤군거리던 소리가 잦아들었고, 고건무 역시 손님이 있는 자리에서 행여나 중신들 중에 누군가가 태왕의 옥좌가 치워진 이유를 따져 묻는다면 망신스럽겠다는 생각에 얼른 대꾸를 했다.

"예! 그럼 예는 아닌 것 같지만, 본장도 같이 단 아래에 자리를 만들어 각하의 좋은 말씀을 듣도록 하겠습니다."

그렇게 되자 내장관인 연개소문이 서둘러 밖에 대기하고 있던 수하들을 시켜 단 위에 있던 의자를 단 아래로 옮기게 했다.

이렇게 되어 자리가 갖추어지자, 강철과 고건무는 배달국 장수들과 고구려 신료들의 좌우로 늘어서 있는 앞쪽에 놓인 의자에 앉았다.

강철이 먼저 입을 열었다.

"우선 고구려 조정에서 청하셨던 고구려 대행왕인 고건무 공의 관직 임명부터 하고 나서 서로 간 말씀들을 나누었으면 싶소. 어떻습니까?"

그 말이 떨어지기가 무섭게 조정 신료들의 가장 윗자리에 있는 대대로 고식이 한 발 앞으로 나와 입을 열었다.

"지당하신 말씀이옵니다."

강철은 더 이상 다른 신료들의 의견을 묻지 않고 자리에서 일어나 의자가 놓여 있던 빈 단상 위로 올라가 조영호를 앞으로 나오게 했다.

특전군사령인 조영호가 얼른 가지고 있던 두루마리를 강철에게 건넸다. 두루마리를 펼쳐든 강철이 내용을 읽어 내려가기 시작했다.

"들어라! 짐은 고구려 국주인 고대원이 어리석게도 고구려 백성을 괴롭혀 온 수나라로부터 상개부의동삼사(上開府儀同三司)라는 직권과 요동군 공(遼東郡公)이라는 작위를 받았음을 알고 있노라. 하지만, 어차피 그는 금년에 수명이 다한다는 것을 알고 있으니, 구태여 그 죄를 묻지 않기로 했노라. 다행이 사신으로 왔던 건무는 그 지혜가 출중하여 과인이 기특히 여겼음이라. 하여 짐은 배달국 태황제로서 고구려 조정의 간곡한 청에 의하여 고건무를 배달국 수군 대장의 계급을 내리고 평양 총독에 명한다."

우렁찬 음성으로 낭독을 마친 강철은 어느새 스스로 무릎을 꿇고 있는 고건무에게 두루마리를 내렸다.

"……!"

고건무가 감격한 표정으로 아홉 번의 절을 하고는 공손히 두루마리를 받아들자, 숨을 죽이고 지켜보던 고구려 신료들이 쑤군거리기 시작했다.

단 위에 있던 강철이 슬쩍 아래를 내려다보았다. 신료들 중에는 불쾌한 표정을 짓는 자도 더러 보였고, 태왕이 죽는다는 말에 충격을 받았는지 해쓱해진 얼굴로 소곤대는 자들도 여럿이 있었다. 두루마리를 건네준 강철은 못 본 척하고 단에서 내려오면서 인사말을 건넸다.

"고건무 총독! 축하하오."

"각하, 앞으로 고구려는 배달국에 상국(上國)의 예를 다하겠습니다."

말을 한 고건무가 꿇고 있던 자리에서 일어난 후에 강철과 함께 단을 내려와 나란히 의자에 앉았다.

강철은 옆자리에 앉아 있는 고건무를 쳐다보면서 물었다.

"고 총독! 본관이 한마디 더 해도 되겠소?"

고건무가 당연하다는 듯이 고개를 끄덕이며 대답을 했다.

"물론입니다. 괘념치 마시고, 말씀하십시오."

그 대답을 들은 강철은 빙그레 미소를 띤 얼굴로 입을 열었다.

"고구려 조정 신료들이 계신 자리에서 한 말씀드리겠소."

아주 낮은 소리로 말을 했지만, 좌중에서 나오던 웅얼거리던 소리가 쑥 들어가고 모두 강철에게 시선이 집중되었다.

"……?"

"여기 계신 분들은 모두 고구려 중신들이신 만큼, 나라를 합치겠다는 뜻을 국서로써 작성해 배달국에 보냈다는 것을 모두 아실 것이요. 물론 그것은 여러분의 뜻이 모아진 결과라고 생각하오."

그렇게 서두를 꺼낸 강철은 좌중을 쭉 훑어보았다.

"……!"

"……?"

역시 금시초문이라는 표정을 짓고 있는 자도 있었고, 얼굴 가득 불만을 담고 있는 자도 있었는데, 특히 각 성의 성주라고 소개받았던 자들 중에 많았다. 이미 그럴 줄 알았다는 표정으로 고개를 끄덕인 강철이 말을 이었다.

"우리 배달국이 그런 국서를 받은 것은 사실이나, 여러분 중에 단 한 분이라도 그 결정에 반대하는 분들이 있다면 아국은 고구려를 합칠 의사가 전혀 없다는 것을 이 자리에서 분명히 밝히겠소."

"……?"

그러자 얼굴에 불만을 나타내고 있던 자들의 얼굴에는 갑자기 무슨 뜬금없는 소린가 하고 촉각을 곤두세우며 강철을 바라보고 있었다.

"이유는 대륙에 들어선 당나라에게 곧 망할 고구려를 아국은 계륵과 같은 존재로 생각한다는 것이요. 이것은 배달국에 오셨던 분들은 다 아시는 사실이니, 연개소문 공이 본관을 대신해서 설명해 주시오."

"예, 알겠습니다."

대답을 하고 난 그는 고구려가 당나라에게 패하는 것은 하늘의 뜻이지만, 전쟁이 끝나면 승전한 당나라 역시도 힘이 많이 빠질 것이라고 말했다. 그때 배달국은 오늘 본 병장기로 허약해진 당나라를 쳐서 힘 안 들이고 이 땅을 도로 뺏을 수 있지만, 지금 나라를 합치게 되면 방어하는 입장이 되어 훨씬 힘이 들기 때문에 배달국은 나라를 합치는 것을 크게 달가워하지 않는다는 결론으로 설명을 끝마쳤다.

강철은 연개소문이 조목조목 설득력 있게 설명을 잘했다고 생각하면서 입을 열었다.

"연개소문 공이 우리 배달국 태황제 폐하의 뜻을 직접 들은 바가 있어서인지 아주 간략하게 설명을 잘 하셨소. 들으신 대로 조정 중신들이 한뜻으로 나라를 합쳐 달라고 청해도 배달국으로서는 별로 달갑지 않은 입장이요. 헌데 하물며 반대하는 분이 있다면 우리가 뭐가 아쉬워서 합치겠소?"

그 말이 끝나자, 배달국에서 털도 안 뜯고 고구려를 통째고 집어삼키려 한다고 생각하던 자들이 오히려 당황스러워하는 기색을 보이고 있었다.

그런 분위기를 눈치챈 강이식이 공손히 입을 열었다.

"각하, 이미 나라를 배달국에 합치기로 한 것은 조정 전체의 합의로 이루어진 일입니다. 그러니 반대하는 자는 없을 것입니다."

"글쎄요? 사실, 태황제 폐하의 뜻만 아니라면 본장은 합치는 것을 반대하는 자가 있어 주었으면 하는 바램이요."

"태황제 폐하의 뜻이라 하시면……?"

"폐하의 뜻은 당나라와 전쟁을 치르면서 고생할 고구려 백성들에 대한 걱정이 크시오. 게다가 귀장이나 고건무 총독 같은 더 큰일을 해야 할 무장들이 보잘것없는 무기를 가지고 적들과 싸우면서 행여 목숨을 잃지나 않을까 염려하신다는 말이요. 그래서 귀찮다는 것을 뻔히 아시면서도 고구려를 받아 주려고 하신다는 것이요."

"……!"

조당 안에는 다시 한참 동안 침묵과 정적이 흘렀다.

이제는 쐐기를 박아야겠다고 생각한 강철이 정적을 깼다.

"강이식 장군!"

"예!"

"만약 우리 배달국에서 오늘 보신 병장기로 이 도성을 공격한다면 얼마나 버티실 수 있겠소?"

"소장은 솔직히 한 시진을 버티기가 힘들 것이라는 생각이 들었습니다."

"잘 보셨소. 본관이 장담컨대 우리가 이 장안성을 갖고자 한다면 반나절 안에 우리 손에 넣을 수 있소. 본관의 말이 무슨 뜻인지는 모두 아실 것이요. 그러니 이제 그 얘기는 그만하기로 하고 혹시 다른 질문이 있으면 해 보시오. 그럼, 아는 대로 답변을 해 드리리다."

그 말을 기다렸다는 듯이 조의두대형인 고징의가 물었다.

"각하, 소장이 한 말씀 여쭙겠습니다. 지금 패강 앞바다에 와 있는 병선이 하늘에서 가져오신 것이라 하셨는데, 그와 같은 군선이 또 있습니까?"

"그렇소! 한 척이 더 있소."

"그것도 한꺼번에 천 오백 명 이상의 병사를 실을 수 있는 것이옵니까?"

"흠, 그 질문에 대한 답변은 우리 수군을 총 책임지고 있는 홍석훈 사령에게 대신 답변토록 하겠소."

강철이 자신에게 답변을 떠넘기자, 홍석훈이 입을 열었다.

"아침에 보신 배도 적선을 공격할 수 있는 능력을 갖추긴 하였지만, 그보다는 주로 군사나 물자를 실어 나르는데 사용하는 군선이요. 반면에 또 하나의 다른 배는 군사나 물건을 나르기보다는 적선을 공격하는데 주로 사용하는 전투선이라고 말씀드릴 수 있습니다."

"아하! 그렇다면 그 병선도 빠르기는 똑같이 패강 나루에서 비사성까지 삼 시진이면 도착할 수 있사옵니까?"

"아니요. 아침에 보신 군선보다 월등하게 빠르오. 아마 두 시진이나 두 시진 반이면 그곳까지 갈 것이요."

"허……!"

그들의 대화를 듣고 있던 고건무는 한꺼번에 탈 수 있는 군사수도 그렇고, 패강에서 비사성까지 3시진에 간다는 말도 그렇고 자신의 상식으로는 모두 터무니없는 말들이라 도무지 이해를 할 수가 없었다.

"고정의 조의두대형! 도대체 어떤 병선을 보고 오셨기에 배에 대해 잘 알고 있는 본관조차도 이해가 가지 않는 말씀들을 나누시는 게요?"

고건무가 궁금한지 참지 못하고 고정의에게 묻자, 고정의는 자신이 패강 앞바다에서 본 배의 크기에서부터 신기전 발사 장면과 박영주에게 들었던 내용까지 상세히 설명을 했다.

그중에 병장기에 대한 설명이 부족하다고 느낀 강이식이 그 배에는 비조기에서 쏘던 병장기가 앞뒤에 2개나 달렸고, 신기전 화포 또한 양쪽에 20문이 달려 있어 적선은 화살을 쏠 수 있는 거리에 도달하기도 전에 침몰될 것이라는 설명을 덧붙였다.

조당 안은 다시 소란스러워지기 시작했다. 반복되고 있는 그들의 말이 따분하게 느껴진 강철은 다시 입을 열었다.

"자, 또 다른 질문이 있으면 해 보시오."

이번에는 연개소문이 의견을 물었다.

"각하, 각하께서 병선에서 하신 비사성 앞바다에 나루터를 만들고, 영주를 취해야 한다는 말씀을 상세히 해 주실 수는 없겠습니까?"

그 말에 강철은 손사래를 쳤다.

"연 대인, 그 얘기는 없던 것으로 하십시다. 본장이 그 말을 꺼냈던 것은 고구려가 우리 배달국에 나라를 합친다고 해서였소. 허나 오늘 이 자리에 와서 보니 중신들 중에는 반대하는 분들도 있다는 것을 알았소. 그러니 그 말을 다시 꺼내 봤자 무슨 의미가 있겠소. 다 쓸데없는 얘기일 뿐이요!"

"……?"

강철의 말을 들은 강이식은 일이 이상하게 꼬여 간다는 것을 깨닫고는 급히 자신의 생각을 말했다.

"각하! 물론 우리 조신들 중에 몇몇이 그런 생각을 가진 자가 있는 것은 사실이나, 그것은 개인적인 생각일 뿐 조정에서는 이미 하나로 의견을 모아 국서를 보낸 것이니 괘념하실 일이 아닙니다."

강이식의 말이 있자, 강철이 나서는 것보다 자신이 나서는 것이 낫다고 생각한 홍석훈이 대꾸를 했다.

“만약 우리 배달국이 고구려 땅을 지키려면 패강 앞바다와 비사성 앞바다에 군선을 정박시킬 커다란 나루터가 있어야 하기 때문에 총리대신 각하께서 그 말씀을 꺼내셨을 것이요. 영주를 공취하는 것도 역시 그런 이유요.”

홍석훈의 답변을 들은 강이식이 고개를 끄덕일 때, 강철이 다시 물었다.

“더 말씀하실 분이 있으시면 말씀하시오.”

이번에는 한참 동안 잠자코 듣기만 하던 고건무가 물었다.

“각하! 우리 고구려가 보내 드렸던 국서대로 나라를 합치기로 하면, 지금 당장 합치는 것이 더 낫질 않겠습니까?”

강철이 고개를 가로저으며 답변을 했다.

“그것은 그렇지 않소. 우선 귀국 백성들에게도 충분히 알릴 시간이 필요하실 테고, 우리 배달국과 합치더라도 혼란이 없도록 하자면 연말까지는 총독께서 이 나라를 다스려 주셔야 할 것이요. 물론 구체적인 것은 배달국의 방침을 따라야 하겠지만 말씀이요. 하지만 나라를 합칠 일도 없을 것 같은데 뭘 자꾸 물으시는 게요?”

강철은 고구려와 나라를 합치지 않는다는 것을 기정사실로 몰아갔다.

“각하, 그것은 그렇지 않습니다. 이미 우리 조정 방침은 정해진 것입니다.”

“하하하! 본관은 이 조정에서 반대하시는 분이 있으니 통합은 없던 일로 하자고 분명히 말씀드렸소. 오히려 본관 생각은 나라를 통합하기보다 뜻을 함께하실 몇몇 분들이나 우리 배달국으로 오셨으면 하는 바램이요."

그 말이 나오자, 조당 안의 술렁거림은 더욱 커졌다.

이때, 연개소문이 불쑥 입을 열었다.

"각하, 고구려 오대가문인 동부대가의 수장으로서 소장이 말씀드리겠습니다. 만약에 나라를 합치기로 한 조정 결정에 따르지 않는 자가 있다면 소장이 먼저 배달국에 이 한 몸을 의탁하겠습니다."

그 말이 나오자 이번에는 강이식이 같은 뜻을 표했다.

"소장도 연 대인과 같은 생각입니다. 이미 을지문덕 대장군께서 가셨는데 소장이라고 못 갈 이유가 어디 있겠습니까?"

뒤이어 양만춘, 요련추가, 약덕, 추정국, 소부손에 이어 얼마 전까지 고건무를 적대시해 왔던 고정의까지 가세했다. 그는 아침에 군선을 보고 나서 뼛속까지 마음이 돌아선 것이었다.

조당 안은 마치 벌집을 들쑤셔 놓은 것처럼 소란스러워졌다.

한참 동안 관자노리에 핏줄을 세우면서, 그런 모습을 묵묵히 바라보던 고건무가 입을 열었다.

"모두 들으시오!"

"……?"

소란스럽던 조당 안이 갑자기 쥐 죽은 듯이 조용해졌다.

"본관은 지금 태왕 폐하를 대신해서 나라를 다스리고 있소. 그리고 고구려 사직을 지켜야 하는 책임도 지고 있는 사람이요. 그러나 이미 하늘의 뜻을 알기 때문에 어쩔 수 없이 사직을 폐하고, 배달국과 합치기로 결정한 것이요. 만약 본관의 이런 고충을 몰라 주는 조정 신료가 있다면 본관 역시 대행왕의 자리를 내놓고, 배달국에 몸을 의탁하는 길을 택하겠소."

점입가경!

조당 안은 그야말로 아수라장이 되었다. 그런데 바로 그때 말 한마디 없이 돌아가는 분위기를 살피던 을지문덕이 고구려 신료들을 향해 입을 열었다. 그토록 소란스럽던 장내가 갑자기 쥐 죽은 듯이 잠잠해졌다.

"본장이 한 말씀드리겠소. 물론 배달국의 장수로서 드리는 말씀이 아니라, 고구려 조정에 있던 사람으로서 드리는 말씀이요. 무릇 장수된 자는 나라가 누란의 위기에 처하면 분연히 일어나 검을 뽑고 적을 향해 달려 나가는 것이 본분이요. 그러나 나라의 천명이 다했다고 한다면 오히려 그렇게 하는 것이 백성들만 힘들게 하고, 하늘의 뜻을 거스르는 것이라 생각하오. 아직도 고구려를 아끼는 한 사람으로서 말씀드린 것이니 과히 허물치 마시고, 현명한 판단을 하시기를 바라겠소."

"……."

"……."

아직도 고구려에서 을지문덕의 위명은 살아 있었다. 말이 끝나고 나서도 작은 쑤군거림 하나 없이 정적만 감돌았다.

이런 정적을 깬 것은 강철이었다.

"모두 들어주시오. 나라를 합친다는 말에 고구려 신료 중에 몇 분이 불만스러운 기색을 나타내는 것을 보고, 본관은 불쾌한 생각이 들어 없던 일로 하자고 했던 것이요. 허나 우리 을지문덕 대장이 아직도 그토록 고구려 백성을 아끼는 줄은 몰랐소. 그래서 다시 한 번 더 의논할 기회를 드리기로 하겠소. 우리들이 사신관에서 잠시 쉬는 동안 조정의 의견을 모아 보도록 하시오."

그러고는 대답도 듣지 않고 자리에서 일어나 밖으로 나왔다.

배달국 장수들과 함께 사신관으로 온 강철은 잠시 생각에 젖었다. 어떻든 당나라를 견제하려면 이번 기회에 고구려를 확실히 정리해 놓고 돌아가야 한다는 결심이었다. 그러려면 고구려 조정 체제를 일사분란하게 움직이도록 만들어 놓을 필요가 있다고 판단한 그는 맞은편에 앉아 있던 을지문덕에게 물었다.

"보국 공, 지금 고구려 조정에서 가장 신망을 받는 사람과 조정을 장악할 힘을 가진 사람이 누구라고 보시오?"

갑작스런 질문을 받은 을지문덕이 잠시 생각을 고르더니 입을 열었다.

"글쎄요? 정확히는 모르겠지만, 신망에 있어서는 그래도 강이식 장군을 따를 자가 없는 것 같고, 그다음이 고정의 장군 같습니다. 그리고……."

신망을 받는 자로 고정의가 거론되자, 예상치 못했던 강철은 을지문덕이 하던 말을 끊고 되물었다.

"아, 잠깐! 고정의라고 하셨소?"

"예, 그자는 본디 고건무 총독이 아닌 고대양을 따르던 자로서 지금으로서는 그쪽 편에 섰던 자들 중에 가장 관등이 높습니다. 그래서인지 아직도 적지 않은 신료들이 그를 추종하고 있는 것으로 보였습니다."

"아니? 보국 공께서는 어떻게 그렇게 잘 아시오?"

"예, 실은 소장도 배달국으로 가기 전에는 고대양 왕제와 더 가까이 지냈던 사이입니다. 이유는 고건무 왕제가 더 똑똑하고 뛰어나지만, 수군인데다가 수나라와 화친을 주장하는 바람에 소장을 비롯한 장수들의 미움을 샀던 것입니다. 소장도 그런 이유로 수나라와 싸워야 한다고 주장하는 고대양 왕제와 더 가까이 지냈던 것입니다."

"그건 알고 있소. 그런데 오늘 보니 고정의 장군은 고건무 총독을 그렇게 싫어하는 것 같진 않던데 그렇다면 내심을 숨긴 것이요?"

"소장도 그렇게 느꼈습니다만, 내심을 숨긴 것 같지는 않아 보였습니다. 다만 확실한 것은 오늘 아침에 고정의 장군이 우리 군선을 본 이후로는 소장도 놀랄 정도로 우리 배달국에 호의적인 것은 사실입니다."

"흠…… 알겠소. 그럼, 힘을 가진 자는 누구라고 생각하시오?"

"소장이 보기에는 역시 태왕의 권한을 행사하고 있어서인지 대행왕인 고건무 총독이 제일 눈에 들어왔고, 그다음이 강이식 장군인 것은 확실하지만 연개소문 중령도 그에 버금가는 힘을 가졌다는 느낌을 받았습니다."

"그렇게 느끼셨소?"

"예, 사실 오늘 조당에서 사단이 일어난 것도 속을 들여다보면 고건무 총독을 싫어하던 장수들 때문에 일어난 일입니다."

"아! 그런 것이요?"

을지문덕의 말을 들은 강철은 빠르게 머리를 회전시키고 있었다.

"예, 그들은 주로 접경 지역에 나가 있는 성주들로서 죽은 연태조를 따르던 자들입니다."

"하하하! 그만하면 알겠소. 보국 공 덕분에 많은 도움이 된 것 같소."

"그렇다면 다행입니다."

을지문덕과 대화를 마친 강철은 홍석훈을 쳐다보며 물었다.

"홍 함장, 패강 앞바다에 군항을 만들 위치는 찾아봤소?"

"예, 적당한 곳을 봐 놨습니다."

"그럼 됐소."

그는 우수기에게 비조기로 가서 떠날 준비를 하고 기다릴 것을 명하고는 다시 생각에 젖었다.

거의 2시간 가까이 흘렀을까, 인기척이 나면서 밖에서 고건무와 강이식, 연개소문이 들어가도 되겠느냐고 물었다.

그들을 들어오게 한 강철은 자리를 권했다. 그러자 마음이 급했는지 그들은 사양하지도 않고 편하게 자리를 잡고 앉더니 고건무가 먼저 입을 열었다.

"각하, 조정 공론이 한데 모아졌습니다. 이미 국서로 약조 드렸던 대로 배달국에 나라를 합치는 것으로 뜻을 모았습니다."

강철이 그 말을 듣고는 고개를 끄덕이면서 입을 열었다.

"그렇소? 그렇다면 연개소문 중령!"

"예!"

"가서서 고정의 장군을 데려오시오."

"알겠습니다!"

대답을 하고 부리나케 밖으로 나간 연개소문이 고정의를 데리고 오는 데는 그리 많은 시간이 걸리지 않았다.

그는 강철이 권하는 대로 연개소문 옆에 자리를 잡고 앉았다.

"조정의 공론이 모아졌다니 다행이요. 그럼, 지금부터 본관은 배달국 총리대신으로서 태황제 폐하를 대신하여 이미 계급과 관직을 받은 고건무 총독을 제외하고 고구려 중신 중 몇 분에게 계급을 부여하겠소. 발령장은 추후 폐하의 재가를 받아 보내드릴 것이요. 그럼, 우선 강이식 장군! 일어나시오."

"예!"

강철이 먼저 자리에서 일어나는 것을 본 일동은 뒤따라 자리에서 일어섰다. 강철은 위엄을 갖추며 큰 소리로 외치듯이 말을 했다.

"강이식 장군을 배달국 육군 대장에 임명하오."

"소장, 명을 받들겠사옵니다."

강이식은 얼른 무릎을 꿇으면서 엄숙하게 대답을 했다. 이어 고정의를 육군 소장으로 임명하고, 육군 중령이던 연개소문을 육군 소장으로 승진시켰다.

임명을 끝낸 강철이 먼저 자리에 앉으면서 모두 자리에 앉기를 권했다.

"고건무 총독!"

"예, 각하!"

"지금부터 몇 가지 당부를 드리고 본장은 돌아가겠소. 우선 고구려에 와 있는 한글 강사를 당분간 이곳에 더 있도록 할 것이니, 하루 빨리 모든 백성들이 한글을 습득할 수 있도록 해 주시오."

"알겠습니다."

"그리고 앞으로 이곳 장안성을 평양성으로, 앞에 있는 패강을 대동강으로 고쳐 부르겠소. 혼동하지 마시오."

"알겠습니다. 조칙(詔勅)으로 공표하겠습니다."

"다음 고정의 소장은 당나라와 접경 지대에 있는 성들에서 일만의 정예 군사를 뽑아 요동성에 대기 시켜 놓으시오. 가능하면 기마군이 좋겠소."

그 말을 들은 고정의는 아침에 병선에서 들었던 영주성을 치려는 것이라 짐작을 하고 입을 열었다.

"각하, 영주를 공략할 요량이시라면 일만 군사로는 적지 않겠습니까? 소장 생각에는 최소 오만은 있어야……."

지난 20년 전에 강이식이 영주성을 점령했을 때 동원된 군사가 5만이었으니 고정의가 염려하는 것은 어찌 보면 당연한 일이었다.

"아니요, 사실 일만 명도 많소. 그래도 그 인원을 준비하는 것은 나중에 영주를 취하고 나서 수비할 군사까지 생각해서 그러는 것이요."

"……?"

고정의는 더 이상 입을 열지는 않았지만, 사뭇 불안한 표정이었다. 그 모습을 본 강철이 안심을 시키려는 듯 빙긋이 웃으며 덧붙였다.

"고정의 소장, 막상 공격을 개시할 때는 우리 배달국에서 신기전 화포부대가 오백 문의 화포를 가지고 갈 것이요."

신기전 화포 5백 문!

그 말을 들은 고정의는 화색이 돌면서 얼굴이 환해졌다.

"오백 문이라고 하셨습니까?"

"그렇소!"

"그렇다면 일만 명만으로도 충분합니다. 사실, 그런 화포가 십 문만 있어도 승리를 자신할 수 있는데 오백 문이라면 말할 것도 없습니다."

말을 하면서 승리까지 장담하는 것이었다.

강철은 내친걸음이라고 생각했는지 오랫동안 자신과 함께 생활해 왔던 수하들에게 명령을 내리듯이 거침없이 지시를 내리기 시작했다. 또한 명을 받는 사람들 역시도 당연하다는 태도로 명을 받고 있었다.

"다음은 연개소문 소장!"

"예!"

"귀장은 대동강 앞바다와 요동에 있는 비사성 앞바다에 군항을 가능한 빨리 만들어 주시오. 군항을 어떻게 만들어야 하는지는 이 자리에 있는 홍석훈 장군이 잠시 후에 자세히 알려 줄 것이요."

"옛, 알겠습니다!"

"그리고 대동강 앞바다에 만드는 나루터 이름은 남포항이라 하고, 비사성 앞바다에 만드는 나루터는 대련항이라고 부르겠소."

"그렇게 부르도록 하겠습니다."

"마지막으로 강이식 대장!"

"예, 소장 대령했습니다."

강철이 고구려에 와서 느낀 것이지만 배달국을 다녀갔던 장수들과 다녀가지 않은 장수들은 모두 한글을 배웠어도 극존칭을 쓰는 등 어법이 조금씩 틀렸다.

"강 장군은 도성인 평양성을 비우지 말고 고건무 총독을 돕는 일에 주력하시고, 고구려에서 생산되는 철광석과 유연탄을 가능한 많이 캐낼 수 있는 방법을 마련해 보시오."

"알겠습니다."

"아, 이제 본관이 할 중요한 말은 끝났으니, 홍석훈 함장은 한쪽으로 가서 연개소문 장군에게 군항 만드는 요령을 가르쳐 주시오."

"예!"

연개소문은 사신관의 배치를 잘 아는지 홍석훈을 데리고 밖으로 나갔다.

문득 강철이 고정의와 강이식을 번갈아 보고는 입을 열었다.

"전에 고구려 조정에서 고건무 총독과 고대양 왕제 사이에 반목이 있었다고 알고 있소. 이제 상황이 달라졌으니 앞으로는 그런 일이 없기를 두 분께 특별히 당부를 드리겠소. 고건무 총독께서도 이제 그 일은 잊어버리고, 전에 반대편에 있던 자라도 능력 있는 분은 조정에 다시 불러서 쓰도록 하시오."

"명심하겠습니다."

"사실, 이 자리에 계신 고정의 장군에 대해서는 오래전에 폐하께서 당부가 있으셨기 때문에 오늘 배달국 장수로 삼은 것이요. 이 점을 명심하시고, 고건무 총독을 도와주시오."

"각골명심하겠습니다."

"아! 잊을 뻔했소만, 지금 고구려 군사가 모두 얼마나 되오?"

그 질문에는 군사를 총괄하고 있던 강이식이 대답을 했다.

"다 모으면 십오 만은 될 것입니다."

"흠…… 그들 중에 오 만만 남기고, 나머지는 철광석과 유연탄을 캐는 곳에 쓰던가 아니면 군항 공사에 활용토록 하시는 게 좋겠소."

"그러다가 혹시 돌궐이나 당에서 대군을 몰아쳐 오면 어떻게 합니까?"

"만에 하나 그런 일이 있으면 성을 지킬 생각 말고 백성들까지 안전하게 피신시킨 다음 즉시 배달국에 알리시오. 그러면 어떤 일이 있어도 그 대가를 수십 배로 치르게 할 것이요."

"알겠습니다!"

고건무를 비롯한 고구려 장수들은 왠지 모르게 저절로 신바람이 났고 가슴이 쭉 펴지는 느낌이었다.

이렇게 고구려에 갔던 강철 일행은 기대 이상의 성과를 거두고 저녁 늦게 출발해 중천성에 도착한 것은 이튿날 새벽이었다.

백호상단의 붕괴

고구려에 갔던 강철과 배달국 장수들이 아침 일찍 편전으로 들어가 태황제인 진봉민에게 그간의 경과를 보고했다. 태황제는 흐뭇한지 얼굴 가득 환한 미소를 지으면서 입을 열었다.

"총리대신을 비롯해 여러분들이 고생한 덕분에 기대 이상의 성과를 거두고 돌아오셨구려. 이제 고구려 조정이 안정되고, 그곳 백성들이 안심하고 생업에 종사할 수 있게 되었으니 정말 다행한 일이요."

말을 들은 을지문덕도 마주 미소를 지으면서 대꾸를 했다.

"폐하, 소장들이야 총리대신 각하께서 명하시는 대로 따랐을 뿐이옵니다. 처음에는 우리의 힘을 보여 줘 고구려에서 허튼 생각을 못하도록 만들어야 한다고 생각했을 뿐, 철광석과 유연탄 생산을 지시하고, 요동성에 일만의 군사를 대기시키도록 한 것은 소장도 미처 생각지 못한 일이옵니다."

곁에서 듣고 있던 홍석훈이 덧붙였다.

"소장은 우리 군함을 정박시킬 수 있는 남포항과 대련항을 만들게 한 것이 큰 다행이라고 생각하옵니다."

"하하하! 홍 함장은 항구를 만들게 한 것이 그중 제일 반가운가 보구려."

"예, 사실 그렇사옵니다. 하하하!"

홍석훈의 웃음에 진봉민도 더없이 기쁜지 고개를 끄덕였다.

"총리대신!"

"예, 폐하!"

"총리대신이 고구려에서 처리하고 오신 일들을 모두 재가하겠소. 계급을 새로 받은 장수나 승진을 시킨 장수들에게 조속히 발령장을 보내도록 하시고, 그 외에도 후속 조치가 필요한 일들은 총리대신이 알아서 처리토록 하세요."

"알겠사옵니다."

"아, 그리고 동래군에서 온 유세철 장주를 돌려보낼 때가 된 것 같소. 아마 데려다 주는 일은 총리대신의 장인께서 맡은 모양인데 살펴보도록 하세요."

태황제의 말에 홍석훈이 고개를 갸우뚱하더니,

"백호상단 단주도 아니고, 웬일로 청룡상단 단주께서 그곳에 오래 머무를 일이라도 있사옵니까?"

산동반도에 있는 도시인 동래군에 상단 지점을 낸 것은 청룡상단이 아니라 백호상단이었기 때문에 이상해서 물은 것이었다. 태황제가 무슨 뜻으로 묻는지는 모른 채 간단하게 대답을 했다.

"특별히 그곳에서 머물 일은 없는 것으로 알고 있소. 유세철 장주를 데려다 주고 나면 곧 되돌아올 것이요."

역시 자기 추측이 맞았다는 듯이 고개를 끄덕이면서 다시 말을 했다.

"그렇다면야 한 달 이상 걸리는 상단 배로 갔다 올 필요 없이, 우리 군함으로 데려다 주고 오는 것이 낫질 않겠사옵니까? 사흘이면 족할 것이옵니다."

태황제가 반색을 했다.

"그러면 되겠구려. 그런데 그곳에는 그런 큰 배를 댈 항구가 없질 않소?"

"항구가 없으면 어떻사옵니까? 근처까지 군함으로 간 다음, 우리가 가지고 있는 군용 보트로 상륙시켜 주면 되지 않겠사옵니까?"

강철이 고개를 주악거리고, 무릎을 치면서 대꾸를 했다.

"아하! 그거 참 좋은 방법 같소. 흠…… 일단 그 문제는 편전을 나가서 다시 의논해 보십시다."

"예, 그러시지요."

홍석훈의 대답이 있자, 강철이 이번에는 태황제에게 물었다.

"그런데 그 동래군에서 온 유 장주에게 우리가 많은 것을 보여 주기는 했지만, 그동안 소장이 바빠서 그와 깊은 얘기를 나눠 보지 못했기 때문에 우리 배달국을 어떻게 생각하는지는 모르겠사옵니다."

태황제가 빙그레 웃었다.

"그는 원래 사오 년 내에 비명횡사할 사람이요. 어제 과인이 그자를 불러 그런 사실을 말해 주면서 그에게 닥칠 횡액(橫厄)을 피하는 방법까지 가르쳐 주었소. 생전 보지 못하던 우리 문물(文物)을 본 데다가 살길까지 가르쳐 주었으니 아마 우리 배달국에 많은 도움을 줄 것이요."

이미 수나라가 망하고 당나라가 들어섰다지만, 그들이 대륙을 장악하려면 아직도 5년쯤은 더 있어야 했다. 그러니 지금도 각지에서 일어난 영웅들은 스스로 황제나 대장군을 칭하면서 저 잘났다고 활개를 치고 있는 중이었다.

이런 시국 속에 지금 배달국에 와 있는 유세철도 산동 지방에서는 그런대로 이름이 난 사람 중에 하나였다. 그래서 앞으로 4, 5년 뒤에는 세력을 떨치고 있던 서원랑이라는 자가 그를 귀빈으로 초빙하게 되지만, 그의 능력을 시기한 서원랑의 참모들에 의해 결국 살해되는 운명을 맞게 되는 것이다.

역사 자료를 통해 이런 일이 일어날 것을 미리 알고 있던 진봉민이 그를 초청해 오게 했던 것이고, 그가 오자 그런 사실을 귀띔을 해 준 것이다. 총리대신인 강철은 다행이라는 표정으로 대꾸를 했다.

"하하하! 그렇다면 잘되었사옵니다. 더 하실 말씀이 있으시옵니까?"

태황제가 잠시 생각을 하더니, 입을 열었다.

"이제 우리 군함인 무적함이 항해에 전혀 문제가 없는 것으로 확인됐으니, 왜국을 평정하는 일을 검토해 봐야겠소. 물론 왜국으로 가는 길에 먼저 탐라를 취해야 할 것이요."

왜국 출병은 이미 강철도 생각하고 있었던 일이라 망설임 없이 대답을 했다.

"소장도 같은 생각이옵니다. 그러자면 왜국으로 출전할 장수를 정해 미리 작전을 연구하고 손발을 맞추게 하는 것이 좋지를 않겠사옵니까?"

"물론이요. 왜국 정벌군 총사령관에는 사비 공을, 좌부사령에는 계림 총독부에 있다가 육군부에 대기 중인 일부 소장을, 우부사령에는 육군부 부장인 김유신 소령을 임명하여 신기전 화포를 운용하게 하세요. 사비 공을 호위할 호위장에는 부여사걸 장군이 좋을 것 같소."

"예, 알겠사옵니다. 그럼, 사비 공인 부여장 장군이 맡고 있던 농어업부 대신과 부여사걸 장군이 맡고 있던 형법청장 자리는 누구에게 맡기옵니까?"

"사비 공 자리에는 계림 총독이었던 계림 공이 적임일 것 같고, 부여사걸 장군 자리에는 조계룡 장군이 좋을 것 같소만……."

"알겠사옵니다. 내각에서 그렇게 발표하겠사옵니다."

"그러세요. 이제 과인이 할 말은 끝났소."

"그러시다면 내각회의가 있기 때문에 소장들은 나가 보도록 하겠사옵니다."

"음, 그렇게 하세요."

편전을 물러 나온 그들이 내각회의가 개최될 총리부로 들어서자, 이미 와 있던 장수들이 밝은 표정으로 그들을 맞았다.

"각하, 고구려에는 잘 다녀오셨습니까? 새벽녘에 비조기 소리를 듣고 각하께서 돌아오신 것은 알았지만 꼭두새벽이라 나와 보질 못했습니다. 죄송합니다."

사비 공인 부여장이 미안해하면서 말을 하자, 강철이 웃으며 대답을 했다.

"하하하! 그 새벽에 사비 공께서 마중을 나오셨더라면 본관은 집에 들어가 세수하고 나올 시간도 없었을 것이요."

"하하! 그렇게 말씀해 주시니, 한결 마음이 가벼워집니다."

부여장의 인사말을 시작으로 장수들은 먼 길을 다녀오느라 고생했다는 인사말들이 오가면서 각자 정해진 자리에 앉았다.

강철이 먼저 입을 열었다.

"이번에 본관이 고구려에 갔던 일은 처음부터 끝까지 보국 공께서 함께하셨으니 보국 공께서 상세히 신료들에게 설명해 주셨으면 좋겠소."

"예!"

강철의 명을 받은 을지문덕은 고구려에 도착해서 돌아오기까지 이루어졌던 일들을 빠짐없이 설명을 했다. 을지문덕의 설명을 모두 듣고 난 신료들은 이제 고구려가 다른 나라처럼 느껴지지 않고 배달국이라는 생각이 들었다.

과학부 총감인 박상훈이 먼저 입을 열었다.

"고구려가 생산해 오던 품질 좋은 철광석과 유연탄을 더 많이 생산하라고 하셨다니 우리 과학부로서는 여간 반가운 일이 아닙니다. 소장 생각에는 기왕이면 광공업부 총감이신 강진영 장군이 그들에게 채굴 기술과 제련 기술을 자문해 준다면 더욱 효과가 있지 않을까 생각합니다."

박상훈의 말에 강진영도 동의를 했다.

"과학부 총감이신 박 장군의 제안을 적극 검토해 보겠습니다. 광물이 매장되어 있는 곳이라든가 제련 시설 확장 같은 문제는 지금이라도 충분히 자문해 줄 수 있을 것입니다."

강철이 고개를 끄덕이면서 의견을 말했다.

"좋은 의견이요. 광물 매장지에 대한 자료는 당장이라도 인편으로 보내줄 수 있으니 큰 도움이 될 것이요. 채굴량만 많다면야 제련은 광석을 가져와서 우리가 해도 되는 일이니 뭐가 문제겠소?"

강진영이 고개를 끄덕였다.

"하하하! 알겠습니다. 그렇지 않아도 과학부에서 요구하는 철판과 철괴의 물량이 많아 철광석 부족에 시달리고 있었는데 잘되었습니다."

그 말을 들은 강철이 문득 생각났다는 듯 박상훈을 보면서 물었다.

"과학부 총감! 지금 만들어 놓은 신기전 화포의 수량이 얼마나 되오?"

"예, 이미 육군부로 넘겨준 물량이 백 오십 문이고, 지금 만들어 놓은 것이 백 문 정도가 있습니다만, 그동안 군함 수선에 과학부 기술자들이 전부 동원되는 바람에 생산이 중단된 상태입니다."

"흠…… 이제 무적함 수선은 끝났으니, 신기전 화포를 비롯한 병장기 생산에 힘을 쏟아 주셨으면 좋겠소. 가능한 빠른 시일 내에 화포 육백 문을 만들어 주셨으면 하는 것이오."

그러자 박상훈이 곤혹스러운 표정으로 대답을 했다.

"각하, 수군부에서 전투함을 개조해 달라는데, 과학부가 양쪽 일을 하기에는 어려움이 큽니다."

"그 배의 수리는 좀 늦추더라도 신기전 화포 생산을 먼저 해 주시오. 화포 오백 문은 고구려 영주 공격에 쓸 것이고, 나머지 백 문은 왜국 출정에 사용할 것이요."

"알겠습니다. 전투함 수리를 서너 달 늦춘다면 가능합니다. 다행히 두 분 단주께서 지난번에 대륙을 다녀오시면서 화살 재료인 신우대*를 삼십만 개나 사재를 털어서 구해 온 덕분에 신기전도 같이 만들도록 하겠습니다."

강철이 그 말을 듣고는 처음에는 놀라더니 곧 화난 표정으로 변했다.

"아니? 그런 일이 있었는데 어떻게 본장은 금시초문이란 말씀이요? 상업부 대신!"

"예, 각하!"

"상업부 대신 두 분 단주께서 나랏돈이 아닌 사재로 화살 재료를 사 왔다는 사실을 알고 계셨소?"

상업부 대신인 부여망지는 당황한 얼굴로 더듬거리며 대답을 했다.

"예…… 소장은 과학부 총감께만 말씀을 드리면 각하께 보고를 하실 줄 알고……."

강철은 고개를 흔들면서 언성을 높였다.

"이것 보시요! 부여망지 장군! 벌써 두 분이 산동 땅을 다녀오신 지

* 신우대: 대나무의 일종으로 조릿대라고도 함. 화살 재료로 쓰였음.

가 언제요? 그런데 국사를 총괄하고 있는 본관이 그런 사실을 여태껏 모르고 있다는 게 말이 된다고 생각하시오? 게다가 그런 일은 상업부 대신이나 상업청장이 직접 본장에게 고해야 맞는 절차가 아니겠소?"

강철의 말에 대신인 부여망지와 상업청장인 부여의자가 자리에서 일어나 고개를 숙이며 잘못을 사죄했다.

"죄송합니다! 소장이 큰 실책을 했습니다."

"소장의 잘못이 큽니다."

두 사람이 몸 둘 바를 몰라 하며 서로 사과를 하자, 오히려 민망해진 청룡상단 단주가 입을 열었다.

"소장들이 한 일이야 아주 작은 일인데, 각하께 보고 드릴 필요까지 있었겠습니까? 그러니 그만 고정하시지요."

자신의 장인인 국 단주의 말에 고개를 가로저으면서 대꾸를 했다.

"그 말씀은 옳지 않아요. 그렇지 않아도 두 분의 큰 재산이었던 상단 배도 아무 대가 없이 나랏일에 사용하고 계신데, 거기다가 사재를 털어 나랏일을 감당하셨으면 응당 폐하께서 고마움을 표해야 하지 않겠습니까?"

국태천은 손사래를 쳤다.

"각하, 그 무슨 친부당민부당하신 말씀이십니까? 나라 인에 있는 재물이나 백성들은 모두 폐하께 속해 있는데, 폐하께서 고마움을 표하시다니요? 그 말씀은 온당하지 않다고 생각합니다."

국태천의 말을 들으면서 이 시대에 살고 있는 사람들의 의식을 다시 한 번 깨달은 강철은 화를 누그러뜨리면서 말을 했다.

"국 단주께서 그렇게까지 말씀하시니 이번 일은 이 정도로 끝내고 더 이상 거론치 않겠소. 이 시간 이후 상업부 대신이나 상업청장뿐만 아니라 다른 분들도 이와 같은 일이 다시는 없도록 유념해 주시오."

"알겠습니다!"

모든 신료들의 대답을 들은 강철은 다시 과학부 총감인 박상훈을 쳐다보며 하던 말을 계속했다.

"재료까지 마련되어 있다니 박 장군은 힘드시더라도 병장기 제조를 서둘러 주시오."

"예, 그렇게 하겠습니다."

"다음은 폐하의 명에 의해서 소규모의 내각 인사를 단행하겠소. 사비 공!"

"예!"

농어업부 대신인 부여장은 자기 이름이 호명되자, 얼른 대답을 했다.

"곧 있을 왜국 정벌에 사비 공께서 총사령관을 맡아 주시고, 좌부사령으로는 일부 소장, 우부사령에는 육군 부장인 김유신 소령, 호위장에는 부여사걸 소장을 임명하라는 폐하의 분부가 계셨소. 군사는 총 천 오백 명이요. 일반군 천 명을 일부 장군이, 신기전 화포 백문과 화포병 오백 명은 김유신 소령이 지휘하시오. 정식 발령은 구월 초하루에 하겠지만, 사비 공이 맡고 있던 농어업부 대신 소임은 계림 공이, 형법청장 소임은 조계룡 장군이 맡아서 인계를 받으시오. 그리고 지난번 국혼 기간 중에 있었던 무예 대회 궁술 부문에서 입상을 한 조미저리 대위를 소령으로 승진시켜 육군 부장으로 임명하겠소."

부여장은 자신이 왜국 정벌군 총사령을 맡게 된 것이 무척이나 좋은지 기쁨을 감추지 못했다.

"알겠습니다! 오랜만에 출전할 생각을 하니 감개가 무량합니다. 하하하!"

배달국에는 고구려, 백제, 신라인 삼국 출신이 다 모여 있기 때문에 그중에서 선택된다는 것은 커다란 자랑이었고, 그만큼 태황제의 신임을 받는다고 생각하는 터였다.

일부 장군도 계림 총독부가 해체된 이후에는 이렇다 할 일을 맡지 못하자, 몹시 무료해하던 중이었다. 오죽했으면 스스로 자원해서 일반 군사들 틈에 끼어 특공훈련까지 받았겠는가! 그런데 이번에 군사 1천을 지휘하는 좌부사령을 맡아 왜국 정벌에 나서게 됐으니 그 기쁨은 말로 표현할 수 없을 정도였다.

김유신 역시 그랬다. 그 어려운 군사훈련을 마치고 육군 부장을 맡았지만, 특전군 부장인 설계두나 계백보다 늘 한 걸음 뒤처지고 있다고 느껴 오던 터였다. 그런데 자신이 배달국의 최초로 신기전 화포부대를 지휘하는 우부사령으로 출전하게 되었으니 자못 흥분이 되고도 남았다.

"네 분은 폐하께서 출정 명령을 내리실 때까지 왜국에 관한 정보를 수집하고, 그에 맞는 전략을 강구하도록 하시오."

"알겠습니다!"

"여부가 있겠습니까?"

"옛!"

"옛!"

강철은 네 사람이 힘차게 대답하는 소리를 듣고는 좌중을 한 바퀴 둘러보았다.

"이제 각 부서에서 하실 말씀이 있으면 하시오."

제일 먼저 입을 연 것은 외교청장인 알천이었다.

"각하, 그동안 우리 배달국에 와 있던 유세철 장주가 동래군에 있는 댁으로 돌아가겠다고 합니다. 호송은 청룡상단 국 단주께서 해 주시기로 했습니다."

"아, 편전에서 들었소. 그런데 수군사령! 아까 편전에서 말씀하신 대로 무적함으로 데려다 주는 데는 문제가 없겠소?"

홍석훈은 자신감을 보이며 고개를 끄덕이고는 대답을 했다.

"물론입니다. 단순히 그를 데려다 주고 오는 것은 전혀 문제가 없습니다."

"그럼, 피곤하실 터이니 오늘은 쉬시고 내일 다녀오도록 하시오. 그리고 외교청장께서는 이 회의가 끝나면 유세철 대인을 총리부로 데리고 오시오. 본장이 좀 만나 봐야겠소."

"하시면 유 대인을 우리 무적함으로 데려다 주시려는 것입니까?"

"그렇소! 상단 배로 가면 위험하기도 하고 보름 이상이 걸리지만, 우리 군함으로 데려다 준다면 이틀 정도면 가능하니 그렇게 할 것이요."

강철의 말을 듣고 있는 신료들은 또다시 무적함이 대단하다는 것을 실감하고 고개를 잘래잘래 흔들었다.

이때, 백호상단의 목관효 단주가 눈치를 보며 조심스럽게 제안을 했다.

"그곳을 다녀오는데 이틀밖에 안 걸린다면 소장도 동행하면 안 되겠습니까? 그곳에 있는 상단에 물건을 좀 가져다 주고 싶어서 그렇습니다만……."

"하하하! 안 될 일이 뭐가 있겠습니까? 그러시지요."

그러자 목관효 옆에 앉아 있던 국태천도 덩달아 청했다.

"각하! 목 단주께서 가신다니, 소장도 목 단주와 함께 다녀오면 어떻겠습니까? 지난번에 타 보긴 했지만, 먼 뱃길에서 우리 무적함의 힘을 다시 한 번 느껴 보고 싶습니다."

"당장 바쁘신 일이 없으시다면 그렇게 하세요. 기껏 이틀 길이니 별 문제야 있겠습니까?"

"감사합니다."

이번에는 을지문덕이 입을 열었다.

"각하, 소장이 한 말씀드리겠습니다. 고구려를 연말까지 우리 배달국에 합치려면 지금부터 고구려 국사가 아국의 정책에 맞게 이루어져야 한다고 생각합니다. 그러니 우리 조정에서 누군가 고구려로 가서 그들에게 자문을 하는 것이 어떨까 합니다만……."

강철은 그 말을 듣고는 깜짝 놀랐다.

자신도 미처 생각하지 못했던 일이었기 때문이었다.

"보국 공! 아주 좋은 말씀이시오. 본관도 생각하지 못한 것을 일깨워 주시니 고맙소이다. 그런데 문제는 우리 정책도 잘 알고, 고구려 사정에도 밝으신 분이 가야 하는데, 그런 분이라면 보국 공과 연자발, 이문진 장군밖에 안 계시니……."

이때 홍석훈이 자신의 의견을 딱 잘라 말했다.

"각하, 연자발 장군은 안 됩니다. 그렇지 않아도 우리 수군에 장수가 부족한 판에 박영주 부함장은 전투선 수리 작업을 지휘해야 하고, 연자발 장군은 소장과 함께 무적함을 조종해야 하기 때문에 어렵습니다."

강철이 고개를 끄덕이며 말을 받았다.

"그렇기는 하오. 보국 공이나 이문진 장군 두 분 역시도 맡은 소임이 중해서 자리를 비울 수 없는 분들이니 고구려로 갈 만한 분이 없구려."

이때 잠시 망설이던 이문진이 입을 열었다.

"소장이 가면 어떻겠습니까? 소장이 맡고 있는 제국종합대학 학장 소임은 수을부 장군이나 혜문 대령이 맡아도 큰 문제는 없을 것 같습니다."

이문진의 말이 있자, 나이가 들어 얼굴 주름이 가득한 수을부가 긴 턱수염을 한 번 쓰다듬고는 말을 받았다.

"각하, 그렇지 않아도 소장은 폐하께 낙향을 주청 드리려던 참이었습니다. 이제 소장이 나이가 들어 기력이 쇠진하고, 눈이 어두워 그런 중차대한 일을 맡을 능력이 못되니 부디 나라에 누를 끼치지 않도록 하여 주시기 바랍니다."

그는 나이가 예순이 넘은 지도 꽤 오래되었고, 더구나 지난 몇 년 동안 마음고생도 심했었기 때문이었다. 그렇지만, 강철을 비롯한 천족장군들은 누구나 할 것 없이 수을부의 말을 들으면서 마음속으로는 파도처럼 밀려오고 있는 진한 감동을 느끼고 있었다.

아직은 조정에 나와 일을 못할 정도는 아닌데도 불구하고, 자신이 스스로 나라에 누를 끼칠까 염려하여 관직을 내놓고 물러가겠다고 청하는 모습이 너무나 신선해 보였기 때문이다.

현대에 있을 때, 이제는 뒷전으로 물러나 나라의 원로로서 의젓하게 있어야 마땅할 사람들이 노욕(老慾)에 사로잡혀 자리에 연연하면서 떠날 때를 모르던 꼴사납던 모습을 누누이 보아 왔던 그들로서는 수을부에게 깊은 감동과 존경스러운 마음이 들지 않을 수가 없었던 것이다.

강철은 그런 자신의 감정을 애써 감추면서 회의를 진행해 나갔다.

"본장도 수을부 공의 고충을 이해하오. 그럼, 고구려에는 이문진 장군이 가도록 하시고, 그 학장 소임은 혜문 대령이 맡는 것으로 폐하께 말씀을 올리겠소. 수을부 장군 문제도 마찬가지로 폐하께 고해 드리겠소."

"알겠습니다."

고구려에 파견할 사람으로 이문진이 정해지자, 이번에는 우수기가 입을 열었다.

"각하, 이제 각 군의 군사를 조금 더 늘려야 하지 않겠습니까? 소장이 맡고 있는 육군에서도 신기전 화포부대를 임시로 운영하고 있지만, 지금 상태로는 군사 부족이 심각한 수준입니다."

"본장도 느끼고 있었소. 그런데 신기전 화포 하나당 딸린 군사는 몇 명으로 정한 것이요?"

"최소 다섯 명이 필요합니다. 그러니 화포 일천 문만 보유한다고 하더라도 군사 오천 명이 필요한 입장입니다. 그런 데다가 육군에 비록 구식 병장기를 사용하는 군사일지라도 일반 군사를 두지 않을 수는 없는 일입니다."

강철이 고민하고 있을 때, 다행히 조영호와 홍석훈이 특전군과 수군은 당분간 늘리지 않아도 된다는 의견을 제시했다.

"흠…… 국세청장!"

"예, 각하!"

"우리 군사를 삼천 명쯤 더 늘려도 국고에 부담이 안 되겠소?"

"큰 지장은 없습니다. 그동안 나랏돈이 많이 들어가던 큰 공사들이 대부분 끝이 났고, 백성들이 새로 농토를 개간한 것도 상당하여 받아들이는 세곡이 크게 늘었기 때문에 국고는 넉넉한 편입니다."

"하하하! 그렇다면 안심이요."

강철이 늘 느끼는 것이지만, 세금을 거두어들이고 관리하는 능력은 어느 누구도 국세청장인 홍수를 따르지 못할 거라고 확신했다.

그렇게 되어 강철은 육군만 추가로 3천 명을 더 늘리는 것으로 태황제에게 건의하겠다고 결론을 내면서 회의를 마쳤다.

회의를 끝낸 장수들이 모두 자신들의 집무실로 돌아가고, 총리부에는 수군사령이면서 무적함 함장인 홍석훈과 두 상단 단주인 목관효, 국태천이 자리를 함께하고 있었다.

잠시 후, 외교청장인 알천의 안내를 받아 배달국 옷차림과 다른 유세철이 들어와 강철이 권하는 자리에 앉았다.

대화의 통역은 백호상단 단주인 목관효에 의해 이루어졌다.

강철이 부드러운 미소를 지으며 인사말을 건넸다.

"유 대인, 우리 배달국에 머무시는 동안 불편하신 점은 없으셨소?"

유세철은 자리에서 일어나 자신의 두 손을 포개 인사를 하며 대답했다.

"천만에 말씀이옵니다. 옆에 계신 알천 공께서 대소사를 살펴 주셔서 머무는 동안 너무 편하게 지냈사옵니다. 게다가 하늘에서 오신 태황제 폐하까지 알현하게 해 주셔서 미천한 소인은 더할 바 없는 광영으로 알고 있사옵니다."

홍룡포 차림의 강철은 함빡 웃음을 띠고 대꾸를 했다.

"하하하! 그러시다면 안심이 되오. 그동안 우리 배달국을 두루 살펴보셨을 텐데 어떤 생각이 드셨소?"

"각하, 소인은 이런 나라가 있다는 것이 신기할 따름이옵니다. 백성들은 흥겨워서 노랫소리를 멈추지 않고, 전기불이나 병장기들…… 게다가 병선까지 하나같이 인간 세상에서는 볼 수가 없는 것들이니, 소인이 무슨 말씀을 올리겠사옵니까?"

그가 하는 말을 들으면서 강철은 자신들이 이 시대로 와서 크게 잘못하지는 않았구나 하는 생각에 흐뭇한 마음이 들었다.

"유 대인! 우리 배달국을 위해 일해 보실 생각은 없으시오?"

"아이쿠! 소인 같이 비천한 하계의 인간이 마음이 있다 한들, 어찌 감히 천계(天界)에서 오신 분들을 가까이 모실 수가 있겠사옵니까? 바랄 수도 없는 일이옵니다."

강철은 유세철의 말을 듣고도 일을 하고 싶다는 것인지, 하고 싶지 않다는 것인지 도무지 대답이 아리송하게 들렸다.

"오양 공, 유 대인이 하는 말뜻이 무엇이요?"

"예, 원래 대륙 사람들은 말을 빙빙 돌려서 하는 터라 이해하기가 어렵습니다. 지금 유 대인은 일을 하고는 싶은데 감히 청할 수가 없다는 뜻입니다."

강철은 원래 성격이 급하기도 하지만, 결단력도 있고 말을 할 때는 군더더기를 싫어하는 스타일이었다.

"하하! 그렇소? 흠…… 유 대인!"

"예, 각하!"

"본관이 유 대인에게 우리 배달국 벼슬을 내리시도록 폐하께 말씀을 올릴까 하는데 어떠시오?"

"그렇게 된다면야 소인은 자자손손 광영으로 여길 뿐이옵니다."

"알겠소. 그럼, 공을 우리 배달국의 장수로 폐하께 천거할 것이니 충성을 다해 주셨으면 하오."

"백골난망이옵니다. 그렇게만 된다면 목숨을 아끼지 않겠사옵니다."

"알겠소. 일단 영빈관으로 돌아가 계시면 다시 청하겠소."

"예!"

그가 알천의 안내를 받으며 총리부를 나가자, 강철이 두 사람에게 물었다.

"저자에게 어느 계급을 주면 적당하겠소?"

목관효가 웃으며 대답을 했다.

"각하, 소장쯤이면 어떨까 합니다만……."

"그건 너무 높지 않겠소? 본관은 중령쯤이면 적당하리라 생각했소만!"

목관효가 다시 입을 열었다.

"소장이 어려우시다면 대령에라도 임명하시는 것이 좋을 성싶습니다. 나중에라도 크게 쓰일 사람입니다."

"알겠소. 오양 공이 그렇게까지 말씀하시니 폐하께 말씀을 드려 보겠소."

"하하하! 알겠습니다."

그렇게 대화를 마친 강철은 총리부를 나가 편전으로 향했다.

안으로 들어가자 반갑게 맞이하는 태황제에게 내각회의에서 거론된 일들과 유세철을 만나 본 것까지 설명했다.

"고생스러울 텐데 이문진 장군이 자청해서 고구려로 가겠다니 고마운 일이요. 일이 그렇게 되었다면 쇠뿔은 단김에 빼랬다고 내일이라도 그를 비조기 편으로 보내도록 하세요. 기왕이면 비조기를 보내는 길에 광공업 총감인 강진영 대장도 철과 석탄이 매장된 지도를 가지고 잠시 다녀오게 하세요."

"하하! 그렇게 하겠사옵니다. 소장도 생각을 못했는데 보국 공이 제안을 해 주는 바람에 일이 술술 풀리는 것 같사옵니다."

태황제인 진봉민은 고개를 끄덕였다.

"그리고 왜국 정벌군은 가능한 빨리 출정시킬수록 좋을 것이요. 그리고 유세철 대인의 계급은 육군 소장으로 하는 것이 좋을 것 같소."

"사실, 소장 생각에는 대령이면 족할 것 같사옵니다."

"과인도 같은 생각이지만 그러나 어차피 나중에는 쓸 사람이 부족할 테니, 지금 소장으로 임명한다고 하여도 크게 문제될 것은 없다고 생각되오."

"알겠사옵니다. 관직은 천명상단 호위 장군으로 하겠사옵니다. 그런데 군사를 증원하는 문제는 어떻게 하는 것이 좋겠사옵니까?"

"이제 고구려 문제도 잘 풀렸으니, 앞으로 군사가 많이 필요하게 될 것이요. 육군에 삼천 명을 더 늘리면 우리 군사가 총 만 오천 삼백 명이 되는 게 맞소?"

"그렇사옵니다."

"앞으로 총원 이만 명 범위 내에서는 형편에 따라 총리대신이 알아서 늘리도록 하세요. 다른 것은 내각에서 의논된 대로 하시면 될 것이요."

태황제가 평소 군사를 늘리는 것에는 상당히 조심스러워했었기 때문에 혹시 오늘도 탐탁하게 여기지 않을까 염려하던 강철이었다. 그런데 웬걸 2만 명의 범위 내에서는 자유롭게 늘려도 좋다는 말을 듣자, 안심이 되는지 환하게 웃으며 대답을 했다.

"그렇게 알겠사옵니다. 그런데 수을부 장군이 사직을 청하면서 낙향하겠다고 하는데 어떻게 해야 할지……? 어떻거나 우리 배달국의 개국공신이 아니겠사옵니까?"

"총리대신 말씀대로 개국공신이긴 한데…… 과인은 공신들에 대해 특별히 대우하는 것이 옳지 않다고 생각해서 공신전 같은 땅을 주거나, 공신 작호를 내리지 않았던 것이요. 현대에 있을 때도 선거에 출마하는 자를 도와줘서 당선이라도 될라치면, 그 곁에 빌붙어서 온갖 이권 개입을 일삼던 자들이 바로 주변에 있던 자들이 아니었소?"

강철이 크게 고개를 끄덕였다.

"폐하, 소장도 같은 생각이옵니다. 역대 대통령들의 말년이 좋지 않았던 큰 이유 중에 하나가 바로 옆에 있던 자들의 부정부패였사옵니다."

태황제가 잠시 생각을 가다듬더니 말을 받았다.

"그렇다고 나라와 백성들을 위해 고생한 사람을 늙었다고 팽개치는 것도 옳지 않은 일이요. 지금처럼 녹봉이나 받아서 간신히 생활해 오던 사람들이 노후가 비참해진다면, 오히려 노후를 대비하기 위해서 현직에 있을 때 부정을 저지를 것은 불을 보듯 빤한 일이요."

강철도 수긍을 했다.

"옳으신 말씀이옵니다. 그렇다면 무슨 좋은 방법이 있사옵니까?"

태황제인 진봉민은 그 말에는 대꾸를 하지 않고 밖을 향해 명을 내렸다.

"밖에 기 상궁은 궁청장을 들라 하라!"

"예에!"

곧 변품이 들어와 절을 하고는 자리에 앉자, 그에게 물었다.

"변품 장군! 과인이 배달국에 공신 제도를 두지 않은 까닭은 공신들이 백성들에게 갖은 패악을 저지를 우려가 크다는 것을 잘 알기 때문이요. 그러나 수을부 공처럼 나라와 백성들을 위해 애쓴 사람을 늙었다고 내팽개치는 것도 옳지 않다고 봐요. 그러니 노후에도 체면을 유지하면서 생활을 걱정하지 않게 하려면 어떻게 하는 것이 좋을지 방법을 묻고자 불렀소."

태황제의 말을 들은 변품은 잠시 망설이더니 입을 열었다.

"폐하, 소장도 개국을 할 때 어째서 공신에 대해 말씀이 없으신가

하고 생각했던 적도 있고, 신하들에게 식읍(食邑)*을 내리지 않으시는 이유가 궁금했던 것도 사실이옵니다. 그러나 이후에 녹봉 제도를 만들어 관인들이 편히 생활할 수 있게 해 주시고 나서야 그 이유를 깨달았사옵니다. 그것은 바로 백성들에게 피해가 없도록 하시기 위한 폐하의 깊은 뜻이라는 것을 말씀이옵니다."

"흠……! 계속 말씀해 보시오."

태황제와 강철은 진지한 표정으로 변품의 말을 귀담아 듣고 있었다.

"예, 폐하께서는 이제 연로하신 수을부 공이 조정에서 물러나면 노후 생활이 어려울 것을 염려하시는 줄로 아옵니다. 소장의 짧은 소견으로는 출궁 궁녀들을 모아 놓은 안락원을 신라 궁궐이었던 널찍한 계림 총독부 자리로 옮기면 어떨까 하옵니다."

"안락원을 옮긴다?"

"예, 그런 다음 지금처럼 연필과 비누, 군복을 만들게 하면서, 그녀들을 감독하는 책임을 수을부 공께 맡기신다면 크게 힘 드는 소임도 아니기 때문에 연로한 수을부 공도 충분히 해낼 것이고, 건물 관리도 잘될 것이옵니다."

궁청장인 변품이 내놓은 방법이 너무도 그럴싸하다고 생각한 강철은 밝은 표정으로 태황제의 의견을 물었다.

"폐하! 궁청장의 제안이 괜찮은 것 같은데, 어떠시옵니까? 그렇지 않아도 폐하께서 당부하신 후손들에게 물려줄 궁궐 건물도 잘 관리될 것이고, 수을부 공도 만족할 것이옵니다."

* 식읍(食邑): 왕족이나 공신(功臣) 봉작자 등에게 준 일정한 지역의 땅. 그곳에서 나오는 수입은 받은 자의 몫임.

태황제가 고개를 끄덕거리면서 대꾸를 했다.

"하하하! 그러게 말이요. 궁청장이 과인의 고민을 시원하게 해결해 주었소. 그렇지 않아도 그동안 안락원과 비어 있는 궁궐 관리까지 바쁜 궁청장이 맡고 있어서 안타까웠었는데, 별도로 관리하는 책임자를 둔다면 그것도 해결되니 금상첨화가 아니겠소? 다만, 비누 제조에는 불을 사용하게 될 텐데, 특별히 화재를 조심하라고 당부는 해야 할 것이요."

"그거야 어련히 알아서 하겠사옵니까?"

태황제가 흐뭇한 미소를 지으면서 강철에게 지시를 했다.

"하하하! 과인이 너무 소소한 것까지 말한 것 같소. 총리대신은 지금까지 의논된 것을 하루빨리 처리토록 하시오. 두 분은 이제 나가 보셔도 좋소."

"알겠사옵니다."

"그럼, 소장 물러가겠사옵니다."

편전을 물러 나온 강철은 총리부로 돌아와 태황제의 재가를 받은 일들을 신료들과 함께 차근히 실행에 옮겼다.

그렇게 보름이 지나고 어전회의 뒷날인 9월 초이틀이었다. 배달국 수군사령부가 들어서 있는 강항에서는 왜국 정벌군을 환송하는 행사가 이루어지고 있었다.

배달국 국기와 태황제의 깃발인 오족황룡기에 대한 군례를 시작으로 필히 승리하고 돌아오라는 태황제의 격려사와 황명을 상징하는 태황검을 내리는 절차가 이어졌다. 전에는 황제나 왕이 부월(斧鉞)

이라고 부르는 크고 작은 두 자루의 도끼를 전쟁에 나가는 최고위 장수에게 내렸으나, 배달국에서는 허리에 차기 편한 검을 내리는 것으로 바꿨던 것이다.

마지막으로 총사인 부여장이 필승을 다짐하는 선서로 행사는 끝났다.

왜국 정벌군으로 출정하는 장수로는 이미 발표했던 대로 총사령관인 부여장 대장을 비롯해 좌부사령 일부 소장, 우부사령 김유신 소령, 호위 장군 부여사걸 소장이었고, 동원되는 군사는 창, 검, 도끼로 무장한 1천 명의 육군과 신기전 화포를 담당하는 포병 5백 명으로 구성되었다.

그 외에도 무적함은 군사와 화포를 두 번에 걸쳐 운송한 이후에는 정벌군과의 연락과 보급을 위해 매달 왜국을 왕복하기로 결정했던 것이다.

배달국 신료들이 손을 흔들며 마중하는 가운데 왜국 정벌군을 실은 배달국 최초의 군함인 무적함은 장항 부두를 빠져나가 바다 멀리 사라져 갔다.

그들이 떠난 군항 한쪽에는 수리 중인 전투함이 마치 자신도 지금 당장 바다로 나갈 수 있다고 으스대는 양 당당한 모습으로 서 있었다.

배달국의 국정을 총책임지고 있는 강철은 비조기에 올라 도성으로 돌아오면서도 왜국을 정벌한다는 사실이 믿기질 않았다.

얼마나 고대하던 일이던가! 자신들이 이 시대로 올 때, 삼한을 통일하고, 왜국과 대륙까지 호령하는 그런 나라를 만들어 보자고 굳게 다짐하지 않았던가! 그런데 이제 그 꿈이 하나씩 이루어지고 있다는 생각에 지난 보름 동안 잠조차 제대로 이루지를 못했던 것이다.

그는 옆자리에 앉아 있던 진봉민에게 말을 건넸다.

"폐하, 감회가 어떠시옵니까?"

"음……."

태황제도 목이 메는지 말을 잇지 못하자, 강철은 기다리지 못하고 자신이 다시 입을 열었다.

"폐하, 오늘 밤에는 그동안 못 잤던 잠이나 푹 자야 하겠사옵니다."

"……."

태황제는 말없이 고개만 끄덕였다.

산동반도에 위치한 동래군은 바다에 접해 있어 수나라 이전인 남북조시대부터 사신과 교역선이 오가고, 군항과 수군 진영까지 설치될 정도로 자연스럽게 발달한 항구도시였다. 그렇다 보니 성안에 사는 백성들 숫자만 해도 5만에 육박했고, 그에 속해 있는 크고 작은 현에 거주하는 숫자까지 합하면 10만이 넘었다.

삼한 땅에 있는 상단들 역시도 대륙으로 장삿길을 날 때는 당연히 이곳에 있는 항구로 드나들었다. 그런 이유로 배호상단 단주인 목관효 역시도 이곳에 상단을 만들 기틀을 마련해 놨던 것이다. 본국을 떠나온 장지원 일행은 목관효가 마련해 놓은 건물에 천명상단이라는 깃발을 내걸고 점포를 열어 장사를 시작했다.

그리고 한편으로는 데리고 왔던 정보원들을 인근 지역으로 파견하여 정보를 수집케 했다. 그렇게 흐른 세월이 어느덧 1년이 다 되어 가고 있었다.

그동안 배달국에서 처음 가져왔던 비누와 연필, 오색 유리 보석, 벼룩 약, 진주 보석 등이 고가에 팔리기 시작하여, 산동 지방 인근에서는 천명상단을 모르는 사람이 드물 정도로 제법 유명해졌다.

상품들 중에 단연 인기가 있는 품목은 연필과 벼룩 약이었고, 비누의 효능도 귀부인들 사이에서는 차츰 알려지기 시작하고 있었다.

그렇지만, 그럴수록 물건 조달이 문제였다. 처음 가져왔던 상품들은 동이 난 지 오래고, 지금은 보름 전에 유세철을 데려다 주면서 가져왔던 물건들이 날개 돋친 듯이 팔리고 있는 중이었다.

그때 물건을 가져다 주면서 잠깐 얼굴만 비치고 떠나는 목관효에게 하루빨리 물건들을 가져다 달라고 부탁할 정도였다.

원래 장사에는 문외한인 장지원이었지만, 다행히 목관효가 딸려 보낸 상인들이 탁월한 상재를 보이고 있어, 상품만 넉넉히 조달된다면 나라 재정에 큰 보탬이 될 것이라고 간파한 그도 요즘은 장사에 부쩍 관심을 보이고 있었다.

그러나 호사다마라고 했던가!

동래군에 천명(天命)이라는 이상한 이름을 가진 상단이 등장하여 불과 몇 달 만에 산동에 있는 돈이라는 돈은 다 긁어모을 정도로 장사가 잘된다는 허풍 섞인 소문이 돌게 되었다.

그러자 동래군 태수(太守)*나 도위(都尉)* 밑에 있는 하급 관리들

* 태수(太守): 군의 행정책임자. 도지사와 비슷함.
* 도위(都尉): 군의 군사 책임자.

은 물론 힘깨나 쓴다는 왈짜패들까지 점포를 들락거리며 찝쩍대기 시작했다. 그럴 때마다 왈짜패들은 소중덕과 특공훈련을 받은 특전군들이 패대기를 쳐서 돌려보내곤 했지만, 관리들에 대해선 어찌해 볼 도리가 없었다.

처음에는 태수와 도위를 찾아가 하소연도 해 보았지만, 달라지지 않고 매한가지였다. 원래 태수라는 자도 재물이라면 사족을 못 쓰는 자인데 거기다 대고 하소연을 했으니 무슨 소용이 있었겠는가?

결국 나중에라도 도움을 받을 일이 있을지 모르니, 가끔 술대접이나 해 주자는 소중덕의 의견을 받아들여 술자리를 몇 번 갖고 나서부터는 다행히 관리들이나 하급 장졸들이 점포를 드나드는 일은 없어졌다. 물론 그렇게까지 된 데는 결정적인 계기가 있었다.

어느 날, 동래군에 있는 군사를 관장하는 도위와 휘하 장수들까지 초대하여 술자리를 마련했다. 당연히 그 자리에는 늘 실과 바늘처럼 장지원을 수행하는 소중덕도 몇 명의 특전군들을 데리고 참석하게 되었다.

평소 듣던 것과는 달리 동래군 도위는 호탕한 모습을 보였고, 군인 출신인 장지원도 여느 술자리보다 기분이 고조되었다. 점점 자리가 무르익어 가자 소중덕이 서로 무예를 겨뤄 주흥을 돋우면 어떻겠느냐는 제안을 했고, 도위와 장수들은 반색을 했다.

소중덕이 무술 시합을 제안했다는 말을 하자, 장지원은 마음 한구석이 찜찜했지만 이미 벌어진 일이었다. 기왕에 벌어진 일이니 소중덕의 체면을 살려 주고 싶은 마음에 덩달아 한마디 거들었다.

"하하하! 도위 대인, 소인의 수하가 패하는 것은 당연하겠지만, 그래도 내기가 없으면 흥이 나겠습니까? 여하튼 소인 쪽이 패하면 다음에 또 한 차례 거하게 술자리를 마련하겠습니다. 하하하!"

그러자 이번에는 동래군 도위가 자신도 질세라 한마디 했다.

"하하하! 좋소! 좋아! 장 대인이 그렇게 한다면야 본관도 똑같이 그렇게 하리다. 하하하!"

"좋습니다, 하하! 그렇다면 삼판양승으로 하는 것이 어떻겠습니까?"

"좋소, 그렇게 하십시다. 하하하!"

도위는 다 이긴 것처럼 너털웃음을 웃어 젖히며 동의를 했다.

일이 그렇게 되자, 모두 자연스럽게 자리에서 일어나 술상을 뒤로 물려서 공간을 만드는 사이에 장수 하나가 점원에게 단봉을 2개 가져오라고 시켰다. 단봉은 보통 무술 연습을 할 때 쓰는 단단한 나무로 만든 막대기였다.

곧 2개의 나무 봉이 방으로 들어왔다. 먼저 도위 쪽에서 말석에 앉아 있던 장교 하나가 벌떡 일어나 나왔고, 장지원 쪽에서도 평상복 차림을 한 특전군 하나가 마주 나갔다. 그들은 각각 나무 봉을 하나씩 잡더니 마주 서서 대결을 시작했다.

'딱! 딱!' 나무 부딪치는 소리가 몇 번 들렸다 싶었는데, 어느 순간 특전군이 들고 있던 막대기 끝이 상대편의 목젖에 닿았고, 조금만 힘을 주면 목을 뚫고 들어갈 기세였다. 갑자기 이곳저곳에서 감탄 소리가 들렸다.

동래군 도위도 어이가 없는지 짤막한 한마디를 내뱉었다.

"허! 저런! 졌군."

"……!"

이번에는 중간에 앉았던 검은 수염이 숭숭 난 텁석부리 장교가 나왔고, 마찬가지로 장지원 쪽에서도 앳돼 보이는 특전군 하나가 나갔다.

역시나 몇 번 마주치던 특전군의 봉이 텁석부리 장수의 급소인 겨드랑이에 바짝 닿아 있었다.

동래군 도위는 떨떠름한 기색을 애써 감추며 장지원에게 공수를 했다.

"허허허! 오늘 시합은 본관 쪽에서 졌소이다. 장 대인은 참으로 대단한 수하들을 두신 것 같소이다. 참으로 부럽소."

"하하하! 별말씀을 다 하십니다. 한수 접어 주신 덕분이라는 것을 잘 알고 있습니다."

이때, 마침 도위의 다음 자리에 앉아 있던 교두(教頭)가 자리에서 일어나 공수를 하면서 입을 열었다.

"장 대인! 삼판이패로 우리가 진 것은 확실하지만 마지막 한 판은 남지 않았습니까? 소관이 한번 나서 보려 하는데 괜찮겠소이까?"

동래군 교두라면 도위 휘하에 있는 1만 명의 군사들을 훈련시키는 무술 교관으로 상관인 도위도 한수 접어 주는 터였다.

소중덕의 통역을 들은 장지원은 순간 여러 생각이 머릿속에서 오갔다.

"하하! 어차피 서로 간에 피를 보는 것도 아니고, 술자리 여흥을 위해 하는 시합인데 뭐가 어떻겠습니까?"

장지원의 속 시원한 대답을 들은 그는 앞으로 걸어 나오면서 말을 했다.

“하하! 장 대인은 상인이라고는 하시지만, 보다는 마치 장수처럼 화통하시군요. 오늘 소관은 대단한 호걸 한 분을 뵌 것 같습니다. 하하하!”

그렇게 말을 하면서 중앙으로 나온 그는 단봉을 잡으며 장지원을 바라봤다.

이때 소중덕이 공수를 하면서 말을 건넸다.

“동래군을 호령하시는 교두께서 나오셨으니, 수하를 내보내는 것도 예의가 아닌 것 같아서 소인이 몇 수 가르침을 받아 보겠습니다.”

그러고는 중앙으로 나가 단봉을 들고는 교두와 마주섰다.

“좋소이다, 하하!”

두 사람 모두 덩치가 컸지만, 날래기는 비호같았다.

마주 선 두 사람은 누구의 실력이 낫다고 가늠할 수 없을 정도로 막상막하의 실력을 보여 주고 있었다.

그런데 어느 순간 ‘얍!’ 하는 기합 소리와 동시에 소중덕은 들고 있던 단봉으로 교두의 목덜미에 대었다가 즉시 떼면서 입을 열었다.

“송구스럽습니다, 교두 대인!”

사실, 장지원의 생각에는 소중덕이 이번에는 당연히 져 줄 것이라고 예상했었다. 그런데 오히려 급소 중에 급소를 공격하여 변명할 여지조차 없는 패배를 안겨 준 것이다. 그런 결과에 더욱 당황한 것은 동래군 도위였다. 태수까지도 우습게 여기는 자신이 하잘것없는 장사치의 초대를 마다않고 술자리에 나온 것은 부족한 군량이라도 얻어 볼까 하는 속셈이었다. 그런데 도대체 이 무슨 꼴이란 말인가?

당장 입에서 '이 못된 놈들! 사람을 초대해 놓고 이렇게 모욕을 줘도 되느냐!' 는 고함이 튀어나오려는 찰나에 교두가 무릎을 꿇으면서 입을 열었다.

"소 대인! 소관이 패했소이다. 앞으로 완군명은 소 대인을 형님으로 받들어 모시겠소. 받아 주시오."

"……?"

그러고는 소중덕의 대답도 듣지 않고, 이번에는 장지원 앞으로 걸어와서 무릎을 꿇고는 입을 열었다.

"장 대인! 소관이 눈이 멀어 저런 기라성 같은 호걸들을 거느리신 영웅인 줄도 몰라 뵙고, 장 대인께 결례를 했습니다. 앞으로는 천명상단에 쓸데없는 짓거리를 하는 자가 있다면 소관이 먼저 가만두지 않을 것이요."

장지원은 얼른 앞으로 나가 교두를 일으켜 세우면서 대꾸를 했다.

"그 무슨 말씀이요? 영웅이라니요? 소인은 그저 보잘것없는 장사아치일 뿐이요. 교두 대인께서는 어서 자리에 좌정하시지요."

"알겠습니다. 그렇게 말씀하시니 일단 앉기는 하겠습니다. 아! 그리고 형님도 어서 자리에 좌정을 하시지요."

화를 내려던 도위도 분위기가 이상하게 돌아가는 것을 보고는 전개되는 그 상황을 멍청하게 바라만 보고 있었다.

교두가 서둘러 수하 장수들에게 좌석을 원래대로 옮겨 놓게 한 다음 도위를 제쳐 놓고 먼저 장지원에게 술병을 들어 술을 권했다.

"대인, 소장이 한잔 올리겠습니다. 받으시지요."

장지원은 아직도 얼떨떨해서 말없이 잔을 내밀어 술을 받았다.

"……?"

다음에는 소중덕에게 술을 권했다.

"형님, 아우가 한잔 올리겠습니다."

이렇게 술잔이 거듭되면서 서먹하던 분위기가 부드러워지고, 도위가 주도하던 좌석은 오히려 장지원이 주도하는 자리로 변해 갔다.

잠시나마 불쾌한 마음이 들었던 동래군 도위도 행여나 소인배로 보일까 봐 별로 웃을 일이 아닌데도 중간 중간 소리 높여 너털웃음을 웃어 댔다.

속마음이야 어떻건 좋은 분위기 속에 그날의 술자리는 끝났다.

그런 소문은 삽시간에 동래군 성내에 퍼졌고, 이후부터는 가끔가다 교두가 술병이나 싱싱한 생선을 들고 소중덕을 찾아오는 경우는 있었지만, 병졸들은 물론 장수들이나 관인들도 상단 근처에는 얼씬도 하지 않았다.

다행히 걱정거리가 없어진 상단은 평온한 나날이 계속되고 있었다.

그러던 어느 날, 이상한 서찰 하나가 상단으로 전해졌다.

그로부터 며칠 동안 상단 건물 안쪽에 있는 별채로 장지원을 보러 오는 유세철의 발걸음이 잦더니, 급기야 오늘은 동래군 교두까지 찾아들었다.

커다란 원탁에는 천명상단 단주인 장지원을 중심으로 소중덕과 유세철 그리고 동래군 교두인 완군명이 둘러앉아 있었다.

장지원이 먼저 말을 꺼냈다.

"완 대인, 도위께서는 이 문제를 어떻게 하시겠다고 하십니까?"

완군명은 곤혹스러운 표정으로 대꾸를 했다.

“장 대인, 말씀드리기가 송구스럽습니다. 도위 역시도 태수처럼 천명상단 때문에 벌어진 일이니, 상단이 알아서 돈을 마련해야 한다는 말이었습니다.”

듣고 있던 유세철이 어이가 없다는 표정으로 혀를 찼다.

“허! 성을 지키고, 성민들을 보호해야 할 태위와 도위라는 자가 일전불사의 각오로 싸워 보자고 해야 마땅한데, 그렇게 말을 하다니……쯧쯧쯧!”

장지원은 그럴 줄 알았다는 듯이 고개를 끄덕였다.

“흠, 하기야…… 그라고 뾰족한 수가 있겠소? 우리 상단을 지목해서 오수전(五銖錢)* 오만 냥을 내놓지 않으면 상단은 물론 동래군을 쑥밭으로 만들어 놓겠다니…… 우리가 돈을 내놓아야 그들도 편해지기 때문이 아니겠소?”

소중덕이 말을 받았다.

“아무리 그렇더라도 지금 당장 오만 냥이 어디에 있습니까? 우리가 그동안 팔았던 물목 대금도 간신히 그만큼이 될까 말까 한데, 그나마 모두 중천성으로 보내지 않았습니까?”

“그러니 답답한 일이요. 쩝! 그런데 유 장군! 그자들과 접촉해 볼 방법은 알아보셨소?”

유세칠은 고개를 가로저었다.

“원래 기공순은 남 못지않은 완력을 가졌으나 지혜는 없는 자입니다. 그래서 그동안은 북해군성에 칩거하면서 근처에 있는 촌락이나 작은 현성(縣城)들만 골라 노략질을 해 왔습니다. 더욱이 이곳 동래

---

* 오수전(五銖錢): 한나라 때부터 수나라 때까지 사용한 동전.

군 태수가 가끔 군량과 군자금을 보내 주었기 때문에 이곳 동래군까지는 넘보지 않았던 겁니다."

장지원은 금시초문이라는 듯이 물었다.

"그런 일이 있었소?"

장지원은 그 말을 듣는 순간 도적들과 태수가 짜고 벌이는 일이 아닌가 하는 의심마저 들었다.

"예, 그런데 그자가 얼마 전에 유난성이라는 모사(謀士)를 얻고 나서부터는 이곳까지 넘볼 정도로 변한 것입니다."

"……."

"그 유난성이라는 모사는 교활하기가 승냥이 같아서 부하들에게 절대 외인과 접촉하지 말라는 엄명을 내렸다고 합니다."

"그들의 군사수는 얼마나 되는지 알아보셨소?"

그렇게 장지원이 묻자, 유세철이 대답하기 전에 옆에 앉았던 완군명이 먼저 대답을 했다.

"오만이 넘는 것으로 알고 있습니다."

"허허! 참, 난세는 난세인가 봅니다. 일개 도적 무리가 성 하나를 통째로 점거해서 오만이나 되는 군사를 거느리고 있다니 말씀입니다. 태수나 도위가 싸울 의지라도 있어야 어떻게 한번 해 보는데, 그것도 난망이니 우리가 떠나는 수밖에 도리가 없을 것 같소."

유세철이 시무룩한 얼굴로 물었다.

"배가 없으니 본국으로 가시기는 어렵고, 어디로 가시려고 그러십니까?"

"일단 저들이 통고한 날짜가 모레니 내일 하루는 생각할 여유가 있소. 자! 이제 완 교두께서는 군영으로 돌아가시오."

그러자 완군명은 소중덕을 쳐다보면서 미안해하는 얼굴로 입을 열었다.

"형님, 떠나시더라도 몰래 떠나야 뒤탈이 없을 겁니다. 소제가 도움이 못돼 송구합니다. 군영에 매인 몸이라 따라가지도 못하고 심히 부끄럽습니다."

소중덕도 교두의 입장을 이해하고 있었다.

"아우, 말씀만으로 고마우이. 우리가 떠나면 설마 성이야 공격하겠는가? 일단 이 위기를 벗어났다가 다시 돌아오겠네. 혹시 못 보고 떠나더라도 서운해하지 말고 돌아오면 그때 보세나."

"예, 형님! 부디 몸조심 하십시오."

교두인 완군명은 눈물을 글썽이며, 두 손을 모아 공수로 작별을 하고는 자리를 떴다.

그가 나가자, 장지원이 유세철을 보면서 말을 했다.

"유 장군은 본래 이곳 사람이니, 남아 있는다고 해도 크게 어려운 일을 당하지는 않을 것이요."

유세철이 펄쩍 뛰며 말을 받았다.

"무슨 말씀입니까? 태황제 폐하께서 내려 주신 소장의 관직이 단주님의 호위 장군이 아닙니까? 어디로 가시든 소장이 모실 것입니다."

장지원이 한숨을 크게 내쉬며 고개를 흔들었다.

"후……! 아니요. 오히려 많은 인원이 움직이면 눈에 띄게 되오. 그러니 유 장군은 이곳에 남으시오. 대신 할 일이 있소. 우리 상단의 상인들을 맡길 것이니, 본관이 돌아올 때까지 잘 보호해 주시오. 유 장군의 거처는 넓은 장원이라 그들을 숨기기에도 크게 어렵지 않을 것이요."

유세철은 서운한지 마지못해 대답을 했다.

"명이시라면 따르겠지만, 도대체 어디로 가시려는 것입니까?"

"일단, 우리는 초원현으로 갈 것이요. 그곳에 자리가 잡히면 서찰을 보내겠지만, 우리가 어디로 갔는지는 함구해 주시오."

"여부가 있겠습니까? 소장은 그렇게 알고 연통을 기다리겠습니다."

그렇게 말을 한 장지원은 이어서 소중덕에게 점포 문을 닫고 대기하고 있는 상인들을 유세철에게 넘겨주고 오라는 지시를 내렸다.

"알겠습니다."

그들 두 사람이 방을 나가자, 장지원은 골똘히 생각에 젖었다.

'흠…… 과연 태수가 기공순과 연결이 되어 있는 것이 확실할까? 그가 포악스럽고 백성들을 착취하는 것만은 분명한데…… 우리 인원으로 가능한 일일까? 만약 실패한다면……?'

그는 생각하기도 싫은지 고개를 저었다.

얼마의 시간이 지났을까? 부단주인 소중덕이 들어왔다.

"단주님, 상인 열 명을 유 장군에게 넘겨주고 오는 길입니다."

"수고했소. 우리 낭자군들과 장부군들도 모두 모였다니 언제든지 떠나도 되겠구려. 내일 아침 일찍 길을 떠날 것이니, 준비를 시키시오."

"예, 준비는 이미 끝났습니다."

장지원은 걱정스러운 표정을 지으며 물었다.

"흠! 그런데 오십 명이 넘는 우리 인원이 가도 그 댁에 부담이 되지는 않겠소?"

소중덕이 손사래를 치면서 대답을 했다.

"단주님, 그 걱정은 하지 않으셔도 됩니다. 소장이 이미 다 안배를 해 놨으니, 가시기만 하면 됩니다."

"그렇다면 안심이오만…… 그리고 특전군들에게 병장기를 잘 챙기라고 하시오. 당연히 눈에 띄지 않게 해야 할 것이요."

"물론입니다."

사실, 그들이 피신 장소를 초원현으로 잡은 이유가 있었다.

장지원은 이곳으로 오자마자 정보원들을 잠시 고향으로 돌려보내 오랫동안 만나지 못했던 가족들을 만나 보게 했었다. 여자 정보원인 낭자군 중에 연가 성을 가진 낭자 하나가 초원현 현장(縣長) 밑에서 일하는 하급 관리의 딸이었는데, 당연히 그녀도 고향집으로 돌아가 부모를 만나게 되었다. 그녀의 부모들은 해적에게 납치되어 죽은 줄만 알았던 딸이 멀쩡히 살아온 것을 보고는 꿈인가 생시인가 하면서 그만 넋을 잃었다.

간신히 정신을 추스른 부모들은 딸의 입을 통해서 해적들에게 끌려가다 구출되었던 자초지종을 들었다. 더욱이 구해 준 분의 일을 돕기 위해 다시 돌아오게 되었다는 말을 듣고는 모두 하늘이 도운 일이라며 얼싸안고 재회의 기쁨을 나눴다.

그러고는 물론 살 만한 집이니 그랬겠지만, 그녀의 부모들은 언제고 기회만 된다면 딸을 구해 준 은혜의 만분의 일이라도 갚아야겠다고 누누이 되뇌어 오던 중이었다. 그런데 마침 상단에 위기가 닥쳤다는 것을 알게 된 그녀가 자신의 집으로 가자고 조르다시피 하여 결국 그곳을 피신처로 정했던 것이다.

밤이 지나고, 이튿날 아침 장지원을 비롯한 상단 식구들은 소리 없이 동래성을 빠져나갔다.

대륙 공격의 단초

거의 1년 가까이 병석에 누워 있던 영양태왕 고대원이 10월로 넘어가기 직전인 9월 하순에 결국은 유명을 달리했다. 그가 서거했다는 연통을 받은 배달국에서는 긴급히 어전회의를 소집하여 과연 어떻게 하면 좋을지 신료들의 의견을 들었다.

신료들 중에는 아직 고구려가 배달국에 합쳐진 것이 아닌 까닭에 고구려 자체로 장례를 치르도록 놔두자는 의견도 있었고, 어차피 두 달 후에는 합쳐질 나라이니 위로 조문을 해야 한다는 의견도 나왔다. 신료들의 분분한 의견을 듣고 난 태황제는 결론을 내렸다.

"모두 들으시오. 여러분의 말씀대로 고구려는 사직을 내리고 우리 배달국과 합쳐질 나라요. 그러니 더더욱 고구려도 자랑스러운 우리 삼한의 역사로서 후손들이 기억할 수 있게 해 주어야 할 것이요. 아울러 고대원이 망국의 왕이 아니라, 수나라와 당당히 맞서 국위를 떨쳤던 고구려의 마지막 왕으로 기록되게 하시오. 그에게 배달국 위국대왕 겸 고구려 영양태왕이라는 시호를 내리겠소. 총리대신이 직접 가서 과인의 뜻을 전하고, 위로토록 하시오."

이렇게 되어 강철은 고구려 출신인 을지문덕과 몇 명의 특전군만을 대동하고 비조기에 올라 평양성으로 가게 되었다. 물론 고구려 출신인 연자발도 데려가고 싶었지만, 그는 왜국 정벌군과의 연락과 보급을 위해 무적함에 승선하고 있었기 때문에 함께 갈 수가 없었다.

막상 총리대신인 강철이 을지문덕과 함께 조문을 하기 위해 평양성에 도착하자, 놀란 것은 고구려 중신들이었다. 그들도 이제는 배달국을 상국으로 당연시하고 있는 입장에서, 상국 조정의 최고 웃어른인 총리대신이 손수 적지 않은 장례 용품을 가지고 조문을 와 준 것은 여간 고마운 일이 아니었다.

거기에다가 태황제께서 죽은 태왕에게 위국대왕이라는 크나큰 시호까지 내리면서 자랑스러운 왕으로 기억되게 하라는 명까지 내렸다니, 고구려 신료들은 눈물이 날 정도로 감읍해했다. 이런 사실을 알게 된 성안 백성들도 태황제의 은덕을 기리면서 배달국이라는 나라에 한층 애착을 갖게 되는 계기가 되었다. 이렇게 되고 보니, 열흘 동안 지속되는 장례식은 역대 어느 태황의 장례식보다 장엄하고 엄숙하게 진행되고 있었다.

고건무는 장례 절차를 주관하면서도 가끔씩 강철 일행과 앞으로 고구려의 국정에 대해 의견을 교환했고, 강철은 이미 이곳에 와 있던 총독 자문관인 이문진을 통해서 고구려 조정 안팎의 움직임을 속속들이 파악하고 있었다.

그 외에도 강이식, 연개소문을 비롯한 장수들도 수시로 강철이 머물고 있는 사신관을 찾아와 자신들이 현재 추진하고 있는 일과 앞으로의 계획을 말하면서 자신감을 보이고 있었다.

그렇지 않아도 강철은 대동강 앞바다에 남포항을 만들라고 했던 기억이 나자, 이곳 평양성으로 오는 길에 그곳을 잠시 들렀었다.

그런데 비조기에서 아래를 내려다보던 강철은 경악하지 않을 수가 없었다. 불과 한두 달 전에 자신이 말했던 공사가 이미 상당한 진척을 보이고 있었고, 지금은 국상 중임에도 그곳에서는 공사가 계속되고 있었던 것이다.

그뿐만이 아니었다. 막상 이곳에 와서 그동안 추진해 온 일들을 알게 되면서 역시 고구려가 대제국을 만들었던 것은 어쩌면 당연한 결과라고 인정할 수밖에 없었다.

아직 배달국 계급을 받지 않은 대대로인 고식은 철광산과 탄광 개발을 비롯해 채광에 전적으로 매달리고 있었다. 그것은 천족장군인 강진영이 잠시 평양성을 다녀가면서 다량의 철과 유연탄이 묻혀 있는 곳을 가르쳐 주고 나서 시작된 일이었다.

또한, 남포항 건설과 비사성 앞바다에 대련항을 건설하는 일은 연개소문이 책임을 맡고 있었고 강철이 봤던 대로 벌써 상당한 진척이 있다는 것이었다.

그리고 당나라와의 접경인 요동성에 1만 정예군을 집결시켜 놓는 일은 전방에 있는 성주들과 관계가 좋은 고정의가 진행해 나가고 있었다.

그가 큰 성의 성주인 욕살들에게 정예병으로 2천 명과 그들을 지휘할 장수를 보내 달라고 요청하자, 대부분 쾌히 응했지만 더러는 마지못해서 가장 약한 병사들을 골라 보내려는 자도 있었다. 은근히 울화가 치민 그는 '각 성주가 보내 준 2천 명은 각각 그 성을 대표한 군사이니, 단위부대로 편성할 것이요. 그리고 해당 욕살들의 체면과 명예를 걸고 싸우게 될 것이요!' 이렇게 쓴 서찰을 보냈다.

그 서찰을 받아 본 욕살들은 행여 망신이라도 당할까 봐 자기 군사 중에 최정예병과 부장을 지휘 장수로 보내게 되었다. 이렇게 요동성에 모인 군사는 강철이 말했던 숫자보다 5천이나 많은 1만 5천 명으로, 지금은 합동훈련을 받으며 대기 중이라는 것이었다.

강철은 고구려가 어떻게 움직이고 있는지 알아 가면 갈수록 고구려 조정과 백성들의 단결력은 위대하다고밖에 달리 표현할 길이 없었던 것이다.

"을지문덕 장군! 본관은 이번에 고구려에 대해 많은 것을 알게 됐소."

"무슨 말씀이신지요?"

"고구려가 대제국을 이루어 대륙의 패자로 군림했던 것은 결코 우연히 이루어진 것이 아니라 필연이라는 말씀이요. 세상에 어느 나라가 이토록 조정과 백성이 한마음으로 뭉쳐질 수 있겠소? 참으로 존경스러운 백성들이요."

을지문덕은 빙그레 웃으며 말을 받았다.

"그것이 모두 수많은 전쟁을 치르면서 백성들 마음속 깊이 나라를 지켜야 내가 산다는 확고한 신념이 자리하고 있기 때문입니다."

강철이 고개를 끄덕이며 중얼거렸다.

"신념이라……."

그렇게 말끝을 흐리는 강철의 뇌리 속엔 문득 현대에서 겪었던 일들이 주마등처럼 스쳐 지나갔다.

나라에는 피해가 있건 말건 저 잘났다고 떠들어 대던 군상들과 국민이 낸 세금을 나라 발전을 위해서라기보다는 제 낯짝에 금칠을 하는데 써 대던, 정치가라는 단어로 그럴싸하게 포장된 몇몇 인간들의 모습도 기억 속에서 생생히 되살아 나왔다.

"그렇습니다, 신념입니다."

을지문덕의 대답이 있고서야 옛 생각에 젖어 있던 강철은 머리를 흔들며 현실로 돌아왔다.

"음……."

"하하하! 각하께서 고구려 백성을 존경스럽다고까지 말씀하시니, 고구려 출신인 소장도 기쁘기는 합니다."

"아니요! 본관이 지난번 왔을 때만 해도 반발하는 자들이 적지 않았기 때문에, 이렇게까지 일이 잘되고 있을 줄은 기대하지도 못했소."

을지문덕도 동감을 표했다.

"그렇기는 합니다. 지난번에 각하께서 고정의 장군에게 배달국 계급을 내린 것이 주효했던 것 같습니다. 성주들 편에 섰던 그가 오히려 성주들에게 군사를 내놓으라고 윽박지를 정도로 열성을 보일 줄은 상상도 못했던 일입니다."

"허허! 그런 것이요?"

"예, 그렇고 말구요. 어제는 고정의 장군이 영주로는 언제쯤 출정할 것 같으냐고 소장에게 넌지시 물을 정도로 적극적이 됐으니 말씀입니다."

그 말을 들으면서 강철은 말없이 빙그레 웃기만 했다.

그렇게 장례 기간이 지속되고 있는 동안에도 고구려 중신들은 후임 태왕을 세우느냐 마느냐 하는 문제로 논의를 거듭하고 있었다.

결국 배달국에 형식적인 편입 절차만 남은 셈이니, 후임 태왕을 세우지 말고 평양 총독인 고건무가 남은 두 달간 국정을 운영하기로 중론이 모아졌다.

이제 장례 기간도 종반으로 접어들어 내일이면 마지막 절차인 시신을 운구하고 땅에 묻는 매장 절차만 남겨 놓고 있었다. 그런데 바로 그날 또 하나의 비조기가 평양성에 착륙했다. 장례식이 끝나자마자 지체하지 말고 돌아오라는 태황제의 명을 전하기 위해 조영호가 온 것이다.

강철은 어련히 장례식이 끝나면 돌아갈 텐데, 일부러 비조기까지 보낼 정도라면 보통 심각한 일이 아닐 거라고 생각하면서 조영호에게 물었다.

"조 장군! 도대체 무슨 일이요?"

웬만한 일에는 눈 하나 깜짝하지 않고 표정 변화가 없는 조영호도 붉게 상기된 얼굴로 대답을 했다.

"동래군으로 갔던 장지원 장군이 행방불명이 됐습니다!"

그 대답을 듣자마자 곁에서 듣고 있던 을지문덕이 놀란 표정을 감추지 못하면서 되물었다.

"아니? 장 장군이 행방불명이 되다니요?"

동시에 강철도 흥분된 목소리로 물었다.

"뭐요? 조 장군! 어떻게 된 영문인지 차분히 말씀을 해 보시오!"

"예, 지난달에 백호상단 목 단주가 팔 물건들을 전해 주기 위해 동래군에 있는 천명상단으로 가지 않았습니까?"

"흠, 그건 알고 있소."

"그런데 그곳에 도착해 보니 점포는 박살나서 남은 게 없을 정도였고, 상단 사람들도 찾아볼 수가 없었다고 합니다. 변고가 생겼다는 것을 직감한 오양 공은 급히 인근에 있는 유가장을 찾아가 봤지만, 유세철 장주도 행방불명이고 그곳도 역시 마찬가지였답니다. 그래서 주변에 알아보니, 인근 북해군에 주둔하고 있는 기공순이라는 자가 쳐들어와서는 닥치는 대로 약탈하고 돌아갔다고 하더랍니다. 그 말을 들은 오양 공은 정신없이 배를 띄워 되돌아왔다고 하는데, 오늘 새벽에 도착한 오양 공의 몰골은 차마 눈뜨고는 바라볼 수 없을 정도로 참혹했습니다."

거친 바닷길을 얼마나 서둘러 왔으면 그 몰골이 됐을까 생각하니, 강철은 잠시라도 지체할 수 없다는 생각에 푸르락누르락하는 표정으로 입을 열었다.

"이런! 이런! 그렇다면 즉시 돌아가야 하겠소."

강철이 서두르자, 조영호가 말렸다.

"각하께서 분명 그렇게 서두르실 줄 아시고, 폐하께서는 국상을 마치는 것까지 꼭 보고 오게 하라고 소장에게 신신당부를 했습니다."

조영호로부터 태황제의 말을 전해들은 강철은 순간적으로 대국의 체통을 잃지 말고, 장례식을 마치면 돌아오라는 뜻임을 깨닫고는 대꾸를 했다.

"흠…… 그렇다면 내일 장례식이 끝나자마자 돌아가리다. 그런데 왜국으로 갔던 무적함은 돌아왔소?"

"소장이 떠나올 때까지는 도착하지 않았으나, 곧 돌아올 때가 됐습니다."

"그러면 조 장군은 지금 즉시 돌아가서 홍석훈 함장이 돌아오면 무적함을 대기시키라고 하시고, 특전군들도 출전 준비를 시켜 주시오."

"옛! 알겠습니다! 그렇게 알고 소장은 먼저 돌아가겠습니다."

"그러시오."

조영호가 떠나고 나서야 배달국에 변고가 생겼다는 것을 알게 된 고건무와 고구려 신료들은, 서둘러 돌아가 봐야 할 강철이 장례 행사를 끝마치는 것까지 보고 돌아가겠다고 하자, 오히려 미안하고 걱정스러운 마음이 들었다.

고건무가 아무래도 안 되겠는지 돌아가기를 권했다.

"각하, 본국에 생긴 변고를 먼저 해결해야 하지 않겠습니까? 이곳은 염려 마시고 돌아가시는 것이 어떻겠습니까?"

"아니요, 급한 일은 조영호 장군에게 지시를 했소. 고 총독은 본관에게 신경 쓰지 마시고 행사나 소홀히 되지 않도록 하시오. 강이식, 고정의, 연개소문 장군만 잠시 남아 주시고 모두 돌아가 주시오."

"알겠습니다."

대답을 한 고건무가 중신들과 함께 돌아가고 사신관에는 강철을 비롯한 을지문덕과 이문진, 강이식, 고정의, 연개소문 등 다섯 사람만 남았다.

강철과 함께 온 사람 중에 조종사인 이일구는 특전군들을 데리고 비조기를 지키고 있었기 때문에 이 자리에는 없었다.

강철이 미간을 찌푸리며 먼저 고정의에게 물었다.

"고정의 장군, 요동성에 집결해 있는 군사는 즉시 출병이 가능하오?"

"약간 미흡한 부분이 있으나, 앞으로 보름 정도면 출병이 가능합니다."

"미흡한 부분이라니요?"

"예, 지금 집결해 있는 싸울아비들이 일만 오천이라고는 하지만, 각 성들에서 보내 준 대로 이천 명씩 단위부대를 형성하고 있기 때문에 전군이 함께 움직이는 통합 작전 능력이 부족한 실정입니다. 그리고 그중에는 이천 명의 기마군까지 섞여 있기 때문에 더욱 그렇습니다."

"보름이면 가능하겠소?"

"예, 지금 훈련을 실시하고 있으니, 보름이면 충분합니다."

"그렇다면 됐소."

강철이 고개를 끄덕이며 대답을 하고는 이번에는 연개소문을 쳐다보았다.

"연 장군, 비사성 앞에 만들고 있는 대련항은 언제쯤이면 완공이 가능하겠소?"

"예, 앞으로 반년은 족히 있어야 할 것입니다. 게다가 곧 동절기라 물속에서 작업하기에는 어려움이 예상됩니다."

"흠…… 그럴 것이요. 그렇다면 공사는 공사대로 진행하면서 별도로 부교를 만들어 보는 것은 어떻겠소?"

"부교라고 하시면…… 바닷물에 띄워 병선과 육지를 이어 주는 나무다리를 말씀하시는 것입니까?"

금방 말귀를 알아듣는 연개소문이 대견스러운지 강철이 빙그레 미소를 지었다.

"그렇소, 바로 그거요! 길이와 폭은 잔교 정도 크기면 족하오."

"알겠습니다! 그거야 날씨와 상관없이 한 달이면 충분히 만들 것입니다."

"그럼 됐소. 다음은 강이식 장군!"

"예!"

"지금 고식 대대로가 책임을 맡고 있는 철광석과 석탄 생산에 박차를 가하게 해 주시오. 지금 우리 과학부에서 병장기를 만드는데 재료가 부족한 모양이요. 생산되는 대로 지금 만들고 있는 남포항 근처에 운반해 놓으면 필요할 때마다 우리가 가져갈 것이요."

"알겠습니다."

"하나 더 부탁을 하겠소. 본관이 알기로 대동강 이북 백성들은 군항 공사를 돕고 있는 것으로 알고 있지만, 대동강 이남 백성들은 일이 없는 것으로 알고 있는데 맞소?"

"예, 그렇기는 합니다."

"흠…… 그렇다면 이제 농한기도 됐으니 그들에게 틈틈이 칠중성에서 이곳 평양성까지 도로를 넓히도록 하면 어떻겠소?"

"도로를 말씀입니까?"

강이식은 배달국에서 만든 도로를 본 적이 없었기 때문에 강철이 말하는 의도를 이해하지 못했다.

곁에서 듣고 있던 연개소문이 그것을 눈치채고, 대신 답변을 했다.

"그것이 좋을 것 같습니다. 여기 계신 이문진 장군께 자문을 받아 도로를 넓히고 튼튼하게 고치도록 하겠습니다. 그렇지 않아도 일감이 없는 신료들이 소외감을 느끼고 있었는데 아주 잘된 것 같습니다."

배달국에 와서 문물과 시설들을 봤던 연개소문은 강철이 말을 하면 금방 알아듣고 순발력 있게 대안까지도 제시하고 있었다.

"그렇다면 다행이요. 지금 고구려 식량 사정이 썩 좋지 않다는 것은 잘 알고 있소. 그렇더라도 동원되는 백성들을 절대 혹독하게 다루지 마시고, 식사도 거르지 말고 주도록 하시오. 내일 본장이 돌아가면 여유가 닿는 대로 식량을 보내 드리기로 하겠소."

그 말에 강이식이 반색을 했다.

"각하, 그렇지 않아도 지금 군량곡조차 부족한 실정이라 걱정을 하고 있었는데 감사합니다."

이때, 곁에 있는 을지문덕이 강철을 쳐다보며 입을 열었다.

"각하, 소장 생각에는 당분간 우리 군함이 식량이나 나르고 그렇게 할 시간은 없을 것 같은데, 괜찮겠습니까?"

강철도 그 말이 옳다고 생각했다.

"흠…… 보국 공 말씀대로 그렇기는 하지만…… 말씀을 꺼내신 것을 보니, 묘안이 있으신 것 같습니다만?"
강철이 기대하는 눈빛으로 을지문덕을 바라보며 대답을 기다렸다.
"각하! 지금 고구려에는 철광석이나 철괴, 그리고 석탄이 얼마쯤은 있지 않겠습니까? 그것을 지난번 불가침조약 물품처럼 육로로 가져오게 하고 돌아오는 우마차에 곡식을 실어 보내면 어떻겠습니까?"
그 의견에 무릎을 '탁!' 치고 난 강철이 이번에는 강이식을 쳐다보며 물었다.
"하하하! 그러면 되겠구려. 아주 좋은 말씀이요. 강 장군! 보국 공 말씀대로 그렇게 하는 것이 어떻겠소? 본장 생각에도 군함으로 당장 식량을 실어 보내기는 어려울 것 같소만……."
"소장도 그렇게 하는 것이 더 나을 것 같습니다. 양곡이 하루가 급한 판이니 장례식이 끝나면 바로 보내겠습니다."
"알겠소, 그렇게 하시오."
이번에는 고개를 갸웃거리며 망설이던 이문진이 입을 열었다.
"각하, 부소갑에는 우리 청룡상단에 버금가는 큰 상단이 있는 모양입니다. 그들도 활용해 보는 것이 어떻겠습니까?"
"부소갑이라면 개성이 아니요?"
"예, 우리 배달국에서는 개성이라고 부르는 곳입니다."
"강이식 장군! 폐하께서 상단에 관심이 크시니, 그 상단 강수를 언제 배달국으로 보내 보시오. 폐하께서 기뻐하실 것이요. 그리고 나라 안에 있는 상단을 조사해 보시오."
"예, 알겠습니다. 상단에 대해서는 이미 이문진 자문관의 말씀이 있어 파악 중인 것으로 알고 있습니다."

"그럼 됐소. 이제 본관이 할 말은 다했으니 돌아가서 일을 보셔도 좋소."

"예."

그들이 돌아가고 나자, 강철은 을지문덕에게 물었다.

"보국 공! 우리가 영주를 공격한다면, 장군 생각에는 저들 중에 누구를 장수로 삼으면 좋겠소?"

질문을 받은 을지문덕은 이미 나름대로는 생각을 해 봤었는지 망설임 없이 바로 대답을 했다.

"소장의 생각을 말씀드린다면, 공격 장수로는 이미 영주로 출병했던 경험이 있는 강이식 장군이 적격이고, 이후에 그곳을 수비할 장수로는 고정의 장군이 제격일 것입니다."

"흠…… 그럼, 총사를 강 장군으로 하고 부장을 고 장군으로 해서 공격하게 하고, 성을 취한 이후에는 고 장군을 성주로 임명하면 되겠구려."

"그렇습니다. 한 말씀 더 드리면 그곳 백성들은 말갈족이 대부분입니다. 그러니 같은 말갈족 출신인 요련추가를 장수로 임명해서 고정의에게 붙여 주는 것도 한 방법일 것입니다."

강철의 눈이 번쩍 뜨였다.

"오! 아주 훌륭한 대안이요. 그렇다면 필히 그렇게 해야 되겠구려."

강철의 칭찬에 기분이 좋은지 을지문덕이 웃으면서 대꾸를 했다.

"허허허! 그렇다면 다행입니다."

고구려에 대한 구상을 마친 강철은 장지원에 대한 생각으로 옮겨갔다. 강철은 팔짱을 낀 채, 생각에 생각을 거듭할수록 가슴이 답답해지면서 점점 불길한 생각이 꼬리를 물었다.

그는 현대에 있을 때도 가장 막역하던 몇 안 되는 친구 중에 하나였고, 이 시대로 함께 와 있는 지금은 피를 나눈 형제보다 더 가까운 사이였다. 그런 그가 행방불명이라니 그나마 목숨이라도 붙어 있으면 다행이겠지만, 만에 하나 불행한 일이라도 당했다면…… 생각만 해도 몸서리가 쳐졌다.

그런데 아무리 목숨이 경각에 달린 위기 상황이었다 하더라도 정보까지 전공한 그가 단서 하나 남기지 않았다는 것은 쉽사리 이해가 되질 않았다. 강철은 초조한 마음을 억누르며, 어서 장례식이 끝나기만을 기다리는 수밖에 도리가 없었다.

평양에 가 있는 강철이 장지원의 행방불명 소식에 잠도 이루지 못하고 뜬눈으로 밤을 새우다시피 한 이튿날, 과학부가 있는 공주에서는 새로운 신기전의 발사 실험이 이루어지고 있었다. 백마강이 눈앞에 빤히 내려다보이는 언덕에는 2 대의 신기전 화포가 배치돼 있었고, 그 옆에는 10여 명의 군사와 육군 부장인 조미저리가 서 있었다. 화포가 있는 뒤쪽에는 쌍안경을 든 과학 총감인 박상훈과 발명청장인 석해 그리고 육군사령인 우수기가 멀리 강 건너편에 있는 과녁과 신기전 화포를 번갈아 쳐다보고 있었다.

석해가 먼저 입을 떼었다.

"이제 시작을 해도 되겠습니까?"

"음!"

박상훈이 짧게 대답하며 고개를 끄덕이자, 석해는 신기전 화포 옆에 서 있던 조미저리를 향해 큰 소리로 말했다.

"조미저리 소령! 시작해 보시오!"

"옛!"

대답과 동시에 군사들은 화포의 포신에 꽂혀 있던 화살에 불을 붙였다. 곧이어 '쉬익!' 소리를 내면서 60개의 화살은 가는 연기를 내뿜으며 2킬로미터쯤 떨어져 있는 강 건너편 과녁을 향해 날아갔다.

5초나 흘렀을까? 쌍안경을 들여다보던 박상훈이 혼잣말로 투덜거렸다.

"불량이 제법 많군. 내 눈에도 댓 개는 보이는 것 같은데……."

그 소리에 역시 옆에서 쌍안경을 보고 있던 우수기가 대꾸를 했다.

"총감께서 너무 욕심을 내시는 것이 아니십니까? 저 정도면 이전 것보다 불량이 적은 것 같은데요. 제 눈에는 오히려 명중률은 더 나아진 것 같습니다."

잠시 후, 강 건너편에는 누가 세웠는지 빨간색 깃발이 1개, 푸른색 깃발이 3개가 서 있고, 홍색 1개와 9개의 백색 깃발이 나부끼고 있었다. 그것을 본 석해가 박상훈에게 보고를 했다.

"총감 각하! 과녁에서 삼 미터 이내가 열세 개, 십 미터 이내가 열아홉 개로 목표물 타격에 유효한 화살이 총 서른두 개입니다. 오 할이 넘습니다."

이어 육군 부장인 조미저리도 뛰어와 동일한 내용을 우수기에게 보고했다. 박상훈은 그런대로 만족스러운지 빙긋이 웃고는 석해의 어깨를 툭 쳤다.

"육십 개 중 서른두 개라…… 하여튼 석해 대령 수고했어. 만드는 데 손이 더 가서 그렇지 명중률도 좀 나아진 것 같고, 비가 와도 사용에 지장이 없으니 그만하면 쓸 만한 것 같네."

우수기도 맞장구를 쳤다.

"하하하! 우천 시에도 쓸 수 있다는 한 가지 장점만 해도 대단한 거네. 우리 육군에서 쓸 무기를 잘 만들어 줘서 고맙네. 석해 청장!"

"히히히! 우 장군님, 나중에 술 한 잔 내십시오."

"허허허! 알았네, 알았어. 사람 참! 그냥 넘어가는 법이 없어……."

"히히히!"

석해와 우수기는 악의 없는 농담을 주고받으면서 낄낄대고 있었다.

그들이 오늘 시험한 것은 개량된 신기전이었다. 그동안 사용하던 신기전은 신우대 또는 조릿대라고 부르는 대나무로 만든 화살 중간에 화약을 매단 것이었다. 그러나 화약을 기름종이로 꼼꼼히 감쌌다고는 하지만 비가 오면 습기가 스며들어 화약이 젖기 때문에 쏘아지지 않는 경우가 태반이었다. 그런데 이번에 석해가 개량한 신기전은 화살 중간에 화약을 매다는 것이 아니라 화살 중간에 쇠 파이프처럼 연결부를 만들어 그 안에 화약을 채워서 비가 와도 전혀 문제가 없도록 만든 것이었다.

그들이 시시덕거리는 모습을 별 표정 없이 바라보고 있던 박상훈이 안색을 찌푸리며 큰 소리로 말을 했다.

"지금 장지원 장군이 불행한 일을 당했는데, 그렇게 웃을 기운들이 있으니 다행이요. 자! 우리도 이제 슬슬 떠날 때가 되지 않았소? 오늘 총리대신께서 돌아오시는 날이니, 지금 출발해야 도착 시간에 맞출 수 있을 것이요."

박상훈의 말에 머쓱해진 우수기가 얼른 대답을 했다.

"죄송합니다! 출발을 서두르겠습니다."

그들은 그곳을 떠나 성 안쪽으로 향했다. 성 안쪽에는 전에부터 있던 궁전들과 새로 지어진 건물들이 곳곳에 들어서 있었고, 건물 안에서는 기계 돌아가는 소리가 들리고 있었다. 누가 말해 주지 않아도 그 건물들은 공장이라는 것을 금세 알 수가 있었다.

그들은 그중에서 가장 고풍스럽게 보이는 커다란 건물로 들어갔다. 이 건물은 사비성으로 도성을 옮기기 전까지는 정전으로 쓰던 건물이었지만, 지금은 과학부 총감들이 사용하고 있었다. 그곳에서 출발 채비를 마친 그들은 평소처럼 군용 자동차인 험비에 올라 중천성으로 향했다.

그들이 도성에 도착했을 때는 이미 강철과 을지문덕이 도착해서 편전에 있는 태황제에게 고구려에 갔던 결과를 보고하고 있었다.

대황제의 얼굴은 상당히 초췌해 보였고, 웃음기도 찾아볼 수가 없었다.

"총리대신, 먼 길을 다녀오시느라고 수고했소. 고구려 조정과 백성들이 그렇게 열성을 보이고 있다니 다행이요."

"그렇사옵니다! 소장으로서는 정말 예상 밖이었습니다. 이 자리에 계신 보국 공께도 말씀을 드렸지만, 고구려가 대단한 나라라는 것은 의심할 바가 없었사옵니다."

태황제가 고개를 끄덕였다.

"그렇고 말구요. 조정 내부에서 권력 싸움만 하지 않았더라면 그렇게 쉽게 망하진 않았을 나라였소. 적을 맞아 싸우느라 고생하는 군사들과 백성들은 안중에도 없이, 권력을 쥔 자들이 더 큰 권력을 쥐려고 권력 싸움을 일삼았으니 그 꼴을 당했던 것이요. 그런 것을 보면 이래저래 불쌍한 것은 백성들이요."

"그렇사옵니다! 정말 안타까운 일이옵니다."

"그뿐이겠소? 나라를 걱정하고 적을 맞아 싸우던 장수들과 신료들은 모두 죽고, 나라가 망하기도 전에 약삭빠르게 당나라에 붙었던 자들은 살아남아 호의호식했으니 참으로 우스운 일이요."

"그러게 말씀이옵니다."

두 사람의 대화를 듣고 있는 을지문덕은 대화 내용이 고구려가 망하던 때의 상황이라는 것을 알고는 은근히 울화가 치밀었다.

"폐하, 폐하께서는 어떤 자가 그런 자인지 아실 것이 아니옵니까?"

"물론이오."

"하오면, 그런 자를 그대로 두실 작정이시옵니까?"

"보국 공! 그렇다고 죽일 수야 없질 않겠소? 그런 자들은 조정에 발을 붙이지 못하게 하면 그뿐이요. 자자! 지금 한가하게 이런 얘기를 나누고 있을 시간이 없소. 총리대신!"

"예, 폐하!"

"장지원 장군 일은 들으셨을 테니, 어떻게 하실 생각이요?"

"예, 여태껏 우리 병장기를 대륙에 노출시키지 않으려고 했지만, 어쩔 수 없이 노출이 되더라도 기공순이라는 자를 없애야겠습니다. 그리고 이번 기회에 북해군을 장악하면 어떨까 고려 중이옵니다."

"흠……! 피신이라도 했으면 천만다행이지만…… 혹시 변고나 당하지 않았는지……?"

"폐하, 소장이 도성에 도착하자마자 내각회의를 소집해 놓고 왔으니, 다들 모였을 것이옵니다. 일단 장수들과 의논을 해 보겠사옵니다."

"그렇게 하세요. 어서 나가서 대책을 마련해 보세요."

"예, 알겠사옵니다."

대답을 한 강철은 을지문덕과 함께 편전을 나와 총리부로 향했다.

이미 총리부에는 배달국 신료들이 모여 앉아서 대화를 나누다가 강철이 들어가자 자리에서 일어나 군례를 올렸다.

"두 분께서는 고구려에는 잘 다녀오셨습니까?"

"장례식에 갔던 건데 뭐 별일이야 있었겠소?"

박상훈의 인사말에 대답을 하면서 자리에 앉은 강철은 좌중을 둘러보았다. 조영호와 홍석훈, 연자발의 자리가 비어 있는 것을 확인하고는 막 입을 열려는 찰나에 설계두가 자리에서 일어나 보고를 했다.

"각하! 특전군사령관께서는 왜국에 간 무적함이 어디쯤 오고 있는지 확인하기 위해 한 시간쯤 전에 비조기로 떠나셨습니다."

강철이 고개를 끄덕이곤 설계두를 향해 앉으라는 손짓을 했다.

"음! 알았소. 일단 앉으시오!"

"옛!"

설계두가 자리에 앉는 것을 보던 강철이 서두를 꺼냈다.

"모두 천명상단에 일어난 일을 아시고 계실 것이요. 논의를 하기 전에 우선 몇 가지 여쭈어 볼 것이 있소. 박상훈 총감!"

"예!"

"지금 현재 만들어진 신기전 화포가 모두 몇 문이나 있소?"

"완성품은 총 삼백 이십 문입니다. 앞으로 열흘 정도면 추가로 백 오십 문이 완성될 것입니다."

"그럼, 사백 칠십 문이로군…… 아! 육군부에서는 지금 보유량이 몇 문이요?"

육군사령인 우수기가 즉시 대답을 했다.

"예, 왜국에 가져간 백 문을 제외하고 현재 보유량은 오십 문입니다."

강철은 우수기의 대답을 들으면서 눈을 돌려 끝부분에 앉아 있는 설계두를 향해 물었다.

"알겠소…… 다음, 설계두 소령! 특전군들은 모두 대기해 있소?"

설계두가 즉시 대답을 했다.

"옛! 그렇습니다."

질문을 하던 강철이 다시 좌중을 한 바퀴 돌아보고는 입을 열었다.

"이제부터 동래군에서 발생한 사건에 대한 대책을 논의하겠소. 장지원 장군과 상단 식솔들이 모두 행방불명이 되고, 천명상단 시설에 큰 피해가 있었다는 사실은 조영호 장군으로부터 들었소만, 그 외로 다른 것이 있소?"

그러자 백호상단 단주인 목관효가 대꾸를 했다.

"각하, 아시는 것 외로 특별한 것은 없습니다. 다만, 상단이 있던 동래군에 소장이 도착했을 때는 수많은 성민이 죽고, 약탈을 당해 그야말로 생지옥과 같았습니다."

그 말을 듣는 순간 강철의 머릿속에는 얼핏 한 생각이 스쳐 지나갔다.

"그 정도였소?"

이때 밖에서 기척이 들리고, 특전군사령인 조영호가 들어왔다.

"각하! 돌아오셨습니까?"

군례를 올리며 하는 인사에 강철이 제지하며 대꾸를 했다.

"어서 자리에 앉으시오. 그래 무적함은 어디쯤 오고 있었소?"

"예, 앞으로 한 시간 이내로 장항에 도착할 것입니다. 궁금해하실 것 같아 먼저 돌아왔습니다만, 곧 장항으로 가서 두 분을 모셔 와야 합니다."

그러자 강철이 이일구를 쳐다보면서 말을 건넸다.

"그 일은 이일구 장군이 대신하면 안 되시겠소?"

이일구는 순간 동래군으로 가는 문제는 아무래도 특전군사령이 있어야 한다는 생각이 들자, 즉시 대답을 했다.

"알겠습니다, 각하! 소장이 다녀오겠습니다."

"그래 주시오."

이일구가 나가고 다시 논의가 시작되자, 목관효가 하던 말을 마저 이었다.

"그렇습니다. 그렇지만 않았다면 소장이 하루 정도 그곳에 묵으면서 어디로 갔는지 수소문해 봤을 겁니다. 그렇지만, 가져간 물목도 적지 않기 때문에 언제 약탈을 당할지도 모르고, 묵을 곳도 없는 처지라 급히 돌아온 것입니다."

강철이 오히려 잘했다는 표정으로 말을 받았다.

"그것은 오양 공께서 판단을 잘하신 것이요. 함께 간 군사도 없이 그곳에 있다가 오양 공까지 무슨 일을 당하면 우리는 몇 달 동안 까마득히 모르고 지낼 뻔하지 않았소?"

"그래도 아쉬움은 있습니다."

"혹시, 여러분 중에 천명상단 일을 어떻게 했으면 좋을지 생각해 보신 분이 있으시면 말씀해 보시오."

그렇게 말을 했지만 한동안 입을 여는 사람이 없었다.

이때 끄트머리에 앉아 있던 설계두가 조심스럽게 입을 열었다.

"각하, 소장이 한 말씀 올려도 되겠습니까?"

강철은 그의 입에서 무슨 말이 나올까 기대를 하면서 허락을 했다.

"말해 보시오."

"소장 생각에는 점령 작전을 하는 것이 어떨까 합니다. 우선은 소수의 특전군과 비조기로 기공순이 주둔해 있는 북해군을 타격하고 나서, 성 밖에 있던 특전군과 육군이 연합하여 성으로 진군해 들어간다면 성 하나를 통째로 우리의 근거지로 만들 수 있지 않을까 하는 것입니다."

그 말을 듣는 을지문덕은 놀란 표정을 감추지 못하고 있었다. 바로 조금 전 편전에서 총리대신이 말했던 군략이었기 때문이었다.

강철 역시 속으로는 크게 놀랐지만 내색하지 않고 미소를 지으면 물었다.

"북해군을 공격하는 것이야 그렇다 쳐도 그곳을 장악한 이후에는 어떤 방법으로 수비를 할 것인지도 생각해 보았는가?"

그는 망설임 없이 대답을 했다.

"옛, 각하! 그래서 육군과 연합작전을 생각한 것입니다. 수비는 아무래도 저희 특전군보다는 육군이 강하기 때문입니다. 육군에게 신기전 화포를 각 성문 당 십 문씩만 배치해 수비를 한다면 크게 어려울 것도 없을 것입니다."

조영호도 그 말에 충분히 일리가 있다고 판단했는지 동조를 했다.

"각하, 충분히 검토해 볼 가치가 있는 작전 같습니다."

아무래도 말을 해야 되겠다고 생각했는지 을지문덕이 입을 열었다.

"지금 설계두 소령이 말한 군략은 이미 총리대신께서 태황제 폐하께 말씀드렸던 것이요. 소장도 일리가 있다고 생각합니다."

을지문덕이 말을 끝내자, 강철이 물었다.

"오양 공, 북해군성에 성문이 몇 개요?"

"네 개가 있지만, 성문 하나는 사람이 간신히 지날 수 있는 문이기 때문에 세 개가 있는 셈입니다."

강철이 이번에는 육군사령인 우수기에게 물었다.

"우수기 장군, 신기전 화포 일 문 당 방어 능력이 얼마요?"

"예, 신기전이 충분하다고 가정할 때 평균 오천 명으로 보고 있습니다."

그 대답을 듣자, 설계두가 어째서 성문마다 십 문의 신기전 화포를 배치하는 것으로 계산했는지 짐작이 갔다.

이때 밖에서 비조기 소리가 들리기 시작했다. 기다리던 무적함 함장인 홍석훈 일행이 돌아오는 모양이었다.

아니나 다를까 곧, 홍석훈과 연자발, 이일구가 안으로 들어와 강철을 향해 군례를 올리며 인사말을 했다.

"소장이 늦었습니다. 오면서 이일구 장군으로부터 대충 얘기는 들었습니다. 그리고 이것은 왜국으로 출병한 부여공의 보고서입니다."

하고는 홍룡군포 속에서 서찰을 꺼내 강철에게 내밀었다.

"수고했소! 일단 모두 앉으시오."

그렇게 말한 강철은 서찰을 꺼내 펼쳤다.

'태황제 폐하, 소장 왜국 정벌군 총사령관인 부여장 아뢰옵니다. 소장은 탐라에 도착해 이미 백제의 좌평벼슬을 받았던 도주인 고성진으로부터 배달국에 직접 입조하겠다는 약속을 받았사옵니다. 그리고 다시 무적함으로 구주도*에 도착하여 이도성(伊都城)을 시작으로 구주도에 있는 대야, 기이, 국지성 등 크고 작은 10여 개의 성을 점령하였사옵니다. 이어 본주도로 건너가 장문성을 취하고, 지금은 목표하던 왜국 추고여왕이 있는 상성(上城)으로 진군 중에 있사옵니다. 그동안 점령한 성에는 홍석훈 장군의 명에 따라 최소의 군사만 남기고 성마다 초급 군관들을 각 1명씩 군령으로 임명하여 다스리게 하였사옵니다. 지금까지의 전과를 간략하게 보고 드렸사옵니다. 배달국 왜국 정벌군 총사령관 사비 공 부여장 배상.'

---

* 구주: 현대의 큐슈.

서찰 내용을 훑어본 강철은 진격이 잘되고 있다는 것은 알았지만, 들어 보지 못한 성 이름이 많아 자세하게는 알 수가 없었다.

'역시 폐하께서 보셔야 자세한 내용을 아시겠군…….'

하고 속으로 생각하고는 입을 열었다.

"왜국 정벌군 총사령관인 사비 공이 이제 왜국 국왕이 있는 상성에 대한 공격을 앞두고 있다는구려."

그 말을 들은 백기가 말을 받았다.

"사비 공께서 왜국의 도성인 상성으로 진군 중이시라면, 상당히 빠른 진군 속도라고 생각됩니다만, 소장 생각에는 그곳에서는 상당한 저항이 있을 것으로 예상됩니다."

백기의 말에 건설부 대신인 은상이 동감이라는 듯이 고개를 끄덕였다.

"아마 그럴 것이요. 상성을 점령하면 나중을 생각해서 소아 가문과 저들이 오키미 가문이라고 부르는 대왕 가문을 모두 없애야 할 것입니다."

그 말이 떨어지기가 무섭게 부여망지가 되받았다.

"대왕 가문이야 당연히 없애야겠지만, 소아 가문은 백제에서 건너간 가문인데 잘 다독거려서 써야지 무슨 말씀이요?"

은상과 부여망지가 옥신각신하는 것을 바라보던 백기가 입침을 놓았다.

"부여망지 장군 말씀대로라면 왜국에 있는 왕족이나 귀족 가문 중에 삼한 땅에서 건너가지 않은 가문이 있습니까? 그런 것을 따질 필요 없이 배달국에 대항하는 자는 이유 여하를 막론하고 정리해야 뒤탈이 없을 것이요!"

백기의 말에 이의를 다는 사람은 없었지만, 분위기는 갑자기 냉랭해졌다. 그런 상황을 눈치챈 강철이 화제를 돌렸다.

"자자! 그 문제는 폐하께서 별도의 말씀이 있으실 것이요. 먼 훗날에는 자기 조상의 나라라는 것도 무시하고, 이 땅을 집어삼켰던 자들이 바로 왜국의 후손들이오. 그러니 백기 장군 말씀대로 지금 확실히 그 문제를 매듭지어 놓을 필요는 있소. 그것은 나중에 논의하기로 하고, 하던 의논이나 마저 하십시다."

백기와 은상이 그것 보라는 듯이 부여망지를 쳐다보자, 머쓱해진 그가 강철에게 되물었다.

"각하, 왜국이 삼한 땅을 침탈했었던 적이 있다는 말씀은 폐하께 들은 적이 있지만 그들이 그토록 못된 짓을 많이 했습니까?"

"그렇소. 천 년이 넘는 뒷날의 일이지만 그들은 세 차례나 이 땅을 짓밟았었고, 수많은 백성들을 죽이거나 노역에 동원한 것은 물론 처녀들을 데려다가 욕정을 푸는 노리개로 삼았소. 그러니 우리가 지금 힘 있는 나라를 만들어 놓지 않으면 뒷날 후손들이 그런 꼴을 당하게 될 것이요. 그 얘기는 나중에 좀 더 자세히 하기로 하고, 우선 급한 산동 문제를 매듭지으십시다."

그 말을 들은 참석자들은 미개한 왜국이 어떻게 그런 일을 벌일 수 있었을까 도무지 이해가 되지 않았지만, 급한 일을 앞두고 더 이상 물어볼 수도 없는 노릇이었다.

"알겠습니다."

부여망지의 대답이 있자 강철은 계속 말을 이었다.

"본관이 생각한 전략도 설계두 소령이 말한 전략과 같소. 다만, 그 전략을 쓰자면 몇 가지 뒷일이 필요하오. 첫째로 무적함으로 육군과 특전군이 먼저 가더라도 두 상단에서 뒤를 받쳐 줘야 할 것이요."

상단이 뒤를 받혀 줘야 한다는 말이 나오자, 국태천이 물었다.

"뒤를 바친다는 말씀은?"

"아, 무적함이 급히 움직인다고 해도 화포와 비조기를 싣는다면 군사는 많아야 일천 명 정도밖에 가질 못하니, 두 상단에서는 추가로 군사를 싣고 와 주셔야 한다는 말씀이요."

그때서야 이해가 가는지 상단 단주들인 국태천과 목관효가 고개를 끄덕였다.

"알겠습니다. 두 배에 삼백 명은 족히 실을 수 있을 것입니다."

"다음으로는 군사들을 지휘해서 북해군을 지킬 장수가 여럿 필요하고, 과학부에서는 무슨 방법을 쓰던지 이번에 가져갈 삼십 문의 화포를 제외한 오백 문의 신기전 화포와 충분한 양의 신기전을 만들어 놓아야 할 것이요."

그 말이 떨어지자, 이번에는 박상훈이 질문을 했다.

"그 물량은 영주성 때문입니까?"

강철이 고개를 끄덕였다.

"그렇소! 사실 지금이라도 화포 숫자가 충분하다면 산동과 영주를 동시에 공략하는 양동 작전을 쓰고 싶지만, 화포가 부족하여 그렇게 하지를 못하는 것이요."

"알겠습니다. 밤잠을 못자더라도 가능한 빨리 생산을 해내겠습니다. 우리 과학부도 과학부지만 광공업부도 재료를 대려면 고생깨나 할 것입니다."

박상훈이 말이 끝나자, 을지문덕이 입을 열었다.

"각하, 그리고 고구려에서 가져올 철괴와 석탄에 대해 말씀을 하셔야……."

강철이 아차 싶은지 양미간을 찌푸리며 얼른 대꾸를 했다.

"허! 본관이 경황이 없어 깜빡했습니다. 물량은 얼마나 되는지 모르겠지만, 보국 공 말씀대로 고구려에서 철괴와 석탄이 올 것이요. 광공업부에서는 그것들을 인수하고, 국세청에서는 고구려로 돌아가는 우마차에 여분의 양곡을 넉넉히 실어 보내 주시오."

광공업부 대신인 김술종과 국세청장인 홍수가 나란히 대답을 했다.

"알겠습니다."

"예, 그렇게 하겠습니다."

그렇게 전략이 결정되자, 다음으로는 출정할 진용을 논의하기 시작했지만, 장수들이 서로 자신이 출전하겠다고 나서는 바람에 결국 총리대신인 강철이 지명을 하는 수밖에 없었다.

강철은 자신이 산동 정벌군 총사령을 맡고, 부사령으로는 조영호, 우수기와 김후직, 동소, 이휘조를 지명하는 것으로 결론을 내렸다. 물론 비조기를 조종할 줄 알던 장지원이 없기 때문에 2대의 비조기만 동원하는 수밖에 없었고, 조영호는 공격용 비조기 조종과 특전군 지휘를 겸하게 된 것이다.

그리고 우수기가 지휘할 1천 명의 육군과 신기전 화포를 실은 무적함이 하루 전에 출발했다. 나중에 출발할 특전군을 실은 비조기와 북해군 근처에서 합류하기로 한 것이다. 그 외에도 비조기 연료 충전을 위해서 이휘조가 동행하게 되었다.

드디어 산동으로 출병하기 위한 작전의 구체적인 부분까지 마무리 지은 강철은 그 자리에 있는 장수들에게 입을 열었다.

"이제 본장은 편전으로 가서 태황제 폐하께 지금까지 논의된 내용을 고하고, 허락을 받아 올 것이요. 그동안 여러분들은 혹시 우리가 빠뜨린 부분은 없는지 생각해 보시면서 기다려 주시오."

그렇게 말하고는 편전으로 향했다.

동래군에 있는 천명상단을 떠나 도주하다시피 피신한 장지원은 초원현에 있는 연씨 마을에 도착해 따뜻한 환대를 받았다.

여자 정보원으로 구성된 낭자군의 일원인 연 낭자의 권유를 받고, 그녀의 집으로 피신한 이후에 알게 된 일이지만, 그녀의 부친은 초원현에 현승(縣丞)이라는 벼슬에 있는 사람이었다. 현승은 현에서 가장 높은 관직인 현장(縣長) 바로 밑에서 행정을 보좌하는 벼슬이었고, 군사를 보좌하는 것은 따로 현위라는 벼슬이 있었다.

장지원 일행이 50명이 넘었음에도 그는 전혀 개의치 않고, 딸의 생명을 구해 준 것에 감사한다며 극진히 대접을 하고 있었다.

그렇게 닷새쯤 지났을 때, 현승은 오늘따라 현청일이 일찍 끝나서 한담이나 나누려고 왔다며 장지원과 소중덕이 머물고 있는 방으로 찾아왔다. 소중덕에게 통역을 부탁한 장지원이 먼저 인사를 했다.

"연 대인, 제가 적지 않은 식구들을 데려와서 큰 폐를 끼치는 것 같습니다."

현승은 가볍게 손을 흔들며 대꾸를 했다.

"천만에 말씀입니다. 딸이 구명지은을 입었는데, 아비라는 자가 궁색한 살림으로 은공께 제대로 대접치 못하는 것이 죄송스러울 따름입니다."

장지원은 마음에 두고 있던 말을 슬며시 꺼냈다.

"허허! 무슨 겸손의 말씀을……! 그런데 혹시 현승께서는 동래군 관아에 가실 일은 없으십니까?"

"그렇지 않아도 제가 내일 동래군 관아로 등청하는 날이긴 합니다만, 혹시 은공께서는 동래군에 무슨 시키실 일이 있으십니까? 그러시다면 제가 가는 길에 대신해 드릴 수도 있습니다만……."

장지원이 손사래를 쳤다.

"아닙니다. 이 기회에 태수께서 계시다는 치소나 구경 좀 해 볼까 하고 경망되게 여쭈었습니다. 하하하!"

장지원은 시치미를 뚝 떼고 천연덕스럽게 얘기하고 있었다.

연 현승은 잠시 머뭇거리더니 대꾸를 했다.

"제가 관아로 모시고 가는 거야 어렵지 않으나……."

"망설이시는 연유가? 혹시 동래군 태수가 백성들을 괴롭힌다는 소문이 있던데, 그것 때문에 염려하시는 것입니까?"

"그게……."

"……?"

현승은 마지못해 입을 열었다.

"실은 은공 말씀대로 치소를 돌아보실 때, 혹시 매질이라도 당하는 백성들을 보신다면 마음이 편치 않으실까 두려워서 그러는 것입니다."

"그 이유로 망설이신다면 크게 염려치 않으셔도 될 것입니다. 가시는 날이 내일이라고 하시니, 그럼 제 수하들과 나들이 겸해서 함께 가겠습니다."

"그러시지요. 내일 새벽 묘시(卯時: 5시)에 출발할 예정이니, 그 시각에 현청 앞으로 오시면 함께 모시고 가도록 하겠습니다."

장지원이 반색을 하며 그러마 하고 고개를 끄덕였다.

"알겠습니다. 그런데 동래 태수가 소문대로 그토록 못된 짓을 많이 하는 자라면 어떻게 그런 자가 높은 태수 자리를 지키고 있는 것입니까? 알다가도 모를 일입니다."

장지원이 넌지시 묻자, 연 현승은 씁쓸하게 웃으며 대꾸를 했다.

"그자는 원래 수나라 조정에 뇌물을 바쳐서 그 자리에 올랐는데, 수나라가 망하고 나서는 북해군에 주둔하고 있는 기공순이라는 도적에게 은밀히 양곡과 군자금을 대 주면서 자리를 보전하고 있는 것입니다."

장지원은 태수가 기공순과 연관이 있다는 것을 확인하고는, 그자가 어째서 그도록 백성들을 갈취할 수밖에 없는지 이유를 알게 되었다.

"아하! 그래서 그토록 민심을 잃고서도 무사했던 것이로군요. 허참!"

"사실 말이지만, 며칠 전에 기공순이라는 도적 일당이 성을 침범해서 관곡과 관전(官錢)*을 모두 빼앗겼다고 합니다. 그래서 내일 가는 것도 그동안 우리 현에서 거둬들인 세곡과 세전을 바치러 가는 것이지요. 원래 현위가 호위를 해야 하지만, 그는 태수에게 대들었다는 이유로 매질을 당하고 벌써 한 달째 병석에 누워 있는 형편이라 염려는 됩니다."

"저런! 어떻게 그런 일이 있을 수 있습니까? 관리를 매질하다니요? 아, 그리고 내일 호위는 염려하지 않으셔도 됩니다. 제 수하들이 그런대로 호위 정도는 할 만한 자들입니다."

연 현승은 머리를 살래살래 흔들었다.

"태수 눈에는 우리 같은 하찮은 관리는 관리로 보이지도 않습니다. 그건 그렇고 내일 호위까지 해 주신다니, 다행입니다. 그렇지 않아도 동래군으로 세곡과 세전이 올라가는 걸 알면, 가는 도중에 있는 지부산에서 산적들이 내려오지 않을까 걱정하고 있었는데 잘됐습니다."

장지원은 웃으며 안심을 시켰다.

"산적 숫자가 얼마나 되는지는 모르겠지만, 그리 큰 걱정은 안 하셔도 될 것입니다. 그런데 이곳 현장이란 분은 어떻습니까?"

"이곳 현장 어른은 본래 바다 건너 신라 사람입니다. 수나라 조정에 공물을 바치기 위해 사신으로 오셨다가 돌아가지 않고 이곳에 눌러 사시게 된 분입니다. 학문도 높으시고, 백성들로부터 존경도 받고 있습니다."

"그분 성함이 어떻게 되십니까?"

* 관전(官錢): 공금, 관에서 보관하는 돈.

"제가 알기로는 신라에서 대나마라는 벼슬을 하셨다고 하는데 함자는 상군이라고 합니다."

장지원은 들어 보지 못한 이름 같아서 고개를 갸웃하며 대꾸를 했다.

"아, 상군이라는 이름은 처음 듣습니다만, 신라 사람이 어떻게 현장이라는 벼슬까지 하게 된 것입니까?"

"그게 다 이유가 있습니다. 이곳 초원현에는 삼한 땅에서 건너온 사람들이 많이 살고 있습니다. 그래서 수나라 조정에서는 일부러 삼한 사람을 현장으로 삼아 그들을 다스리게 한 것입니다."

"아하! 그렇군요. 그런데 그 동래군에 군사를 관장하는 도위라는 지위에 있는 사람은 어떤 사람입니까?"

"그자 역시 태수와 한통속입니다. 오히려 태수보다 더하면 더했지 조금도 나을 바가 없는 자입니다."

장지원이 고맙다는 뜻으로 머리를 숙이며 인사말을 했다.

"아, 그렇군요. 오늘 참 좋은 말씀 많이 들었습니다."

연 현승도 마주 머리를 숙여 인사를 했다.

"저도 아무하고나 얘기할 수 없는 속 깊은 얘기를 나누다 보니, 오랜만에 체증이 확 풀리는 것 같습니다. 자, 그럼 쉬십시오. 저도 이제 안으로 들어가 보겠습니다. 히히히!"

이렇게 대화를 끝낸 연 현승은 자리를 털고 일어나 안채로 들어갔다.

장지원은 어이가 없었다. 자신과 술자리까지 함께했던 도위가 그 정도로 악명이 높을 줄은 짐작도 하지 못했으니, 그러고서도 무슨 정보를 수집한다고 했었는지 속으로 창피하기까지 했다. 그는 곁에 말없이 앉아 있던 소중덕에게 명했다.

"부단주, 저녁 식사 후에 특전군들을 모두 방으로 부르시오."

"정말 결행하실 생각이십니까?"

장지원은 말없이 고개만 끄덕였다.

위기(危機)

이튿날, 새벽같이 일어나 길을 떠날 준비를 마친 장지원은 소중덕과 특전군들을 데리고 아직도 어둠이 가시지 않은 길을 따라 현청으로 갔다. 그의 옷차림은 보통 상인들이 입는 옷보다는 고급스러워 보였지만, 크게 눈에 띄는 옷차림은 아니었다.

그들이 현청 앞에 도착했을 때는 벌써 말이 끄는 수레와 현승이 탈 가마가 준비되어 있었고, 10여 명의 장정들이 분주히 오가고 있었다. 그 모습을 보고 있던 장지원이 소중덕에게 작은 목소리로 물었다.

"장부군과 낭자군은 먼저 출발했소?"

"예, 아마 지금쯤 가고 있을 것입니다. 다행히 현승 댁에 말이 한 마리 있어 유세철 장군 댁으로는 그 말을 태워 보냈습니다."

"음……."

그렇게 대화를 주고받는 사이에 현청 문을 나온 현승이 주변을 둘러보다가 장지원을 발견하고는 손짓으로 불렀다.

“은공, 불편하시겠지만 오늘은 은공께서 편의상 세곡과 세전 운반을 호위해 주는 현위 역할을 맡아 주셔야겠습니다. 그래야 성문이나 관아 출입이 용이할 것입니다. 송구스럽습니다.”

장지원은 손사래를 치면서 대꾸를 했다.

“현승 어른, 전혀 괘념치 마시기 바랍니다. 그렇지 않아도 함께 가는 수하들이 많아 염려했었는데 오히려 잘됐습니다.”

“그렇게 생각하신다니 다행입니다. 동래군까지는 백 리 길이니, 빨리 가도 저녁때나 도착할 수 있을 것입니다.”

그렇게 되어 장지원 일행은 호위 군사 아닌 호위 군사가 되어 땅거미가 질 무렵에야 동래군 성문을 들어설 수가 있었다. 다행히 인원이 많아서인지 염려하던 산적 떼의 습격도 없었고, 쌀쌀한 날씨지만 날도 화창했기 때문에 무사히 당도할 수 있었던 것이다.

‘동래군부(東萊郡府)’라고 쓴 커다란 현판이 달려 있는 치소에는 여러 번 들어가 보기까지 했었지만, 오늘따라 담장이 무척이나 높아 보였다.

치소 앞에 당도한 연 현승은 모두 이곳에서 기다리라는 말을 남기고는 혼자 대문 안으로 들어갔다.

장지원은 뒤쪽에 늘어서 있는 특전군들을 슬쩍 훑어보았다. 그들의 어깨에는 천으로 감싼 길쭉한 막대기를 메고 있었고, 언뜻 보면 마치 검을 메고 있는 것처럼 보였다.

얼마의 시간이 지나자, 안으로 들어갔던 연 현승이 나와서는 모두 안으로 따라 들어오라는 손짓을 했다. 물론 현승을 따라 그들이 들어가는 데도 문 양쪽에 서 있던 군사들은 세곡과 세전을 운반하고 호위하는 사람들이라고 생각했는지 아무런 제지도 하지 않았다.

현승은 여러 채의 건물 중에 창고로 보이는 건물 앞으로 가서는 그곳에 있던 관리와 대화를 나누더니, 가져온 곡식 가마니들을 인계하라고 일렀다.

그 일이 끝나자, 이번에는 제일 큰 건물로 향하면서 장지원을 불렀다.

"은공, 지금 가는 곳이 태수가 있는 대청(大廳)이요. 그곳에서 태수께 세전을 넘겨줄 것입니다."

장지원이 대청을 들어가 본 적이 있다는 것을 모르는 현승은 친절하게 가르쳐 주기까지 하는 것이었다. 장지원이 넌지시 물었다.

"안에 태수가 계십니까?"

현승은 고개를 까딱하고는 대답을 했다.

"웬일인지 오늘은 태수뿐 아니라 도위까지 안에 있습니다. 은공의 수하들까지 모두 안으로 들어가는 것은 어렵고, 은공과 소 대인께서는 저와 함께 들어가셔도 되지만, 역시 밖에 계시는 편이 나으실 것 같습니다."

"……?"

장지원이 궁금한 눈빛으로 그를 쳐다보자, 현승은 다시 이유를 설명했다.

"아마 태수께서 저희 초원현에서 거둬들인 세전이 적다고 저를 심히 나무랄 것이요. 그런 부끄러운 모습을 보여 드리고 싶지 않아서 그렇습니다."

"그럼, 안에는 두 분밖에 안 계시는 것입니까?"

무슨 뜻으로 물어보는지 금방 이해를 하지 못한 현승은 잠깐 생각하더니 그때서야 씁쓸한 미소를 지으며 대답을 했다.

"제가 여러 사람 있는데서 봉변을 당할까 봐 염려해서 물으시나 본데, 늘 있는 일이라 괜찮습니다. 그리고 안에 있는 태수를 돕는 사람들이라야 겨우 서너 명뿐입니다."

"그렇다면 현승께서는 안으로 들어가시지 말고, 잠시 여기서 저와 함께 계시지요."

"……?"

현승이 무슨 말인지 알아듣지 못하고, 멍하게 서 있는 사이 장지원은 고개를 까딱하면서 눈짓으로 소중덕에게 신호를 보냈다. 그와 동시에 소중덕은 뒤에 서 있던 특전군들을 향해 오른손을 들어 손짓을 했고, 그들은 어깨에 메고 있던 천을 낚아채 풀고는 안으로 뛰어 들어갔다. 그들이 어깨에 메고 있던 물건은 바로 기관단총과 소총이었던 것이다.

뒤이어 건물 안에서는 서너 마디의 고함 소리와 비명 소리가 연거푸 들리고는 다시 잠잠해졌다. 불과 5분이나 지났을까 안에서 소중덕이 여유 있게 걸어 나와 장지원에게 싱긋이 미소를 지으며 눈짓을 했다.

그때까지도 현승은 지금 무슨 일이 벌어지고 있는지 감을 잡지 못하고 놀란 표정을 지은 채 멍청이 서 있었다.

"연 현승, 이제 안으로 드십시다."

어투가 약간 명령조로 달라져 있었지만, 현승은 그런 생각을 할 겨를도 없이 장지원이 소매를 잡아끄는 대로 건물 안으로 들어갔다.

대청 안에는 태수와 도위를 비롯해 그 밑에서 일하는 관인 셋도 함께 손발이 묶이고 입에 재갈까지 물린 채 나뒹굴고 있었다.

안으로 들어간 장지원이 거리낌 없이 태수가 앉던 자리에 앉아서는 소중덕에게 물었다.

"초원현 현장은 언제쯤이나 도착하시는 것이요?"

"옛, 이제 곧 도착할 때가 되었습니다. 우리 낭자군 하나가 성문 안에서 그를 기다리고 있으니, 성문을 들어서면 곧장 이리로 데려올 것입니다."

장지원은 어제 현승과 대화를 나누면서 초원현을 다스리는 현장이 신라 출신으로 덕망이 있다는 말을 듣고는 아침에 정보원들에게 은밀히 명을 내려 그를 불문곡직하고 데려오라는 명을 내렸던 것이다.

잠시 후, 성안에 미리 와서 대기하고 있던 정보원들이 어떻게 알았는지 안으로 우르르 몰려들어 왔다. 그들 중에 연 낭자도 끼어 있었다.

그녀는 자신의 부친인 현승을 한쪽 귀퉁이로 데리고 가서는 지금 일어난 상황을 설명해 주고 있었다. 그러는 사이 2명의 정보원이 40 중반인 관복 차림의 남자를 안으로 데리고 들어왔다.

장지원은 직감적으로 그가 초원현 현장이라는 것을 알아차리고는 안에 벌어진 상황을 보고 놀라고 있는 그에게 물었다.

"귀관이 초원현 현장이시오?"

"예, 장군님! 소인이 초원현 현장인 상군입니다."

그의 대답을 들은 장지원은 다시 그를 데려온 정보원에게 물었다.

"오면서 현장 어른에게 이번 일에 대해 말씀드렸는가?"

"옛! 말씀드렸습니다."

정보원으로부터 대답을 들은 장지원은 현장에게 눈길을 주며 입을 열었다.

"상군 현장! 현장께서는 영문도 모르고 본장의 수하들에게 끌려오다시피 이곳으로 오시게 되었을 것이요. 물론 오시면서 본장의 수하로부터 이런 사태에 대해 미리 얘기를 들으셨겠지만, 결례를 무릅쓰고 이렇게 모시게 된 것은 본장을 도와주셨으면 해서요."

처음 대청 안으로 들어와 바닥에 묶여 있는 태수와 도위를 보고는 당황하던 그가 이제는 진정이 됐는지 공손히 물었다.

"알겠습니다. 소관이 무엇을 도와드리면 되겠습니까?"

"지금부터 본장이 이곳 동래군을 다스릴 것이요. 그러자면 본장이 가장 먼저 해야 할 일이 뭔지 말씀해 보시오."

그는 잠시 생각하더니, 태수와 도위를 힐끗 쳐다보면서 망설이지도 않고 입을 열었다.

"우선 저들의 관인(官印)을 압수하는 것이 우선입니다."

"일리 있는 말씀이요."

장지원은 대답과 동시에 통역을 하고 있던 소중덕을 쳐다보았다.

소중덕은 곧바로 바닥에 나뒹굴고 있는 태수와 도위에게 다가가 그들의 허리춤에 묶여 있던 관인을 빼앗아 장지원이 앉아 있는 탁자 위에 가져다 놓았다.

그러고 나자, 초원현 현장은 묻지도 않았는데 이어서 말을 했다.

"다음으로는 독우(督郵)를 임명하여 동래군 태수이신 장군님을 곁에서 돕도록 해야 할 것입니다."

이때 통역을 하던 소중덕이 독우는 태수를 보좌하고, 태수가 다스리는 지역의 현장들을 감독하는 관직이라고 설명을 해 주었다.

소중덕의 설명을 들은 장지원이 미소를 지으며 입을 열었다.

"그렇다면 앞으로 태수는 성주로, 독우라는 벼슬은 행정관이라는 이름으로 바꾸겠소. 초원현 현장인 상군 공께서 행정관을 맡아 주실 수 있겠습니까?"

그는 말을 해 놓고도, 자신이 태황제인 진봉민을 흉내 내고 있다는 생각에 피식! 웃음이 나왔다.

상군은 바닥에 있는 태수와 도위를 쳐다보면서 쾌히 승낙을 했다.

"알겠습니다. 사실, 소관은 진즉부터 저런 악독한 태수가 없어질 날을 기다려 왔습니다. 이제 바라던 날이 왔으니, 소관이 무엇을 망설이겠습니까? 명하신 대로 지금부터 동래성 행정관을 맡아 성주님을 모시도록 하겠습니다."

"고맙소, 그렇게 해 주시오."

장지원의 말이 끝나자, 행정관을 맡게 된 상군은 한쪽 구석에서 딸과 대화를 나누고 있던 현승을 가까이 불러 무엇인가 지시를 내렸다.

그러자 연 현승이 상군에게 공손히 읍을 하고는 부리나케 밖으로 나가는 것이 아닌가. 무슨 일인지 궁금해할 것이라고 생각한 상군은 장지원 앞에 머리를 조아리며 설명을 했다.

"성주님, 아무래도 군무를 다루는 일은 소인이 다스리던 초원현의 현위에게 맡기는 것이 나을 것 같아 급히 데려오라고 명했습니다."

졸지에 스스로 동래성 성주가 돼버린 장지원은 상군의 말이 옳다고는 생각했지만, 어젯밤 현승으로부터 들었던 말이 생각나서 물었다.

"초원현 현위는 와병 중이라는 말을 들었는데 어떻게 먼 길을 올 수 있겠습니까?"

"사실은……."

장지원의 말에 상군은 그 연유를 설명했다.

초원현 현위가 동래 태수에게 매질을 당한 지는 벌써 한 달이 넘어 이미 몸이 완쾌된 지가 꽤 됐다는 것이었다. 다만, 이번에 백성들로부터 거두어들인 세곡과 세전을 호위하라고 그에게 명하지 않은 이유는 혹시 이곳에 왔다가 태수에게 또다시 봉변을 당할까 봐 성격이 원만한 현승만 보냈다는 설명이었다.

상군의 말을 모두 들은 장지원은 '이자가 참으로 속이 깊은 사람이로구나.' 하고 생각하면서 대꾸를 했다.

"하하! 그랬었군요."

상군은 손발이 묶여 바닥에 나뒹굴고 있는 태수와 도위를 힐끗 쳐다보고는 장지원에게 눈길을 돌리며 물었다.

"성주님, 저들을 어떻게 하실 생각이십니까?"

"글쎄요? 행정관이신 상군 대인 생각에는 어떻게 했으면 좋겠소?"

그러자 상군이 입을 열었다.

"성주님, 소관에게 대인이라고 호칭하시는 것은 당치 않습니다. 그냥 소관의 이름인 상군을 붙여 '상군 행정관' 이라든가 아니면 편하게 '행정관' 이라고만 불러 주시면 됩니다. 그리고 저자들은 그동안 백성들에게 저지른 악행이 너무 커서 용서를 해 준다면 백성들이 크게 실망할 것입니다. 그러니 목을 쳐서 동문 밖에 내걸어 백성들의 마음을 위로해 주는 것이 어떻겠습니까?"

"음……."

"집행은 지금 당장 하실 일이 아니라, 먼저 성주님께서 백성들을 괴롭히던 저들을 처단하고 앞으로 백성들을 다스리게 됐다는 내용으로 방을 붙여 성민들에게 알린 다음에 하셔야 할 것입니다."

"옳은 말씀이요."

이렇게 되어 동래군을 장악한 장지원은 상군의 도움을 받아 가며 치소 안에 있던 관리들을 모두 체포해서 한 방에 가두는 등 밤이 늦도록 뒤처리를 했다.

이튿날 새벽에 초원현 현위가 도착하자, 군사를 관장하는 도위라는 벼슬 이름을 수비군장으로 바꾼 다음 그에게 맡겼다. 또한, 그동안 신세를 졌던 연 현승을 행정관이 된 상군이 다스리던 초원현의 현장으로 임명하여 그곳을 다스리게 했다.

그동안 백성들을 괴롭혀 온 태수와 도위의 목을 베어 그들의 수급을 백성들의 왕래가 많은 서문 밖에 매달게 하고는 행정관의 건의에 따라 그자들의 식솔들도 사로잡아 관비로 삼았다.

장지원은 상단 깃발을 성문 밖에 내걸게 지시하고는 대부분의 태수 권한을 행정관인 상군에게 맡겼다. 상군은 성안에 있던 관곡 창고를 열어 그동안 태수가 수탈했던 곡식들을 어려운 백성들에게 나누어 줬고, 백성들에게 거둬들이는 세곡이나 세전도 백성들에게 부담이 되지 않는 수준으로 크게 낮췄다.

그렇게 되자 지난 수년 동안 태수의 학정에 시달려 온 백성들의 어둡던 얼굴에는 생기가 감돌기 시작했고, 동래성 군사들도 큰 저항 없이 새로운 지휘관인 수비군장을 따르기 시작했다.

원래 1만에 가까웠던 군사는 기공순이 성으로 쳐들어왔던 이후로 도주하거나 도적 무리에 가담한 자까지 있어 겨우 3천에 불과했다.

그렇게 열흘쯤 지난 어느 날, 유가장 장주이면서 천명상단 호위 장군인 유세철이 나타났다. 그의 뒤에는 장지원이 맡겼던 상인들과 동래군 교두이던 완군명까지 함께하고 있었다.

그렇지 않아도 유가장으로 그를 데리러 보냈던 정보원이 돌아와서는 행방을 알 수 없다는 보고를 해서 크게 찜찜해하던 장지원이었다. 그러던 차에 갑자기 그들이 나타났으니 반가움은 말할 수도 없었고, 서로가 오랜만에 만난 기쁨에 대청 안은 떠들썩하게 웃음꽃이 피었다.

"본관이 유 장군을 데리러 사람을 보냈는데, 유가장은 엉망이 됐고, 사람들은 어디로 갔는지 알 길이 없다는 보고를 받고 상심하고 있던 중이었소."

장지원의 말에 유세철은 장지원이 떠난 이후에 이곳에 일어났던 일들을 차근차근 말하기 시작했다.

기공순이 5만의 군사로 동래군 성 밖에 나타나자, 지레 겁을 먹은 태수와 도위는 그들에게 순순히 성문을 열어 주기로 결정했다는 것이다.

태수와 도위의 생각에는 그들이 노리고 있던 천명상단이 성을 떠

났고, 평소에 기공순에게 군량곡과 군자금을 대 주었었기 때문에 별탈이 없으리라는 판단에서였다. 그들이 그런 결정을 내리는 것을 보고, 울화가 치민 동래군 교두인 완군명은 관아를 떠나 숙소로 돌아가 있었다는 것이다.

그런데 아니나 다를까 그들은 성안으로 들어오자마자 살 만하다 싶은 집들을 모조리 뒤져 재물과 곡식을 빼앗는 것은 물론 불평하거나 반항하는 사람들은 모조리 도륙을 내더라는 것이다. 완군명의 눈에는 그들의 행동이 아무래도 태수와 사전에 밀약이 있었던 것으로 보였다는 것이다.

사태가 위급하다는 것을 깨달은 완군명이 부리나케 유가장으로 달려와 이런 사실을 알린 덕분에 다들 무사히 피신을 할 수가 있었다는 말이었다.

그렇게 간신히 성을 빠져나간 그들은 인근 현에 있는 친척집에서 신세를 지다가 우연히 소문을 듣고 이곳으로 찾아오게 됐다는 것이었다.

유세철의 말을 모두 들은 장지원이 반가운 목소리로 입을 열었다.

"아무튼 고생하셨소. 이제 안심하고 이곳에 머무르면 될 것이요."

장지원의 말에 유세철이 미간을 찡그리며 고개를 흔들었다.

"단주님, 그렇게 한가하게 말씀하실 일이 아닙니다. 지금 기공순이 이곳으로 쳐들어오고 있다는 소문을 아십니까?"

"금시초문이오만, 흠! 역시……."

"목이 잘린 이곳 태수와 기공순이 가까이 지냈다는 것은 알 만한 사람은 다 아는 일입니다. 그래서 그가 태수의 원수를 갚겠다고 출병을 한 것입니다."

장지원은 이미 각오하고 있었다는 표정으로 대꾸를 했다.

"그들이 쳐들어온다면야 싸우면 되지 않겠소? 이곳에도 장수가 있고 군사가 있는데 무슨 걱정이요."

"그거야 그렇지만, 오만이 넘는 군사와 싸우려면 대비를 단단히 해야 할 것입니다."

장지원이 고개를 끄덕이고는 소중덕을 보면서 지시를 내렸다.

"부단주, 낭자군들에게 군마를 내주고, 북해군 쪽으로 보내 적이 오는지 동정을 살피도록 하시오."

"옛!"

"아, 그리고 상군 행정관과 수비군장에게 알려 곧 군략회의를 갖겠다고 전하고, 특전군들에게 성 밖으로 나가지 말고 언제든지 소집이 가능하도록 성안에 있으라고 전하시오."

"알겠습니다."

이렇게 되어 긴급히 회의가 개최되었고, 군략이 정해졌다.

특전군은 장지원이 직접 지휘를 하기로 했고, 성안에 있는 군사 3천 명은 동래군 교두였던 왕군명이 수비군장을 맡아 지휘하기로 했다. 얼마 전에 임명됐던 수비군장이 자신은 기껏 현에서 1백여 명의 군사를 지휘한 경험밖에 없기 때문에 대군을 지휘하던 완군명이 수비군장으로 더 적합하다는 건의에 따라 결정된 일이었다.

장지원과 소중덕을 제외하고 그 자리에 있던 사람들은 겨우 3천 명의 군사로 5만 명의 군사와 싸워야 한다는 사실에 불안감을 감추지 못하고 있었다. 그날부터 완군명은 군사들에 대한 조련을 시작했지만, 백성들도 소문을 들었는지 성안의 분위기는 갈수록 뒤숭숭해져 갔다.

역시 행정관인 상군은 노련했다. 장지원이 시키지도 않았는데 성안 백성들에게 어떤 적이 쳐들어와도 성을 지켜 낼 것이니 안심하고 생업에 힘쓰라는 방을 내붙였다.

그러자 하나둘씩 성을 떠나던 백성들이 더 이상 떠나지 않고, 오히려 성 밖에 사는 많은 백성들이 성안으로 피신해 들어오는 기현상이 벌어졌다.

기공순이 출병했다는 소문이 난 지도 어느덧 닷새가 지났지만 별다른 기척이 없었다. 역시 소문에 지나지 않는가 보다 여기고 있을 때, 동정을 살피러 보냈던 낭자군들이 급히 돌아왔다. 5만이 아니라 7만의 대군이 공성 장비까지 갖추고 이곳 동래군으로 다가오고 있다는 보고였다. 내일 아침이면 충분히 도착할 거리였다.

장지원은 다시 장수들을 소집해 작전회의를 시작했지만, 사실 그들 중에는 몇 만의 군사와 전쟁을 치러 본 경험이 있는 장수가 1명도 없었다. 동래군 교두였던 왕군명이 그나마 1만 정도의 군사를 지휘했었다고는 하지만, 군사들에게 훈련을 시켰을 뿐이지 전투를 지휘해 봤던 것은 아니었다.

장지원 역시도 몇 만의 군사와 전쟁을 치러 보기는 했지만, 비조기조종사로서 강철이나 조영호의 지휘를 받으며 참전했던 것이 전부였다. 게다가 이번에는 성안에서 대군을 방어해야 하는 전혀 경험해 보지 못한 수성전(守城戰)이었다.

장지원은 문득 본국에 있는 수많은 장수들 중에 단 1명만 이곳에 있다고 해도 이토록 당황스럽지는 않을 것 같다는 생뚱맞은 생각이 들기도 했다.

적의 군사가 7만이라는 말에 장지원 역시도 당황스럽고, 두려운 마음도 들었다. 그렇지만 이들을 총지휘해야 하는 자신이 그런 기색을 얼굴에 드러낼 수는 없다는 생각에 마음을 다잡고 입을 열었다.

"이미 정했던 군략대로 본장은 적이 오는 방향인 서문 성루에서 특전군들과 군사 일천으로 그들을 막을 것이요. 다음으로 중요하다고 생각하는 북문에는 소중덕 대령이 군사 일천으로 방어하시오. 그리고 성문 밖이 경사져서 적들이 공격하기가 어려운 동문과 남문은 유세철 장군과 완군명 수비군장이 각각 군사 오백씩으로 방어하시오."

장지원의 명이 떨어지자, 행정관인 상군이 의외라는 표정으로 물었다.

"성주님, 소관이 맡을 일은 무엇입니까?"

"행정관은 수비군장과 함께 성안 백성들을 다독거리시면서 한편으로는 성문을 맡은 수비장들이 요구하는 물품 공급을 맡아 주시고, 필요하다면 장정들을 소집해서 군사들과 함께 싸우도록 해 주시오."

"알겠습니다."

"옛!"

두 사람의 대답이 있고 나서 장지원은 소중덕에게 별도의 지시를 내렸다.

"소중덕 대령! 정보원들에게는 각 성문의 상황을 수시로 내게 알리고, 군령을 전달하는 전령 역할을 맡기시오!"

"알겠습니다."

"행정관은 이 회의가 끝나는 즉시, 앞으로 한 시진 후에 성문을 닫을 것이라고 백성들에게 알려 혼란이 없도록 하시오. 말하지 않아도 잘 아시겠지만, 각 성문 수비장들은 적들의 공성 장비가 성벽이나 성문 가까이 접근하지 못하도록 하시면 되오."

장지원의 말이 끝나자마자 소중덕이 입을 열었다.

"단주님, 정보원 중에 몇 명을 밖으로 내보내 적들의 움직임을 성안으로 전해 주도록 해야 하지 않겠습니까?"

장지원이 고개를 갸우뚱하며 대꾸를 했다.

"그러면 좋겠지만, 그들이 성안으로 연락할 방법이 있겠소?"

"소장 생각에는 그들도 특공훈련을 받은 자들이니, 상황에 따라 대처하는 방법을 찾아낼 것입니다."

"흠…… 정 그렇다면 몇 명만 밖으로 내보내 보시오. 그리고 서문에서 내 지휘를 받을 군사들에게는 병장기를 회수하여 다른 성문 쪽으로 돌리고, 방패만 튼튼한 것으로 지참시키도록 하시오."

"알겠습니다!"

회의를 끝마친 장지원은 막상 20배나 되는 군사와 싸워야 한다는 생각에 가슴이 답답해 왔지만, 그래도 믿는 구석이 있었다

그는 특전군들을 모두 대청으로 불렀다. 그들은 모두 특전군사령인 조영호가 심혈을 기울려 키워 낸 일당백의 용사들이었다.

"적이 칠만의 군사로 쳐들어오고 있다는 것은 다들 들었을 줄 안다. 우리 군사는 단 삼천밖에 없다. 그러니 이번 전쟁의 승패는 그대

들에게 달렸다."

"……!"

"보관하고 있는 실탄은 각자 몇 발씩인가?"

"옛! 기관단총 사수는 각자 이십 개의 탄창을 보유하고 있고, 소총 사수는 삼십 개의 탄창을 보유하고 있습니다!"

그들 중에 15명은 기관단총이고, 5명은 소총을 소지하고 있었다.

"흠…… 그럼, 평균 육백 발씩이군. 우리 병장기가 아무리 무섭다고 해도 실탄이 부족한 실정이다. 지난번에도 말했듯이 기관단총보다 장거리 사격이 가능한 소총으로는 정확히 적장의 가슴이나 머리를 명중시켜야 한다. 특별한 경우 외에는 군사들을 쏘는데 실탄을 낭비하지 마라."

"알고 있습니다!"

"혹시, 하고 싶은 말이 있는가?"

장지원이 묻자, 그중에 1명이 입을 열었다.

"장군님! 저들의 병장기로 볼 때, 성을 공격하기 위해서는 우리 병장기의 사정거리 안으로 들어올 수밖에 없을 것입니다. 그때 적장들이 모여 있는 곳에 집중사격을 가한다면 큰 성과가 있을 것 같습니다."

"물론 그럴 경우에는 실탄을 아낀답시고 단발사격을 하지 말고, 집중사격을 가하는 것이 옳을 것이다. 여하튼 적의 우두머리들을 없애면 적들은 자연히 무너지게 될 것이다."

"알겠습니다! 저희는 무적의 특전군입니다!"

"그래! 오늘은 푹 자 두어라."

"옛!"

그들이 물러간 다음 장지원도 오늘 밤은 푹 쉬어야겠다고 생각하며 태수가 사용하던 숙소로 가서 누웠지만, 제대로 잠이 올 리가 없었다.

이튿날, 예상대로 기공순은 북을 울리며 서문 앞에 나타났다. 군사가 7만이라더니, 높다란 성루에서 바라봐도 진세를 펼치고 있는 군사들의 끄트머리가 보이지 않을 정도로 많은 숫자였다. 또한 선두 뒤쪽에는 투석기 10여 대와 2대의 충차, 그리고 10여 대의 노포(弩砲)라고 불리는 보통 활보다 서너 배는 큰 활이 성을 향하고 있었다.

장지원은 순간 돌을 쏘는 투석기와 멀리 쏠 수 있는 노포가 가장 위협이 될 거라고 생각하면서, 태어난 이래로 이토록 많은 군사가 한자리에 모여 있는 광경을 본 적이 없었기 때문에 두려움을 떨칠 수가 없었다.

그나마 적군이 다른 성문으로는 가지 않고 서문으로만 모이는 것이 다행이라고 생각하면서 대기하고 있던 정보원들에게 군령을 내렸다.

"전령들은 조속히 각 성문으로 가서 수비 장수들에게 내 명을 전하라! 그곳은 부장들에게 맡기고 모두 서문으로 모이라고 하라!"

"옛!"

"옛! 알겠습니다."

그들은 성루를 내려가 대기시켜 놨던 말을 타고 성문으로 향했고, 얼마 지나지 않아 성문을 수비하던 소중덕과 유세철, 완군명이 성루로 달려 올라왔다.

"무슨 일이십니까?"

"아, 저들이 우리 성안에 군사가 적은 것을 알았는지 다른 성문으로는 군사를 분산시키지 않고 서문으로만 모이길래 오라고 했소."

"예!"

대답을 한 그들은 성 밖을 내다보면서 적군의 엄청난 숫자에 맥이 빠지는지 망연자실한 표정으로 입을 다물지 못하고 있었다. 그런 생각도 잠시뿐, 말을 탄 적장들이 속속 자신들의 군진 앞으로 나오고 있었고, 그들과의 거리는 150미터쯤 되어 보였다.

맨 앞쪽에 장수 하나가 지휘봉을 들어 올리자, 요란하게 울리던 북소리가 멈추고 7만의 군사가 모여 있다고는 믿어지지 않을 정도로 정적이 감돌았다.

이때 손을 들었던 장수가 소리 높여 무슨 말인가 하자, 옆에 있던 정보원 하나가 장지원에게 통역을 했다.

"들어라! 성에 내걸린 깃발을 보니, 태수라는 자가 바로 장사나 하던 바로 그 무지랭이로구나! 어서 성문을 열고 항복하지 못할까!"

"……."

"다시 한 번 말하겠다! 성안에 있는 군사들은 들어라! 나는 북해 태수인 대장군 기공순이라 한다. 지금이라도 성문을 열고 항복하면 태수라는 자만 처벌하고, 너희들은 모두 살려 주겠다!"

그 순간 말을 하는 자가 기공순이라는 것을 알게 되자, 장지원이 급히 명을 내렸다.

"소총 사수는 저자를 조준하고, 기관단총 사수들은 모여 있는 장수들을 향해 집중사격을 준비하라!"

그러자 특전군 중에 조장이 입을 열었다.

"이미 준비가 됐습니다."

적군 쪽에서는 또다시 고함 소리가 들리고 있을 때, 장지원이 오른손을 번쩍 치켜들었다 내리면서 큰 소리로 명령을 내렸다.

"사격 개시!"

'퓽! 드륵! 퓽! 드륵!…… 드륵!'

'탕! 탕!…………탕!'

총소리와 동시에 말 위에 있던 적장들과 근처에 있던 자들 20여 명이 말 등에 엎어지거나 굴러떨어지기도 하고 더러는 땅 위에 쓰러졌다.

그야말로 순식간에 일어난 일이었다.

"기관단총 사격 중지! 소총은 계속 조준 사격하라!"

명령과 동시에 기관단총 소리는 멈추었지만, 소총은 계속 '탕! 탕!' 소리를 내며 장수로 보이는 자들을 족집게처럼 골라서 쓰러뜨리고 있었다.

이때 무슨 일인지도 모르고 당황하던 적의 선두가 주춤주춤 뒤쪽으로 물러나기 시작하더니, 어느 순간 걷잡을 수 없는 속도로 썰물이 빠져나가듯이 줄행랑을 치기 시작했다.

"소총 사격 중지!"

총소리가 멈췄음에도 적들은 아랑곳하지 않고 서로 부딪쳐 넘어지고, 짓밟히면서 걸음아 날 살려라 정신없이 앞으로만 내닫고 있는 모습이 성루에서도 확연히 보였다.

그들이 빠져나간 앞쪽에는 즐비하게 버려진 공성 장비를 비롯한 병장기들과 쓰러진 적장들이 나뒹굴고 있었고, 성에서 멀어져 갈수록 곳곳에는 자기편에 밟혀 죽거나 다친 자들이 수백 명은 족히 돼 보였다. 참으로 가관이라는 생각까지 들었다.

장지원은 안도의 한숨을 내쉬며 명을 내렸다.

"장수들은 신속히 군사들을 이끌고 가서 쓰러진 장수들과 적들이 버리고 간 병장기를 수습해 성안으로 들여오시오!"

"알겠습니다."

"옛!"

그때서야 적들이 도주하는 모습을 얼빠지게 바라보고 있던 장수들이 정신을 수습하고는 군사들을 데리고 나가 적들이 버리고 간 병장기와 쓰러져 있던 장수들을 성안으로 옮겨 왔다. 적들이 시야에서 완전히 사라질 때까지 바라보고 있던 장지원은 성루에서 내려와 동래군 치소 앞마당으로 갔다.

그곳에는 주인을 잃은 병장기들과 공성 병기들이 산더미처럼 쌓여 있었고, 한쪽 편에는 총탄에 쓰러졌던 적장들과 군사들 300여 명이 옮겨져 있었다.

그들 중에는 숨이 끊어진 자가 많았지만, 숨이 넘어가고 있는 자도 있었고 치료를 한다면 살아날 자도 여럿이 있었다.

장지원은 그중에서 가장 가벼운 상처를 입은 장수인 듯한 자를 앞으로 데려오게 하여 질문을 했다.

"저들 중에 기공순이라는 자가 있는가?"

그 말은 곧 소중덕에 의해 통역이 되었고, 포로가 된 그는 자신이 있던 곳을 차근차근히 훑어보더니 대답을 했다.

“예, 있습니다.”

“그자를 지목해 보라.”

“저자입니다.”

그가 가리킨 자는 이미 숨이 끊어져 있었고, 쓰고 있던 투구는 어디에 떨어졌는지 없었지만 갑옷이 그럴 듯한 것으로 보아 거짓은 아닌 것 같았다.

“너희 장수들은 대부분 본장이 하늘에서 가져온 병장기에 죽고 군사들은 도주를 했다. 이제 도주한 군사들을 지휘할 장수로는 누가 남았느냐?”

그 말을 들은 그는 놀란 표정으로 체념한 듯이 대답을 했다.

“장사(長史)인 유난성 장군이 통솔하게 될 것입니다.”

그 대답을 통역한 소중덕이 첨가하여 말을 했다.

“단주님, 장사라는 벼슬은 수비군장과 같은 것입니다.”

대충 알 것은 다 알았다고 생각한 장지원은 주위에 모여 있는 사람들을 한 바퀴 둘러보고는 지시를 내렸다.

“본장은 유세철 장군, 소중덕 대령과 함께 대청으로 들어가 있겠소. 적의 동태를 잘 살피게 하고, 뒤처리는 상군 행정관과 완군명 수비군장이 알아서 하시오.”

그러자 행정관인 상군이 포로들을 쳐다보면서 물었다.

“저들은 어떻게 처리해야 하겠습니까?”

“상관하지 않을 것이니 그것도 세 분이 알아서 하시오.”

그렇게 지시하고, 세 사람은 대청 안으로 들어왔다.

유세철이 먼저 입을 열었다.

"단주님! 태황제 폐하께서 하늘에서 가져오신 병장기가 무섭다는 것은 알고 있었지만, 그토록 많은 군사를 이렇게 쉽게 무너뜨릴 줄은 몰랐습니다."

장지원은 빙긋이 미소를 지으며 대꾸를 했다.

"아직도 적이 완전히 물러간 것은 아니요."

"그렇기는 합니다. 유난성이라는 자가 절대 그냥 물러가지는 않을 것입니다. 오히려 죽은 기공순의 원수를 갚자고 군사들을 부추겨 또다시 쳐들어올 것입니다."

"그렇게 생각하는 이유가 있으시오?"

유세철은 나름대로 자신의 생각을 늘어놓기 시작했다.

"이미 그들의 수장이던 기공순이 죽었기 때문에 유난성은 기공순의 군사 칠만을 송두리째 손에 넣게 되었습니다. 이제 군사들에게 자신의 능력을 보여 주어 신뢰를 얻는 일만 남은 셈입니다."

"그래서요?"

"그자가 그 많은 군사들의 마음만 얻는다면 앞으로 중원을 호령하는 영웅 중에 하나가 되는 것은 시간문제입니다. 지략이 있는 유난성은 충분히 그런 계산을 할 만한 자이기 때문에 또다시 우리를 밀어붙일 것입니다."

장지원은 그 말을 듣고서는 소중덕에게 행정관을 불러오라고 명했다. 명을 받고 밖으로 나갔던 소중덕이 행정관인 상군을 데리고 들어왔다.

"찾으셨습니까? 성주님."

"그렇소. 행정관은 즉시 성안에 보관하고 있는 관곡이 얼마나 되나 확인하고, 그 곡식으로 성안 백성들이 얼마나 버틸 수 있는지를 알아보시오."

장지원이 정색을 하고 묻자, 상군이 공손히 대답을 했다.

"성주님, 이미 파악해 놓고 있습니다. 우리가 보관하고 있는 관곡은 성안 백성들이 한 달 정도 먹을 수 있는 양입니다. 백성들도 얼마씩이라도 보관하고 있는 것이 있으니 달 반은 그런대로 버틸 수 있을 것입니다."

장지원은 심난한 표정으로 대꾸를 했다.

"부족하다는 생각이지만 어쩌겠소? 성을 포위하더라도 한 달 정도만 참아 내면 날이 추워지니, 저들도 그 이상은 버티지 못하고 돌아갈 것이요. 공성전을 하려 해도 이미 우리에게 공성 장비를 빼앗겼으니, 그것도 쉽지 않을 것이고……."

유세철이 고개를 끄덕였다.

"그렇기는 할 것입니다."

"아! 그 말이 나왔으니, 저들이 성을 공격하려 하면 우리가 뺏은 투석기를 활용해 보십시다. 투석기를 쏠 줄 아는 군사가 있는지 알아보고, 있다면 다른 군사들에게도 가르치게 하시오. 거기에 쓸 돌덩이도 구해 보시고……."

행정관인 상군이 고개를 숙이며 공손하게 대답을 했다.

"알겠습니다. 투석기의 활용에 대해서는 완군명 수비군장에게 전하고, 돌은 소관이 백성들을 통해 마련해 보겠습니다."

"고맙소."

행정관이 물러가고 나자, 장지원은 유세철과 소중덕도 나가서 일을 보라고 내보내 놓고는 앞으로의 계획을 생각하기 시작했다.

이번에 저들이 완전히 물러간다면 다음에는 북해군을 점령해 보고 싶었다. 두 지역만 완전히 장악한다면 산동반도는 배달국의 땅이 되는 것이다.

적들이 물러간 그날은 별일 없이 지나가고 있었다. 달라진 것이 있다면 행정관인 상군을 비롯해 모두들 장지원을 대하는 태도가 눈에 띄게 공손해졌다는 점이었다.

물론 치소 대청에 있는 장지원은 몰랐지만, 성안 백성들 사이에선 벌써 성주가 하늘에서 내려온 천관(天官)이라는 소문이 돌고 있었다. 그 소문을 더욱 부풀려지게 만든 것은 기관단총과 소총으로 적을 물리치는 광경을 봤던 서문에 있던 1천 명의 군사들이었다.

이튿날 아침, 역시 진용을 정비한 적군들이 다시 몰려왔다. 그들은 군사를 나누어 성을 포위하기 시작했다.

서문 성루에 올라가 그들의 움직임을 살펴보던 장지원은 다른 성문에 나가 있던 수비 장수들을 불러 작전을 지시했다.

"어제 혼이 나서인지 적들이 멀리서 성을 포위하는 모양이요. 혹시 적들이 성 근처로 다가오면 즉시 알리시오!"

"알겠습니다."

적들은 성벽 가까이는 절대 다가오지 않았다.

그렇게 열흘이 흘렀고, 장지원은 여느 날과 마찬가지로 성루에 올라 성을 포위하고 있는 적군들을 물끄러미 쳐다보고 있었다.

그런데 적군들 쪽에서 한 떼의 사람들이 성문을 향해 다가오고 있었다. 즉시 경계 태세를 갖추게 하고는 점점 가까이 오고 있는 그들을 자세히 살펴보았다. 이상하게 그들은 아무런 짐 꾸러미도 들지 않은 빈손뿐인 백성들이었고, 그렇다고 그들을 앞세워 적군들이 뒤따라오는 것도 아니었다.

장지원은 순간 당황한 표정으로 신음을 내뱉었다.

"으음……!"

잠시 후, 각 성문에서 보낸 전령들이 달려왔고, 그들이 가져온 전갈도 하나같이 그곳에도 똑같은 일이 벌어지고 있다는 내용이었다.

성문 앞에 다다른 백성들은 문을 열어 달라고 애원하기 시작했다.

전령만으로는 안 되겠던지, 각 성문에 있던 수비 장수들이 허겁지겁 서문으로 달려와서는 이구동성으로 입을 열었다.

"성주님, 이 일을 어떻게 해야겠습니까? 소장 생각에는 문을 열어 주면 안 될 것 같다는 생각입니다."

"그럼, 백성들을 성문 앞에 저대로 놔두잔 말씀이요?"

"지금 이곳과 마찬가지로 각 성문에도 수천 명의 백성들이 몰려와 있습니다. 그들을 모두 성안으로 받아들인다면 성안은 엉망이 될 것입니다."

"흠…… 우선 상군 행정관을 부르시오."

"옛!"

곧, 상군이 성루로 올라오면서 성 밖을 힐끗 쳐다보더니 장지원 앞에 섰다.

"행정관! 밖에 백성들을 어떻게 했으면 좋겠소? 적군 장수인 유난성이라는 자가 지략이 뛰어나다더니, 성안에 있는 식량과 물을 한시바삐 동을 내기 위해 계략을 쓰는 모양이요."

상군은 같은 생각이 들었는지 고개를 끄덕이고는 대답을 했다.

"성주님, 밖에 있는 백성들도 성주님 백성입니다. 그러니 모두 들어오게 하는 것이 옳다고 생각됩니다. 대신에 오늘부터 백성들을 죽으로 연명하게 해야 할 것입니다."

상군의 말을 들은 완군명이 소리를 빽 질렀다.

"저들은 오늘만이 아니라 계속 인근에 있는 백성들을 끌어 모아 성으로 들여보내려 할 것이요. 그러면 지금 성민보다 두 배는 될 터인데, 저들을 어떻게 먹이고 재우겠다는 것이요?"

상군이 완군명을 쳐다보며 미소 띤 표정으로 대답을 했다.

"수비군장께서는 저들을 돌려보내실 재간이 있으시오? 그렇다고 날도 추운데 저들을 성문 앞에서 굶어 죽게 내버려 두시겠소?"

완군명이 다시 맞받아쳤다.

"저들을 다 받아들이면 식량이 보름도 못 갈 텐데, 그러면 저들도 죽고 성안 백성도 다 죽게 되오."

"그래도 보름 동안은 함께 살 수 있지 않겠습니까?"

장지원은 상군의 어이없는 대답에 실소가 나왔다.

"자! 그만들 하시오. 본장이 성주로서 명하겠소! 수비 장수들은 성문을 열고 저들을 들어오게 하시오. 행정관 말대로 보름은 함께 살 수 있으니 그만해도 다행이요. 다만, 저들이 들어오고 나면 질서가 문란해질 것이요. 질서를 문란시키는 자는 엄히 다스리시오. 그 일은 수비군장이 맡으시오!"

성주가 결단을 내리자, 그들은 군말 없이 대답을 했다.

"알겠습니다!"

성문이 열리고 밖에 있던 백성들이 모두 성안으로 들어왔다.

그날 오후에도 또다시 수천 명의 백성들이 들어왔고, 그 이튿날도 똑같은 일이 반복되고 있었다.

성안은 더 이상 백성들을 받아들일 여지가 없을 정도로 붐비게 되었다. 그렇게 되니, 처음에는 곧잘 유지되던 질서도 점차 무너질 수밖에 없었다. 특히 단합이 잘되었던 성안의 분위기를 흐려 놓는 것도, 이곳저곳에서 다른 사람 것을 약탈하고 훔치는 것도 대부분이 나중에 들어온 백성들이었다.

처음에는 하루에 한 끼 죽으로 연명하고 있으니 그런 것이려니 이해를 했지만, 그럴수록 성안은 무법천지로 변해 갔다. 참다못한 수비군장이 사고를 저지르는 백성들을 몇 명 골라서 목을 매달았는데도 전혀 나아지는 기색이 없었다. 그나마 성안으로 들여보낼 만한 백성들은 다 들여보냈는지, 적군들은 더 이상 백성들을 성으로 보내지 않았다.

장지원은 성 밖에 있는 적보다 성안에 있는 백성들 때문에 더 힘이 든다는 생각을 하면서 고집을 부려 산동으로 온 것이 무척이나 후회가 되었다.

그는 백성들을 덕으로 다스린다는 것도 평온할 때의 얘기지, 절박한 위기에 처해서도 덕을 들먹이다가는 결국 질서를 무너뜨리는 몇 명 때문에 백성 전체를 죽이게 된다는 것을 뼈저리게 깨닫고 있었다.

장지원은 행정관을 비롯한 장수들과 각 현의 현장들까지 모두 소집했다. 현을 다스리던 그들도 적군에게 끌려와 성안으로 들어와 있었다.

장지원은 그들에게 이 난국을 어떻게 하는 것이 좋을지 의견을 물었다. 그러자 그 자리에 참석한 모두가 겪고 있는 일이라 그런지 남에게 피해를 주는 자는 이유를 불문하고 참수를 해야 한다는 의견을 제시했다.

"좋소! 여러분의 의견을 존중하여 이 자리에 참석하신 분들에게 선참후계의 권한을 드리겠소. 앞으로 문제를 일으키는 자는 그 자리에서 참하고, 행정관에게 이유와 결과를 보고하시오. 그래도 질서가 잡히지 않으면 사고를 일으키는 자들이 어느 현 출신이냐에 따라 현장들에게 책임을 묻겠소."

"당연한 말씀입니다."

"진즉에 그렇게 했어야 합니다."

참석자들이 이제야 성안 질서가 바로 서게 될 것이라고 이구동성으로 입을 모으면서 대청을 나갔다.

그날부터 확실히 성안의 질서는 잡혀갔지만, 문제는 식량이었다. 죽이나 미음으로 하루 한 끼를 때우고 있는데도 앞으로 3일분 식량밖에 남지 않았다는 행정관의 보고에 장지원은 앞길이 막막했다.

과연 이 일을 어떻게 수습해야 좋을지 고민을 거듭하고 있을 때, 서문 성루에서 파수를 보던 특전군이 급히 달려와 보고를 했다.

"장군님! 얼른 나와 보셔야겠습니다. 어떤 군사들인지는 모르겠지만, 후미에서 유난성의 군사를 공격하고 있습니다."

"그래? 어서 가 보자!"

장지원이 뛰다시피 성루로 올라가 적진을 살펴보았다. 정말로 유난성의 군대를 밀어붙이고 있는 군사가 확실했다. 북문 수비 장수인 소중덕도 서문으로 뛰어와 그 광경을 보면서 장지원에게 물었다.

"단주님, 북문 쪽에도 이쪽과 마찬가지로 접전이 벌어지고 있습니다."

장지원이 소중덕에게 물었다.

"흠…… 밖에 나가서 동정을 살피고 있는 정보원들이 어떻게 된 일인지 곧 소식을 전해 오지 않겠소?"

"아마, 그럴 것입니다."

이때 동문 수비를 맡고 있던 유세철이 뛰어와서는 급하게 입을 열었다.

"장군님, 동문 앞에 진을 치고 있던 적들이 모두 북문 쪽으로 이동하고 있습니다."

"그렇다면 이곳과 북문 쪽에서 접전이 벌어지고 있는 모양이군."

"아마 그런 것 같습니다. 소장 생각에는 이 기회에 성안으로 들어왔던 백성들을 집으로 돌려보내는 것이 어떨까 합니다만……."

그 말이 장지원의 귀에 쏙 들어왔다.

"저들 사이의 전투가 얼마나 지속될 것 같소?"

"모르긴 몰라도 며칠 내로는 끝나지 않을 것입니다."

장지원은 그 자리에 있던 정보원들을 시켜, 성안에 있는 장수들과 현장들을 모두 대청으로 불러오라고 지시를 내렸다. 그러고는 소중덕과 유세철을 대동하고 자신도 대청으로 향했다.

장수들이 모이자, 급한 마음에 입을 열었다.

"지금 밖에는 어디서 나타났는지 유난성의 군사들을 공격하고 있는 군사들이 있소. 그래서 동문에 있던 적군들이 모두 떠났다고 하니, 이 틈을 이용하여 성안으로 들어왔던 백성들을 돌려보내는 것이 좋을 것 같소."

동래성 행정관인 상군이 제일 먼저 입을 열었다.

"성주님, 시간이 급하니 그런 일은 의논도 필요 없을 것 같습니다. 지금 당장 시행하는 것이 옳습니다."

다른 장수들이나 현장들도 지당하다고 대답했다.

"그럼, 백성들에게 집으로 돌아가라고 알리시고 성문은 적군이 없는 동문만 열도록 하시오."

"알겠습니다!"

이때, 행정관인 상군이 다시 입을 열었다.

"성주님! 시간이 얼마나 있을지는 모르겠지만, 성 밖에 나가 곡식을 구해 보는 대로 구해 봐야 하지 않겠습니까? 저들 중에 어느 쪽이 이기더라도 우리에게 또다시 항복을 요구할 것입니다."

장지원이 앞에 있는 탁자를 '딱!' 소리가 나게 쳤다.

"옳은 말씀이요. 행정관은 모든 수단을 동원해서라도 식량을 구해 보도록 하시오. 그리고 성에는 소중덕 대령만 남고 다른 분들도 모두 행정관을 도와주도록 하시오."

"알겠습니다!"

회의를 마치고 나온 현장들은 자신이 다스리는 현의 백성들을 인솔하고 떠날 준비를 시작했다. 또한 행정관은 나머지 장수들에게 지금 즉시 초원현 윤가촌과 상촌, 서가촌으로 가서 촌주가 있으면 곡식을 내 달라고 하고, 촌주가 없으면 마을을 뒤져 곡식을 있는 대로 모두 가져오라고 지시를 했다.

동문이 열렸고, 성안은 바쁘게 움직였다.

그동안 살얼음 위를 걷는 기분으로 하루하루를 지내온 장지원도 회의를 끝내고 나자 한숨 돌린 기분이었다.

이때 밖으로 나갔던 소중덕이 정보원 하나를 데리고 들어왔다.

"단주님, 성 밖에 나가 있던 정보원이 돌아왔습니다."

장지원이 자리에서 벌떡 일어나며 물었다.

"그럼, 유난성의 군사와 전투를 벌이고 있는 군사는 누구라고 하오?"

그의 물음에 소중덕을 따라 들어와 있던 정보원이 대답을 했다.

"태원(太原)에 잠시 주둔해 있던 진왕(辰王) 이세민의 군대라고 합니다."

장지원은 얼굴색이 변할 만큼 크게 당황하여 되물었다.

"이세민이라고 했느냐?"

"옛! 진왕 이세민이 지휘하는 사만 군사라고 합니다."

소중덕은 뜻밖에 장지원이 너무 당황한 모습을 보이자 의아하게 생각하면서 물었다.

"잘 아시는 장수입니까?"

그때서야 장지원은 자신이 너무 경망스럽게 행동했다는 것을 깨단고는 고개를 끄덕이며 말을 했다.

"음…… 부단주는 본장이 하늘에서 내려왔다는 것을 아실 것이요. 이세민이라는 이름은 본장이 하늘에 있을 때부터 알고 있을 정도로 대단한 장수요."

"그렇습니까?"

"우리는 그자와 또다시 어려운 싸움을 시작하게 될 것이요. 그러자면 성안에 먹을 곡식이라도 넉넉해야 할 터인데 그것이 걱정이요."

"그 문제는 아마 상군 행정관이 무슨 대책이라도 세울 것입니다. 그보다 어떻게든 본국에 이러한 사정을 알리는 것이 시급한데, 방법이 없으니 그것이 더 큰 문제입니다."

"음……."

장지원은 어금니를 물며 고개만 끄덕였다.

뜻밖의 대면(對面)

동래성 밖에서 벌어졌던 유난성군과 이세민군의 첫 전투는 유난성군이 급히 동쪽으로 후퇴한 까닭에 그리 오래 지속되지는 않았다. 장지원은 유난성군이 전열을 가다듬기 위해 후퇴한 것이라고 짐작했다.

역시 밤늦게 정보원들이 가져온 정보에 의하면 양쪽 대군은 장지원이 있는 동래성에서 20킬로미터 떨어진 지점에 마주 진을 쳤다는 것이었다.

그들의 정보로는 유난성의 대군이 군사를 많이 잃었는지 6만이 채 안 돼 보인다는 것이었고, 이세민의 대군은 그대로 4만 명 정도라고 보고했다.

장지원의 판단으로는 유난성이 패배할 것은 분명해 보였지만, 가능한 오래 버텨 주었으면 하는 바램이었다. 당연히 성을 지킬 준비를 할 시간을 벌고 싶은 마음에서였다.

정보원을 10여 명이나 밖으로 보내 놨으니, 양 진영의 움직임과 그들이 벌이는 전투 결과는 시시각각 이곳으로 전해질 것이었다. 그동안 성안에서는 수성 준비를 서두는 수밖에는 도리가 없었다.

유난성의 대군이 성을 포위하고 있는 동안, 근처에 있던 곡식이란 곡식은 모두 뒤져 갔을 텐데도 남은 게 있었는지, 이튿날부터 곡식을 실은 달구지들이 성안으로 계속해서 들어오고 있었다.

성에서 그렇게 수성 준비가 계속되는 동안, 유난성과 이세민의 양쪽 진영은 수차례의 대접전을 벌이고 있었고, 호각지세를 이루던 두 진영은 시간이 갈수록 유난성의 군대가 수세에 몰리고 있었다.

이윽고 닷새째가 되는 날이었다. 대접전 끝에 유난성의 군대가 대패하여 북해군 방향으로 퇴각 중이며 그 뒤를 이세민 군대가 바짝 뒤쫓고 있다는 정보가 들어왔다. 장지원은 그렇게 아주 사라져 주었으면 하는 바램이었다.

그러나 뒤이어 들어온 정보에 그는 크게 낙심하지 않을 수 없었다. 유난성의 군사를 추격하던 이세민의 대군이 방향을 바꿔 동래성을 향하여 진군하고 있다는 소식을 접했기 때문이었다.

그나마 서둘러 준비한 덕분에 원래 성안에 살던 백성들만 남았고, 식량도 한 달은 근근이 버틸 수 있는 양이 마련되어 있었다. 실낱같은 희망이라면 이제 날이 추워지는 동절기이기 때문에 누가 온다고 해도 장기간의 포위 작전은 어려우리라는 전망뿐이었다.

이세민의 4만 대군은 서문 밖에 진을 쳤다. 그들의 군사는 유난성의 군사보다는 적었지만, 한눈에 보기에도 예기(銳氣)가 넘쳐흘렀고, 움직임에도 절도가 있어 보였다. 그들은 활보다 강한 노포를 소지한 군사와 기병이 많아 위협적으로 보였지만, 다행히 공성 장비는 지니고 있지 않았다. 장지원은 일말 자신감을 얻었다.

이때, 서문 밖에 도열해 있던 군사들 앞에 장수 하나가 네 발은 흰색이고, 온몸은 검은색인 늘씬한 말을 타고 당당히 나타났다.

장지원은 몰랐지만, 그 말은 백제오(白蹄烏)라고 불리는 이세민이 타던 육 준마 중에 하나로, 현대에까지 기록이 전해져 오는 유명한 명마였다.

그 장수는 성루에 있는 장수들을 향해 외쳤다.

"성안에 있는 제장들은 들으시오! 나는 당나라 진왕 이세민이라고 하오! 본 왕이 성을 공격하던 기공순이라는 도적을 물리쳤으니, 이제 안심하고 성문을 열어 본 왕을 맞이한다면 큰 상을 내리겠소."

이세민은 아직까지 기공순이 살아 있는 것으로 알고 있었고, 그 나름대로는 제법 예의를 갖춰 젊잖게 말을 하고 있었다.

그와의 거리는 2백 미터밖에 안 되기 때문에 죽이기로 마음만 먹는다면 특전군들이 충분히 명중을 시킬 수 있는 거리였다.

장지원은 잠시 생각을 하고는 대꾸를 했다.

"이세민 장군은 들으시오! 나는 동래성주 장지원이라고 하오. 귀장이 성을 공격할 의사가 없다면 성으로 들어와 본장과 대화를 나눠 볼 용의가 있으시오? 물론 안전은 보장하겠소."

장지원의 말이 소중덕을 통해 통역이 되자, 적진이 잠시 소란스러워졌다.

이세민은 오른팔을 들어 진정시키고는 잠시 후 다시 입을 떼었다.

“좋소! 귀장의 말을 믿고, 일각(一刻) 후에 본 왕이 두 명의 부장만 데리고 성안으로 들어가겠소.”

장지원은 속으로 ‘저자의 용기가 저 정도나 되니, 중원 대륙을 통일했던 것이로구나!’ 하는 감탄을 하면서, 성문을 열고 닫는 것에서부터 저들을 맞는 절차까지 간단히 지시를 내렸다.

그러고 난 그는 이세민의 움직임을 살폈다. 말에서 내린 이세민은 뒤쪽에 있던 부장들과 몇 마디 말을 주고받더니, 잠시 후 2명의 부장만을 데리고 성문을 향해 발걸음을 옮기고 있었다.

성루에 있던 장지원도 5명의 특전군과 군사들만 남기고, 남아 있던 장수들과 함께 특전군의 호위를 받으며 대청으로 갔다.

넓은 대청 가운데에는 행정관이 급하게 가져다 놓았는지 두 사람이 대좌할 의자가 덩그렇게 마주 놓여 있었다. 장지원이 먼저 의자 하나를 차지하고 앉아서 그들이 들어오기를 기다렸다.

곧이어 휘황찬란한 금빛 갑옷을 입고, 투구를 벗어 손에 든 약관 정도로 보이는 장수가 좌우에 갑주 차림인 부장들을 거느리고 안으로 들어왔다.

그들은 들어오면서 고개를 갸우뚱거렸다. 통상적으로 문 앞에서 자신들이 소지한 무기를 풀어 놓도록 하는 것이 당연한 일인데, 그런 절차가 없이 안으로 들어가게 하는 것이 이상했던 것이다.

그런 생각을 하면서 안으로 들어온 그들은 평상복을 입은 약관 정도로 보이는 자가 의자에 앉아 있는 것을 보고는 ‘그러면 그렇지!’ 하는 표정으로 비웃음이었는지 아리송한 미소를 머금었다. 역시 험한 전쟁터를 누벼 보지 않은 선비쯤으로 생각했던 것이다.

장지원은 앉아서 맞을까 하다가 그래도 손님을 맞는 예의가 아니라는 생각에 자리에서 일어나며 먼저 공수로 인사를 했다.

"어서 오시오! 본장은 이곳 성주인 장지원이라 하오."

그러자 금빛 갑옷을 입은 이세민이 군례로 마주 인사를 했다.

"반갑소! 나는 진왕 이세민이요."

인사가 끝나자, 자리를 권한 장지원이 자리에 앉았다.

두 사람은 각자 뒤에 서 있는 사람들을 무시한 채, 한참 동안 기싸움을 하듯이 눈에 힘을 주고 마주 바라보면서 입을 열지 않았다.

눈빛을 부드럽게 풀면서 먼저 입을 연 것은 장지원이었다.

"구태여 부장들을 소개할 필요는 없을 것 같으니, 본론으로 들어가겠소."

이세민이 웃으며 고개를 끄덕였다.

"허허! 보아 하니 서책이나 보시던 서생 같으신데 성격은 장수처럼 시원시원해서 좋소이다. 그럼, 말씀해 보시오."

약간 비아냥거림이 섞인 듯한 말에 장지원이 되받았다.

"하하하! 본장을 그렇게 보셨다니 할 말은 없지만, 좋은 갑옷을 걸쳤다고 다 무장은 아니라고 생각하오."

이 말이 통역되자, 이세민의 뒤에 서 있던 무장들이 분개한 표정으로 손을 허리에 찬 검으로 가져갔다. 그러자 동시에 장지원의 뒤쪽과 옆쪽에 서 있는 특전군들이 격발 자세로 기관단총과 소총을 겨누었다.

역시 이세민이었다.

"옳은 말이요! 갑주만 걸쳤다고 다 장수는 아니오."

그렇게 말하고는 맞은편에서 총을 겨누고 있는 특전군들을 슬쩍 훑어보면서 '저자들이 들고 있는 것이 병장기인 듯한데, 본 적이 없는 물건이로다.' 하는 생각을 하고 있었다.

"그럼, 단도직입적으로 묻겠소. 귀장이 본장에게 원하는 것이 무엇이요?"

총을 보면서 어떤 병장기인지 궁금하다는 생각을 하고 있던 이세민이 얼른 자세를 고쳐 앉으며 대답을 했다.

"그것은 간단하오. 이미 성 밖에서 말했던 대로 항복을 하고, 우리 당나라에 귀순을 하라는 것뿐이요. 그렇게 한다면 귀장에게 이곳을 계속 다스릴 수 있도록 해 주겠소."

장지원은 빙그레 웃었다.

"허어! 이세민 장군! 잘 들으시오. 이곳을 다스리고 말고는 본장과 성민들이 결정할 일이지 귀장이 왈가왈부할 일은 아니라고 생각하오."

이세민의 표정이 갑자기 확 변하면서 자리를 차고 일어났다.

"무엇이라고! 감히……!"

그는 지금까지도 무던히 참고 있던 중이었다. 당나라가 개국을 했다고는 하지만, 아직도 중원 도처에서는 군웅들이 할거하면서 당나라에 위협을 가하고 있었다. 그래서 구태여 적을 하나라도 더 만들 필요는 없다는 생각에서 꼴사나워도 참았던 것이다. 그러나 장지원이 왕(王)인 자신에게 전하라는 호칭도 쓰지 않고 꼬박꼬박 장군이라고 호칭하면서 고분고분하지 않자 화가 치민 것이었다.

이때 뒤쪽에 서 있던 행정관이 넌지시 권했다.

“성주님! 진왕께서 말씀하신 제안이 아주 터무니없지는 않으니, 심사숙고해 보심이 어떻겠습니까?”

장지원이 미간을 찡그리며 고개를 홱 돌려 행정관을 쏘아보자, 소중덕이 갑자기 고함을 꽥 하고 질렀다.

“두 분이 말씀하시는데 행정관이 왜 나서는 거요!”

행정관은 머쓱한 표정으로 입을 다물었다. 그는 속으로 성주가 무엇을 믿고 저리 큰소리를 치는가 싶어서 목숨을 부지하려면 저들의 제안을 받아들이는 것이 좋겠다는 생각에 한마디 거들었던 것인데 호된 면박을 당한 것이다.

바로 이때였다. 어디선가 귀에 익은 소리가 들려오고, 뒤이어 콩 튀기는 소리가 요란하게 들리기 시작했다. 장지원과 소중덕은 비조기 소리라는 것을 금방 알아차렸다.

소중덕이 다급한 음성으로 입을 열었다.

“단주님……!”

상황을 알아차린 장지원은 뒤쪽에 서 있던 특전군들과 유세철 등을 쳐다보며 황급히 외쳤다.

“특전군들은 들어라! 저들의 병장기를 압수한 후, 본장을 따르라!”

“옛!”

그들은 대답과 동시에 어떻게 움직였는지도 모르게 전광석화같이 이세민과 2명의 부장을 제압하여 허리에 찬 검을 빼앗았다. 그러고는 그들의 양쪽 팔을 끼고 장지원을 따라 서문 성루로 올라갔다.

성 밖을 보니, 공격용 비조기와 수송용 비조기가 적군들이 모여 있는 상공을 날면서 무차별 공격을 가하고 있었다.

장지원은 소중덕에게 성벽 위에 꽂혀 있는 상단 깃발을 장대에 꽂힌 그대로 가져오라고 지시를 내렸다. 그 사이에 밖에서는 날벼락을 맞은 이세민의 군사들이 사방으로 뿔뿔이 흩어져 줄행랑을 치기에 바빴다.

이세민과 그를 따라왔던 부장들도 성루 위에서 그 모습을 지켜보고는 새파랗게 질린 얼굴로 멍하니 넋을 놓고 있었다.

상단 깃발을 가져온 소중덕이 장지원의 지시에 따라 부지런히 깃발을 흔들어 대자, 공격용 비조기가 그것을 발견했는지 성루 위를 천천히 날면서 아래를 내려다보고 있었다.

장지원이 다시 소중덕에게 지시를 내렸다.

"소 대령! 유세철 장군과 군사들을 데리고 가서 성안 공터에 비조기가 착륙할 수 있는 자리를 확보하시오. 그리고 그곳에 깃발을 꽂아 놓으시오."

"옛! 알겠습니다."

그는 신이 나는지 큰 소리로 대답을 하고는 유세철과 함께 부리나케 성루를 내려갔다. 재차 확인을 하기 위해서인지 비조기가 낮은 고도로 호퍼링*을 하면서 성루 위를 살펴보고 있었다.

장지원이 휘날리는 먼지를 뒤집어쓰면서 비조기를 향해 손을 흔들었다. 그러자 공격용 비조기는 앞을 까딱거리며 신호를 보내고는 다시 이세민의 군사들을 쫓아가 공세를 펼치는 것이었다.

갑자기 긴장이 풀리는 탓에 다리에 힘이 쭉 빠진 장지원은 안도의 한숨을 내쉬며 휘청거리는 걸음으로 성루를 내려왔다. 성루에 있던

* 호퍼링: 헬리콥터가 공중에 뜬 채로 이동하지 않는 상태.

다른 사람들도 당연히 그렇게 해야 한다는 듯이 모두 뒤따라 내려오고 있었다.

비조기가 착륙할 장소에는 어느새 군사들이 멀찌감치 둘러서서 넓은 공간을 확보해 놓고 있었다.

이윽고 공격을 마친 2대의 비조기는 차례로 천명상단 깃발이 휘날리고 있는 착륙 장소에 내려앉았다. 비조기 날개바람에 휩쓸린 먼지들이 채 가라앉기도 전에 공격용 비조기에서 붉은색 홍룡군포를 입은 강철이 제일 먼저 내리고, 뒤이어 조종석에서 조영호가 내렸다.

장지원은 강철에게 다가가 군례를 올리면서 말을 했다.

"각하! 어서 오십시오."

"장지원 장군! 무사하구려. 다행이요."

말을 하면서 강철은 군례를 올리고 있는 장지원을 덥석 껴안았다. 장지원은 그동안 고생하며 겪던 설움이 한꺼번에 몰려와 자신도 모르게 눈시울이 축축해졌다. 순간 주위에서 다른 장수들이 쳐다본다는 생각이 들자, 얼른 마음을 추스르고 몸을 떼면서 물었다.

"각하, 그런데 어쩐 일로 여기까지 오셨습니까?"

"하하하! 그것은 나중에 천천히 얘기해도 늦지를 않소. 우선 다른 장군들과도 인사를 나눠야 할 것이 아니요?"

그 말을 들은 장지원은 강철 뒤편에 미소를 띠고 서 있는 장수들을 보았다. 홍룡군포 차림인 조영호와 우수기 외에 김후직과 동소 장군도 있었다.

조영호는 자신을 비롯해 장수들에게 일일이 다가가서 얼싸안으며 반가움을 표시하는 장지원의 모습에 그가 무척이나 고생이 컸다는 것을 여실히 느낄 수가 있었다.

"장지원 장군! 아무리 반가워도 그렇지 각하와 우리를 계속 이렇게 밖에만 세워둘 참이요? 하하하!"

"하하하! 반가운 마음에 소장이 결례를 했습니다. 자, 들어가십시다."

그는 앞장서서 대청으로 그들을 안내하고는 강철을 자신이 평소에 앉는 태수의 자리에 앉게 했다. 그러고는 모두가 알아듣게끔 큰 소리로 소중덕에게 지시를 내렸다.

"소 대령은 특전군들을 지휘하여 저 이세민 일행을 한적한 방으로 데리고 가서 보호토록 하고, 감시를 철저히 하시오."

"옛! 알겠습니다."

이세민과 2명의 부장은 소중덕과 특전군들에게 이끌려 밖으로 나갔다. 그 말을 들은 강철은 눈이 뒤집힐 정도로 놀랐다.

'이세민이라니? 그렇다면 당태종이 되는 바로 그 이세민이란 말인가? 그가 어째서 이곳에 있다는 말인가?'

그런 의문이 머리를 어지럽혔다.

장지원은 계속해서 대청 안에 있던 다른 장수들에게 지시를 했다.

"본장이 총리대신 각하께 보고할 일이 있으니, 행정관을 포함한 동래군 소속 장수들은 잠시 밖에 나가 있다가 본장이 부르면 들어오시오."

"예!"

이제 안에는 배달국 장수들만 남았다. 장지원은 그제야 다른 장수들에게도 자리를 권하면서 입을 열었다.

"소장이 지난 두어 달 사이 죽을 고비를 두 번이나 넘기고, 이번에는 빠져나가지도 못할 위기에 처했는데, 다행히 여러분이 오셔서 목숨을 건졌습니다. 우선 총리대신 각하께 그동안의 일을 말씀드리겠습니다."

그렇게 서두를 꺼낸 장지원은 북해군에 주둔하고 있던 기공순이 천명상단에 오수전 5만 냥을 내놓지 않으면 동래군을 쑥밭으로 만들어 놓겠다는 협박에서부터 동래성을 점령하기까지 과정을 설명했다.

그리고 잠시 숨을 돌린 장지원은 기공순이 다시 동래성으로 쳐들어왔던 일과 그가 죽고 나서는 유난성이 장기간 포위 전략을 구사했으며, 식량이 고갈되는 절체절명의 순간에 생각지도 않던 이세민 군대가 나타나 유난성 군대와 교전을 시작하는 바람에 간신히 위기를 넘길 수 있었다고 말했다.

마지막으로 유난성을 퇴치한 이세민이 성안으로 들어와 항복을 강요하다시피 하고 있는 순간에 비조기가 나타났다는 것으로 설명을 마무리지었다.

강철이 물었다.

"장 장군의 고생이 크셨다는 것을 알겠소! 그러니까 조금 전에 이곳에서 나간 자가 바로 이세민이란 말씀이요?"

"예, 그렇습니다."

"하하하! 고생은 하셨지만, 대어를 낚아 놓으셨구려."

"그런데 각하, 어떻게 이곳까지 오시게 된 것입니까?"

장지원의 물음에 강철이 설명을 해 주기 시작했다.

천명상단에서 팔 물건을 가져왔던 목관효가 상단이 폐허가 되고,

상단 식구들이 행방불명이 된 것을 확인하고 귀국했던 것에서부터, 기공순 일당을 박살 내기 위해 군함과 비조기를 동원해 북해군까지 갔었다고 했다. 그러나 대군이 있을 줄 알았던 그곳은 텅 비어 있다시피 했고, 그곳을 지키고 있던 몇 명 안 되는 군사를 잡아 심문해 보니, 본군은 이곳으로 출병했다는 말을 하더라는 것이다.

그래서 부랴부랴 이곳으로 와서는 성 밖에 있는 군사들이 기공순의 군사인 줄 알고 인정사정없이 무차별 공격을 시작했다는 것이었다. 마침 그때 비조기를 조종하던 조영호 장군이 성루에 꽂아 놓은 천명상단 깃발을 발견하고는 미심쩍은 생각이 들어 다시 확인하려는 순간에, 이번에는 성루에서 상단 깃발을 흔들어 대더라는 것이다. 조영호 장군의 말을 들은 자신이 직접 쌍안경으로 확인해 보니, 장지원 장군과 소중덕 대령의 얼굴이 보여 모두 무사하다는 것을 알게 됐다는 것이다.

말을 끝낸 강철이 웃으면서 말을 했다.

"오히려 전화위복이 됐소. 이번에 북해군을 점령할 계획이었는데, 동래성을 먼저 얻어 놨구려. 이제 계획대로 북해군까지 얻으면 산동은 통째로 우리 배달국 땅이 되는 것이 아니겠소?"

"휴! 죽을 고생은 했지만 다행입니다."

"자, 그동안 장지원 장군을 도와주느라 고생했던 사람들을 만나 볼 차례가 된 것 같소. 모두 들어오라 하시오. 이세민은 그다음에 만나 보겠소."

"예!"

대답을 하고 난 장지원은 밖에서 기다리던 사람들을 모두 들어오게 했다. 그들은 장지원이 시킨 것도 아닌데 모두 무릎을 꿇고 강철에게 인사를 올리는 것이었다.

"천관께서 현신하신 걸 몰라 뵈어, 그 죄가 작지 않사옵니다."

"다들 일어나라."

강철은 대륙에 와서 첫 대면하는 그들에게 확실한 이미지를 심어줄 필요가 있다고 판단하고는 하대(下待)를 한 것이다.

"예!"

"그대들이 우리 천장 중에 한 분인 장지원 장군을 도와 고생을 했다는 말을 들었다. 다들 수고했노라."

"황공하옵니다."

장지원은 그들 하나하나를 강철에게 소개하고 마지막으로 행정관인 상군을 소개했다. 그는 신라 외교관 출신으로 수나라에 사신으로 왔다가 이곳에 눌러 살게 된 자라는 설명을 했다.

강철이 호기심이 생겨 물었다.

"그대가 수나라에 왔던 신라 사신이었다면 혜문을 알고 있는가?"

"알고 있사옵니다! 그는 소인과 함께 신라 영객부에서 외교에 대한 일을 함께하던 인사이옵니다."

역시 그럴 줄 알았다는 표정으로 고개를 끄덕인 강철은 갑자기 언성을 높여 호통을 쳤다.

"네 이놈! 국주의 명을 받고 사신으로 왔다면 일을 끝내고 돌아갔어야 마땅한 일이 아니더냐? 그런데 어째서 국주의 명을 어기고 돌아가지 않았단 말이냐? 네 눈에는 수나라가 그렇게 좋아 보이더냐?"

강철의 호통을 들은 상군은 부들부들 떨면서 대꾸를 했다.

"그런 게 아니오라, 이곳 동래군에는 신라 백성들 수천이 사는지라 그들이 수나라에서 홀대를 당하는 것이 안타까워 그들을 보호하기 위해 부득이 택하게 된 일이옵니다. 천관께서는 굽어 살펴 주시옵소서!"

"흠…… 그렇더라도 신라로 돌아갔다가 국주의 허락을 받고 다시 왔어야 옳은 것이 아니더냐! 일단 그 동기가 그렇다 하니, 잠시 두고 보겠노라."

"황공하옵니다."

강철이 말을 끝내자, 그 광경을 지켜보던 김후직이 상군에게 말을 붙였다.

"상군 대나마, 나를 알아보시겠소?"

상군은 김후직을 이리저리 뜯어보더니 물었다.

"혹시, 김후직 공이 아니신지요?"

"그렇소! 본장이 김후직이요. 공은 이십 년 전에 수나라에 사신으로 갔다가 지명대사 편에 이곳의 실정을 알리는 서찰만 조정에 보내고 돌아오지 않았던 것을 기억하오."

"그렇습니다. 지명대사께서 귀국하시는 편에 서찰을 보냈습니다."

"알겠소! 공이 타국 땅에서 고생했다는 것을 본장이 각하께 말씀을 드리겠소. 그러면 나중에 별도의 말씀이 있으실 것이요."

"감사합니다."

그들의 대화는 신라 말로 이루어지고 있었기 때문에 동소 장군이 통역을 했고, 사정을 알게 된 강철은 대국 문물을 흠모해서 귀국을 하지 않았을지도 모른다는 의심이 말끔히 가셨다. 그러나 별다른 내색은 하지 않은 채, 이번에는 이세민 일행을 데려오라고 지시했다. 강철의 명을 받은 특전군들이 그들을 지키고 있는 소중덕에게 명을 전하기 위해 대청 안을 나갔다.

잠시 후 소중덕이 그들을 데리고 들어와 강철이 앉아 있는 탁상 앞에 세우면서 작은 소리로 무릎을 꿇으라고 말했으나, 그들은 못들은 척했다. 다시 말을 해도 듣지를 않자 얼굴이 벌게진 소중덕이 특전군을 향해 지시를 내렸다.

"이자들의 무릎을 꿇려라!"

"예!"

특전군들은 그들에게 다가가서 다짜고짜 무릎관절을 걷어찼고, 그들은 무너지듯이 무릎을 꿇었다.

강철은 굳은 얼굴로 그들을 향해 위엄 있게 물었다.

"그대들은 누군가?"

이세민은 분개한 얼굴로 쏘아붙였다.

"말하고 싶지 않소! 도대체 누구관대 일국의 군왕을 꿇게 하는 것이요?"

"본관은 너뿐만 아니라 네 아비인 이연에게까지도 그럴 수 있는 자격과 권한이 있노라!"

순간 이세민의 머릿속에는 이자의 정체가 도대체 무엇이기에 이렇듯 안하무인으로 방자한가 싶었다. 그런 생각을 하면서 '오냐, 순순히 응대를 해 주면서 네놈의 정체를 알아보리라.' 결심을 굳히고는 입을 열었다.

"나는 당나라 진왕 이세민이라 하오. 뒤에 있는 장수들은 좌무후 대장군 후군집, 우무후 대장군 이정이요!"

강철은 그들의 이름을 듣고 빙긋이 미소를 지으며 입을 열었다.

"본관은 하늘에서 내려와 배달국을 세운 천족장군 중에 하나인 강철이라 한다. 태원 유수였던 네 아비가 당나라를 세우고 황제에 올랐다는 것도 이미 알고 있다."

"……?"

"너는 머지않아 태자인 네 형을 죽이고 태자가 될 것이다. 물론 믿기지 않을 것이나 그것이 천기(天機)인 것을 어쩌겠느냐? 네가 가만히 있으려 해도 태자 주변에서는 네가 태자보다 더 능력 있다는 이유로 없애려 하는데 살려면 어쩔 수 없는 일이지."

이렇게 말을 하면서 강철은 '진즉에 이자에 관해서 자세히 알아놓기를 잘했다.'는 생각에 스스로 흐뭇해하고 있었다. 한쪽에 서 있는 조영호는 총리대신이 점점 태황제를 닮아 가고 있다는 생각을 하고 있었다.

이세민은 말없이 듣고만 있었다.

"……?"

"그렇지만, 너는 형을 죽인 것도 모자라 네 아비인 이연을 감금하고, 황제에 오르게 될 것이다. 하늘의 도리를 행하는 본장은 너를 이 자리에서 없애야 그런 패악이 일어나지 않는다는 것을 알고 있지만, 그것도 하늘의 뜻이라 여겨 본장에게 네 가지 약조를 한다면 살려주겠다. 어떠냐?"

강철이 물어도 한참 동안 말이 없던 이세민이 드디어 입을 열었다.

"무엇인지 들어나 보겠소."

"흠…… 좋다. 첫째로 당나라는 앞으로 대대손손 항주(杭洲)에서 돈황(敦煌)까지의 동쪽을 배달국의 영토로 인정하고 절대 범접해선 안 된다. 다음으로 너는 이십 년 내로 본관이 말한 경계에 견고한 장성을 쌓아 놓아야 한다. 물론 그 장성은 우리가 사용할 것이라는 사실을 명심해라. 세 번째로 네가 황제가 되면 우리가 가져온 하늘의 문자를 너의 백성들에게 가르쳐야 한다는 것이다. 마지막으로 너의 부장 두 명을 두고 가라는 것이다."

"그럴 수는 없소! 내가 어찌 대대손손 그곳을 배달국 땅이라고 약속할 수가 있다는 말씀이요?"

"상관없다. 앞으로 배달국이 다스릴 항주에서 돈황까지의 동쪽을 동부 중원이라 하고, 서쪽을 서부 중원이라 할 것이다. 네가 서부 중원을 다스리는 황제가 되고 나서 약조를 지키는 것으로 족하다."

"그렇다면 앞에 세 가지는 행할 수 있소. 그러나 두 사람을 두고 간다는 것은 있을 수 없는 일이요."

이세민은 완강히 거부를 했다.

그러자 강철이 양미간을 찌푸리면서 소리를 질렀다.

"장지원 장군이 목숨을 보장한다고 약조를 했다기에 살 길을 열어 주었더니, 안 되겠구나. 여봐라! 이놈들을 데리고 나가 즉시 참수하라!"

"예!"

특전군들이 그들에게 다가가자, 이세민의 뒤에 있던 후군집이 이세민에게 무슨 말인가 하는데, 그것은 고스란히 소중덕에 의해 통역이 되었다.

"대왕! 후일을 도모하셔야지, 대업도 못 이루고 이 자리에서 허무하게 돌아가실 수는 없습니다."

"그래도 귀장들을 두고 갈 수는 없소!"

"소장들이 이곳에 남는다고 해도 죽는 것은 아니니, 훗날을 기약하십시오."

"……?"

그들이 주고받는 말을 들으며, 강철은 냅다 고함을 질렀다.

"어서 데리고 나가 참하라는데 무엇들을 하는 게냐?"

"옛!"

엉거주춤해 있던 특전군들은 깜짝 놀라면서 그들의 팔을 바짝 거머쥐었다.

이때 양팔을 잡힌 채로 이세민이 입을 열었다.

"잠깐! 한 가지만 약속한다면 받아들이겠소."

강철이 턱을 치켜들며 시큰둥하게 말을 받았다.

"흠…… 말해 보라!"

"저들을 죽이지 않겠다고 약조를 해 주시오."

"물론이다. 이제 됐느냐?"

"그럼 됐소!"

강철은 특전군들에게 놔주라는 손짓을 하고는 책상 위에 지필묵이 있는 것을 곁눈질로 확인하고 소중덕에게 명을 내렸다.

"소 대령은 진왕 이세민에게 지필묵을 가져다 주어 약조 내용을 문건으로 작성케 하고, 수결(手決)을 받도록 하시오."

"예엣! 알겠습니다."

그렇게 되어 문서에 밝은 장지원에게 검토를 시켜 가면서, 몇 번이나 다시 쓰게 하여 결국 두 장의 약조 문서가 두루마리 형태로 작성이 되었다.

장난스럽게 작성한 이것이 먼 훗날 '동래약조'라고 부르는 그 유명한 역사적 문서가 될 줄은 그 자리에 있는 어느 누구도 알지 못했다.

강철은 이세민을 쳐다보다가 한결 부드러워진 어조로 입을 열었다.

"진왕은 들어라. 그대는 이 작은 성을 얻자고 이곳까지 오지는 않았을 텐데, 이유를 말해 줄 수 있겠느냐?"

이세민은 숨길 만한 일도 아니라고 생각했는지 이유를 털어 놨다.

"나는 동도(東都: 낙양)에 근거를 둔 왕세충을 치기에 앞서, 서로 연합할 우려가 있는 기공순을 먼저 없애기 위해 출전했던 길이었소."

"그랬었군! 기공순은 이미 여기 계신 장지원 장군에게 죽었고, 그대와 싸우던 장수는 기공순의 수하였던 유난성이라는 자다. 그렇다면 동부 중원에서 가장 큰 무리는 누구인가?"

"북해군에 있는 기공순보다 더 큰 무리는 낙주에 도읍을 하고 장락왕을 참칭하고 있는 두건덕이요."

그가 말하는 낙주가 어딘지 알 수가 없던 강철은 조영호에게,

"조 장군, 비조기에서 신책을 좀 가져다 주시오."

"옛!"

잠시 후, 그는 노트북을 부팅된 상태로 강철의 면전 책상 위에 올려놓았다.

강철은 이세민을 자기가 앉아 있는 책상 옆으로 불러 지금 있는 곳

과 탁군(북경) 등 몇몇 위치를 가르쳐 주고는 낙주가 어디쯤 되느냐고 물었다.

그는 한참 동안 이리저리 살펴보더니, 천진 근처에 있는 낙주항이라는 항구가 있는 곳을 가리켰다.

"이곳이요."

강철은 그가 가리키는 곳을 확인하고는 이번 기회에 낙주라는 그곳까지 소탕해 놓지 않으면 나중에라도 우환거리가 되겠다는 생각이 들었다.

"알겠다! 자리로 돌아가라."

"알았소!"

이세민은 속으로 '도대체 저 물건이 무슨 기물(奇物)이길래 중원 천하를 마치 손바닥 위에 올려놓고 보는 것 같은가? 참으로 놀라운 일이로다.' 하는 생각을 하면서 본래 있던 자리로 돌아왔다.

"진왕!"

"말씀하시오."

"그대가 앞으로 동부 중원 쪽은 넘보지 않는다고 약조를 하였으니, 유난성과 두건덕이라는 자는 우리가 도륙을 내겠다. 그대는 염려치 말고 서부 중원에 있다는 왕세충이나 토벌토록 하라. 이제 돌아가 보도록 하라."

그는 잠시 머뭇거리더니 강철에게 물었다.

"떠나기 전에 한 가지만 여쭈어 보겠소. 배달국이라는 나라는 어떤 나라요?"

이세민의 질문에 강철은 자신이 설명해 주면서 일일이 통역을 하게 하는 것보다는 소중덕에게 시키는 것이 낫겠다는 생각이 들었다.

"흠…… 그대도 알아 두는 것이 좋겠지. 소 대령! 이자에게 우리 배달국에 대해서 자세히 설명해 주도록 하시요."

"옛! 알겠습니다."

소중덕은 한참 동안 배달국에 대해 설명을 했고, 이세민이 믿기지 않는다는 표정으로 여러 차례 질문도 했다. 이윽고 소중덕이 설명을 끝내자, 강철은 특전군을 시켜 이세민을 성 밖까지 데려다 주게 했다.

그러고는 갑자기 상군을 불렀다.

"상군 행정관!"

주눅이 들어 있던 그는 소중덕의 통역을 통해 자신의 이름이 불리어졌다는 것을 알고는 불안스러워하는 표정으로 대답을 했다.

"예…… 에, 소인 대령했사옵니다."

"허어! 행정관은 우리에게 점심 요기도 안 시켜 줄 참이요?"

"예? 옛! 얼른 준비시키겠사옵니다."

장지원은 상군에게 한마디 덧붙였다.

"상군 행정관, 그동안 본장이 먹던 대로 죽을 끓여 내오시오."

"알겠습니다!"

그는 쏜살같이 밖으로 나가면서 자신의 목덜미를 만지고 있었다. 아직까지 어깨 위에 목이 붙어 있는 것을 다행이라 여기면서 자신에게 일을 맡기는 것을 보니 죽이지는 않을 것이라는 생각이 들었다.

강철 일행은 백성들에게 끓여 주던 솥에서 끓여 내 온 멀건 죽을 군말 없이 넘기면서 장지원이 겪었던 고생을 새삼 피부로 느끼고 있었다. 그 자리에 있는 이세민의 부장들인 이정과 후군집도 넘어가지 않는 죽을 억지로 입에 집어넣고 있었다.

장지원이 상머리에서 그 모양을 바라보다가 소중덕에게 입을 떼었다.

"소 대령은 이세민의 부장들에게 특전군과 정보원을 붙여 주어 감시도 하고 통역도 해 주도록 하시오."

숟가락질을 하던 소중덕이 대답을 했다.

"알겠습니다."

식사를 마친 강철이 수비군장이라고 소개받았던 완군명에게 지시를 내렸다.

"수비군장!"

완군명은 자신을 부른다는 말을 통역으로부터 전해 듣고는 일순 긴장한 표정으로 얼른 대답을 했다.

"옛! 소인 대령했습니다."

"흠…… 군장은 나루터로 나가 이곳 앞바다의 뱃길을 잘 아는 자로 다섯 명만 데리고 오시오."

"예, 알겠사옵니다."

무슨 일로 자신을 부르나 하고 긴장하고 있던 그는 강철의 명을 받자, 일을 맡겨 주어 광영이라는 표정으로 얼른 대답을 하고는 밖으로 달려 나갔다.

조영호가 눈치를 채고 물었다.

"군사들을 상륙시키려고 그러시는 것입니까?"

"그렇소! 비조기로 천 명이나 되는 군사를 수송하기는 너무 오래 걸릴 것 같아 부교를 띄워 상륙시켜 보려는 것이요."

강철은 무적함을 육지 가까이 접근시켜 육지와 배 사이에 부교를 띄워 군사들을 건너오게 하려는 의도였다.

곧, 완군명은 다섯 명의 뱃사람을 데리고 왔다. 강철이 그들에게 이것저것을 물어본 연후에 그중에 나이가 꽤 들어 보이는 세 사람만 남기고 두 사람은 돌려보냈다. 그러고 나서는 입가에 미소를 지으며 조영호와 이일구에게 말을 했다.

"두 분은 도선사(導船士)* 역할을 할 이들과 통역을 시킬 정보원을 데리고 무적함으로 가서 홍 함장에게 인계하시오. 화포와 군사들을 모두 이곳으로 이동시킬 계획이요."

"알겠습니다."

대답을 한 그들이 뱃사람들과 정보원을 데리고 나간 후, 곧 비조기를 이륙시키는 소리가 들렸다.

강철이 이번에는 김후직을 쳐다보면서,

"자! 이제 이곳을 다스릴 분을 새로 임명하겠소. 이 순간부터 동래군이라는 이곳 지명을 내주로 바꾸고, 내주 방위사령관으로는 김후직 장군을, 부사령관으로는 유세철 장군을 임명하겠소. 이곳 실정을 잘 아는 상군 행정관의 도움을 받아 잘 다스려 주시오."

김후직과 유세철이 군례로 명을 받았다.

"알겠습니다! 소장이 책임지고 이곳을 지키겠습니다."

"소장, 명을 받아 방위사령관을 잘 보좌하겠습니다."

강철은 계속해서 말을 이었다.

* 도선사(導船士): 선박에 탑승하여 해당 선박을 수로로 안내하는 사람.

"고맙소! 북해군을 점령하면 이곳은 안전하겠지만, 그래도 혹시 모르니, 신기전 화포 십 문과 육군 이백 명을 이곳에 주둔시키겠소. 곧, 오양 공과 국태천 장군이 상단 배로 육군 삼백 명을 수송해 올 것이요. 그들도 이곳에 두도록 하시오."

"그 정도면 성을 지키는 데는 충분합니다."

"지금 시간이 좀 있으니, 두 분께 몇 가지만 당부를 드리겠소. 이곳은 앞으로 우리 배달국의 보급기지가 될 것이요. 그러니 곧 무적함이 들어오면 그 장소를 잘 기억했다가 군항을 만들어 보시오. 장항에서 이미 보셨으니 어떻게 만들어야 한다는 것쯤은 잘 아실 것이요."

"예, 잘 알고 있습니다."

"이곳에 있는 상단 점포를 수리해서 다시 장사를 시작할 수 있게 하고, 정보원들 중에 반은 이곳에서 한글 강사나 통역관으로 활용토록 하시오."

"예, 알겠습니다."

"김 장군에게 위관 급까지의 임명권을 부여하겠소. 모든 백성들에게 계급을 부여하시고, 본국과 떨어져 있으니 모든 일은 장군이 태황제 폐하를 대신한다는 각오로 임하시오."

"잘 알겠습니다."

그러는 사이에 30문의 신기전 화포를 실은 비조기가 돌아왔다. 조영호는 돌아오는 길에 무적함에 있던 2개의 무괘 태극기를 가져왔다. 그것은 가운데 태극 표시만 있고 건곤감리의 4괘를 없앤 배달국의 국기였다. 뒤이어 무적함에서 상륙한 육군과 화포병들도 속속 성에 도착했다.

아직도 해는 많이 남아 있었다. 강철은 모든 장수들을 대청 안으로 불러 자신의 전략을 말해 주었다.

지금쯤은 이세민에게 패하여 퇴각한 유난성이 북해군으로 돌아갔을 터, 어두워지기 전에 비조기로 그곳을 한 차례 공격하고 돌아오겠다고 했다. 그리고 동소 장군은 회의가 끝나는 즉시 이곳에 주둔할 군사를 제외한 나머지 군사를 지휘하여 내일 오전까지는 북해군 근처에 도착하라고 명했다.

오늘 북해군성을 공격하고 돌아오면 비조기는 이곳에서 하룻밤을 묵고, 내일 아침 다시 북해군성을 공격하여 그들을 성 밖으로 쫓아내겠다고 했다.

그때쯤이면 지금 이곳을 출발하여 성 밖에 도착해 있을 동소 장군과 군사들이 북해군성으로 입성하고, 이곳에 놔둘 10문의 화포를 제외한 나머지 20문의 화포를 비조기로 수송하면 점령 작전은 모두 끝난다는 전략이었다.

강철은 장수들을 둘러보면서 물었다.

"제장들이 생각하시기에 혹시 이번 전략에 대해 문제가 있는 부분이 있으면 말씀해 보시오."

이일구가 입을 열었다.

"말씀하신 전략에는 큰 무리가 없습니다만, 지금 비조기를 띄우려면 연료를 보충해야 합니다."

강철이 그거야 뭐 대수로운 일이겠느냐는 표정으로 대꾸를 했다.

"그래서 이휘조 장군과 함께 온 것이 아니요? 두 분은 어서 무적함으로 가서 연료를 충전하고 돌아오시오. 아, 오실 때 군함에 있는 연막탄과 최루탄을 넉넉히 가져오시오."

"옛!"

그들이 자리를 뜨고 나서도 논의가 계속되었지만, 특별한 의견은 없었다.

비조기가 돌아오기까지는 1시간 정도가 걸렸다. 그 사이 구식 병장기로 무장한 800명의 육군과 화포병 100명, 20명의 특전군을 인솔한 동소 장군은 무괘 태극기를 휘날리며 북해군을 향해 출발했다.

기관단총과 소총으로 무장한 천명상단 소속이었던 특전군을 함께 보낸 것은 이세민군이나 유난성군의 패잔병들을 염두에 둔 것이었다.

이번에는 공격용 비조기의 조종을 장지원에게 맡기고, 조영호는 설계두를 비롯한 특전군을 지휘하도록 수송용 비조기에 탑승시켰다. 그러고 난 강철은 이세민의 부하인 이정과 후군집을 공격용 비조기에 태우고 나서 출발을 명했다.

내주를 이륙한 2대의 비조기는 140킬로미터쯤 떨어진 북해군으로 날아갔다.

북해군 성안에는 어마어마한 숫자의 군사들이 바글거리고 있었다. 역시 이세민에게 패했던 유난성이 돌아와 있는 것이 확실했다.

비조기가 성 위를 돌며 살펴보는 동안, 자신들에게 무슨 일이 닥칠지도 모르고 그들은 마냥 신기한 듯이 하늘을 올려다보고 있었다.

강철은 그런 그들을 향해 무차별 공격을 퍼붓는다는 것이 영 께름칙해서 차마 공격 명령을 내리지 못하고 망설이고 있을 때 장지원이 말을 했다.

"각하, 공격을 개시하겠습니다."

하고는 강철의 대답도 듣지 않고, 옆에 있는 기관총 사수에게 공격 명령을 내렸다. 그들의 공격으로 죽을 고생을 했던 장지원은 아무런 죄책감도 없었다.

기관총 사수는 눈치 있게 적들이 몰려 있는 곳을 골라 사격을 가하기 시작했고, 수송용 비조기도 마찬가지였다.

'두! 두! 두! 두!'

'두! 두! 두! 두! 두! 두! 두! 두!'

연속되는 요란한 총소리와 함께 옆에 있던 군사들이 쓰러지고, 총탄에 땅이 푹푹 파여 나가는 것을 본 군사들은 그때서야 위험을 깨달았는지 정신없이 이리 뛰고 저리 뛰며 피하기에 바빴다.

한동안 계속된 공격에 성안에 있던 군사들은 모두 집안으로 피해 들어가고, 곳곳에 쓰러져 있는 군사들을 제외하고는 아무도 눈에 띄지 않았다.

장지원은 기관포 사수에게 군사들이 들어갔을 만한 치소와 큰 집만 골라 집안으로 최루탄을 쏘아 넣으라고 지시를 내렸다.

'펑! 펑! 펑!'

'펑! 펑! 펑!'

연속적으로 발사되는 최루탄이 건물 안 곳곳에 최루가스를 내뿜자, 안으로 피했던 자들이 참지 못하고 다시 밖으로 쏟아져 나오기 시작했다. 그러나 밖에는 기관총탄 세례가 기다리고 있었다. 장지원은 자신을 골탕 먹였던 그들에게 마치 보복이나 하려는 듯이 이런 과정을 서너 차례나 반복하고 있었다.

그동안 말없이 공격 상황을 쭉 지켜보고만 있던 강철은 이쯤에서 공격을 끝내자고 말하면서 철수를 지시했다.

2대의 비조기는 기수를 돌려 유유히 내주로 돌아왔다.

비조기에서 내린 강철은 고개를 돌려 뒤따라 내리고 있는 이세민의 부하인 이정과 후군집을 쳐다봤다. 역시 겁에 질리고, 놀라서 얼이 빠진 모습이었지만, 이제 그런 모습들은 강철의 관심거리도 아니었다.

'흠, 내일 성을 점령하는 모습을 보여 주면 제 놈들의 한계를 알겠지.'

하고 생각하면서 김후직의 안내를 받으며 대청으로 향했다.

이튿날 일찌감치 아침 식사를 끝낸 강철은 어제와 똑같은 진용을 갖춰 다시 북해군성으로 향했다. 2대의 비조기가 성으로 접근하자, 성안에 있던 군사들은 어제 봤던 괴물체를 발견하고는 당황해하면서 갈팡질팡하는 모습이었다.

"오늘은 동문과 북문 주변부터 공격을 시작하시오."

"예!"

강철의 명령을 들은 장지원은 수송용 비조기에 북문 주변을 공격하라는 명령을 전달하고, 자신이 조종하는 공격용 비조기로는 동문 주변을 선회하며 기관총 사수에게 사격 명령을 내렸다.

졸지에 동문과 북문 근처에 있던 군사들이 먼저 날벼락을 맞고는 대부분 죽거나 운 좋은 자들은 안쪽으로 도망해서 잠시 목숨을 연장했다.

"이제 성문 쪽은 정리된 것 같으니, 성 안쪽으로 가서 건물 깊숙이 최루탄을 쏘아 넣어 보시오."

강철의 명령이 떨어지기가 무섭게 수송용 비조기에도 동일한 명령이 전달되었다. 성 안쪽으로 날아간 2대의 비조기는 눈에 보이는 큰 건물들 속으로 최루탄을 쏘아 넣기 시작했다.

'펑! 펑! 펑! 펑! 펑! 펑!'

'펑! 펑! 펑! 펑! 펑! 펑!'

어제 최루탄 공격을 당해 봤기 때문에 건물 안에 있던 군사들이 공격을 받지 않은 서문을 향해 몰려가기 시작했다. 이것을 본 강철이 서문으로 향하는 군사는 공격을 하지 말고, 성안에 남아 있는 군사만 공격하라는 지시를 내렸다. 서문을 적들이 도주할 수 있는 퇴로로 열어 준 것이었다.

금세 서문으로 나가면 공격하지 않는다는 것을 깨달았는지, 남아 있던 군사들도 떼를 지어 그쪽으로 도주하고 있었다.

성안을 몇 바퀴 돌아봐도 눈에 보이는 군사가 거의 없자, 수송용 비조기를 동문 안쪽에 착륙시키라고 명령을 내리고는 강철이 타고 있는 공격용 비조기는 동문 상공에서 경계 비행을 계속했다.

드디어 착륙한 수송용 비조기에서 튀어나온 특전군들이 성문을 열고, 성루 위에 배달국 국기를 꽂았다.

어제 내주를 출발했던 동소군은 이미 성 밖 멀리에 대기하고 있었다. 그들은 성루에 배달국 국기가 꽂히자마자 재빨리 성으로 입성하기 시작했다.

드디어 북해군성을 점령한 것이다.

공격용 비조기에서 내린 강철은 성안으로 들어온 동소 장군에게 군사들을 시켜 성안 곳곳을 수색해 보라고 지시하면서 백성들에게는 절대 피해를 입히지 말라고 당부를 했다.

그러고는 조영호 등과 함께 북해군을 다스리는 치소로 향했다.

북해군 치소는 내주에 있는 치소보다 두 배는 커 보였고, 본국에 있는 정전인 천정전보다도 컸다. 강철은 속으로 '폐하께서 말씀하셨던 서소경을 이곳에 만들어도 충분하겠다.' 는 생각을 하면서 대청으로 들어갔다.

안으로 들어가 내부를 둘러본 그들은 깜짝 놀랐다. 이것이 일개 성주가 쓰는 집무실인가 할 정도로 각종 도자기와 기물이 가득 들어차 있었고, 길쭉하게 만들어진 의자는 마치 옥좌처럼 보일 정도였다.

"허참! 이곳과 비교하니, 태황제 폐하께서 계시는 곳은 너무 초라하다는 생각이 드는구려."

강철의 말에 조영호도 고개를 끄덕이며,

"그러게 말입니다. 이게 어디 황제나 쓰는 방이지, 태수가 쓸 방입니까? 이러니 백성들을 얼마나 갈취했겠습니까?"

그 말을 받아 우수기도 덩달아 뇌까렸다.

"누가 이곳 방위사령을 맡더라도 저 의자에 앉기가 껄끄러울 것입니다."

대청에는 태수가 앉던 상석을 중심으로 양쪽에 각자 혼자씩 앉을 수 있는 책상이 띄엄띄엄 여러 개 놓여 있었다.

"자! 일단 앉으십시다."

강철의 말에 천족장군들은 각자 자리를 잡고 앉았다.

"이일구 장군!"

"예, 각하!"

"지금 무적함에 좀 다녀와야겠소. 홍석훈 함장에게 본국으로 먼저 돌아가라고 전하고 돌아오는 길에 내주에 들러 그곳에 놔둔 이십 문의 신기전 화포를 이곳으로 운반해 오시오."

"그렇다면 우리 비조기도 본국으로 함께 돌아가는 것입니까?"

"아니요! 낙주에 주둔하고 있다는 두건덕이라는 자를 지금 없애지 않으면 두고두고 골치를 썩일 것 같아 그들을 붕괴시킨 다음 돌아갈 것이요."

이일구가 고개를 흔들었다.

"각하! 그렇다면 곤란합니다. 무적함을 먼저 보낸다면, 비조기는 두건덕을 공격하고 나서 추가 충전 없이 본국까지 가야 한다는 말인데 그것은 위험합니다."

강철은 무슨 소리냐는 표정으로 이일구를 쳐다봤다.

"……?"

"비조기가 한 번 연료 충전으로 일천 킬로를 움직이는데, 그들을 공격하고 나서 추가 충전 없이 본국까지 되돌아간다는 것은 거리상으로 위험하다는 말씀입니다. 보통 헬기는 한 번 주유로 삼백 킬로미터 정도밖에 못갑니다만, 그나마 농축 탄소 연료 엔진으로 교체했기 때문에 일천 킬로나 갈 수가 있는 것입니다."

"어허! 그렇소? 평소에 연료 걱정을 안 하다 보니, 그 생각은 못했군. 알겠소."

강철 생각에는 군함이 지금 본국으로 떠난다 해도 장항에 도착하려면 15시간 정도가 걸리기 때문에 먼저 출발을 시킬 생각이었다.

"예, 그럼 내주로 가서 화포만 수송해 오겠습니다."

"그렇게 하시오. 아! 그런데 꼭 군함에서만 비조기 충전이 가능한 것이요?"

이일구가 막 몸을 돌려 밖으로 나가려는 순간, 강철이 질문을 하자 무슨 의미인지 몰라 순간 멍청해졌다.

"예?"

"내 말은 연료와 연장만 있으면 충전 기술을 가진 이휘조 장군이 어디서든 충전이 가능하지 않겠느냐는 말이요?"

"글쎄요? 무적함으로 가서 이휘조 장군에게 물어봐야겠습니다."

그렇게 대답한 이일구가 밖으로 나가자 조영호가 물었다.

"각하, 이세민의 부장이라는 자들은 어떻게 처리하실 계획입니까?"

"잠시 후에 후군집은 돌려보내고, 이정은 우리 장수로 삼을까 하오. 어젯밤에 신책을 잠시 들여다봤더니, 후군집은 뇌물을 받다가 결국 이세민에게 죽게 됩디다. 반면에 이정은 돌궐까지 정벌하는 대단한 장수였소. 앞으로 우리가 대륙을 통치하자면 이세민 휘하에 있는 방현령과 두여회라는 문신까지 얻으면 좋겠는데……."

"아하! 그 정도의 인물들입니까?"

강철이 고개를 끄덕였다.

"장지원 장군! 기왕 말이 나온 김에 후군집은 말 한 필을 줘서 지금 놀려보내시오. 그리고 이정을 불러 그의 생각은 어떤지 슬며시 떠보시고, 가망성이 있다면 소중덕 대령에게 맡겨 놔 보시요."

강철은 설득력이 있는 장지원에게 그 일을 맡긴 것이다.

"알겠습니다."

대답을 한 장지원이 막 나가려는데 다시 불렀다.

"아, 잠시…… 산동에 있는 동안 소중덕 대령을 살펴보니 어땠소?"

"모든 면에서 나무랄 데가 없었습니다."

장지원의 대답에 강철이 묻는 이유를 설명했다.

"이제 폐하 말씀대로 사람이 부족한 실정이요. 그래서 그를 장군으로 임명하면 어떨까 해서 물어본 것이요."

그 말에 장지원이 오히려 반색을 했다.

"하하하! 그렇습니까? 소장이 봐선 충분한 자격이 있다고 생각합니다."

"알았소! 나가 보시오."

"예!"

그가 나가고 나서 강철이 조영호를 쳐다보면서,

"이곳 방위사령으로는 동소 장군을 임명하고, 소중덕을 소장으로 승진시키면서 부사령을 맡기면 어떻겠소?"

"그래도 괜찮을 것 같습니다. 대륙 사정을 잘 아는 소중덕이 부사령이 되면 동소 장군을 잘 보좌할 것입니다."

"흠……."

이때, 동소가 안으로 들어와 군례를 올리며 보고를 했다.

"각하! 명하신 대로 성안을 수색해 본 결과 은신해 있던 유난성의 군사 백여 명을 발견했습니다. 그들은 모두 이곳 성민들의 자식들이라 어쩔 수 없이 그들 편에 가담했었다고 합니다."

강철이 고개를 끄덕이고는 지시를 내렸다.

"도적들의 무리에 가담했던 자들을 이곳에 그냥 놔둘 수는 없소. 내주로 보내 당분간 군노로 활용하라 하고, 말썽을 일으키지 않는 한 험하게 다루지는 말라고 전하시오."

"알겠습니다."

"그리고 밖이 안정되었다고 하니, 장수들에게 이곳으로 모이라고 하시오."

"옛!"

강철의 명은 신속히 시행이 되었다. 배달국 장수들이 속속 대청 안으로 들어왔고, 마지막으로 장지원이 이세민의 부하였던 이정을 데리고 들어왔다.

"장 장군, 후군집이라는 자는 돌려보냈소?"

"예! 말씀하신 대로 말에 태워 보냈습니다. 그리고 천명을 행하는 데 동참하고 싶으면 방현령과 두여회를 데리고 온다면 받아 주겠다고 했습니다. 저 이정이라는 자도 주군을 배신할 수 없다는 대답이었지만, 갈등이 큰 것 같았습니다. 당장은 어렵겠지만, 잠시 놔두면 틀림없이 투항할 것으로 보입니다."

지금 그 자리에 있는 강철과 조영호는 몰랐지만, 이세민의 오른팔 노릇을 하는 후군집을 오늘 돌려보내 줌으로써 배달국으로서는 보이지 않는 이득을 얻게 되었다. 그것은 이세민의 부친이면서 황제인 당고조가 뛰어난 용맹과 지략을 가진 이세민에게 종종 동부 중원 쪽으로 출정하라는 명을 내려도 후군집이 권하는 대로 어떤 핑계를 대서라도 배달국 영토로는 절대 군사를 몰아오지 않았기 때문이다. 이런 덕분으로 배달국은 중원에서 완전히 자리를 잡을 때까지 필요 없는 전쟁을 적지 않게 줄이게 됐던 것이다.

"잘하셨소. 자! 오늘 이곳 북해군을 점령하는 데 제장들의 고생이 많았소. 오늘부터 이곳 지명을 청주라고 고치겠소. 그리고 이곳을 다스릴 청주 방위사령관에는 동소 장군을 임명하고, 소중덕 대령을 육군 소장으로 승진시키는 동시에 부사령관에 임명하겠소. 그 외의 사항은 말하지 않아도 두 분이 잘 알 것이요."

동소와 소중덕이 군례를 올리며,

"소장 동소, 명을 받들겠습니다!"

"각하! 소장 소중덕, 죽음으로 배달국에 충성을 다하겠습니다!"

그들의 대답은 우렁찼지만, 흥분이 되는지 목소리는 가늘게 떨리고 있었다.

"잘 부탁하겠소. 그리고 소중덕 장군에게는 저기 있는 이정이라는 자를 맡길 터이니 잘 다루어 보시오. 쓸 만한 사람 같아서 하는 말이오."

"무슨 말씀인지 알겠습니다. 맡겨 주십시오."

"한 가지 명심할 것은 폐하께서 말씀하시길 이곳은 중원에서 한다하는 지식인들이 배출되는 고장이라 하오. 백성들의 자존심이 강하다는 것을 아시고, 늘 예로서 그들을 대하여 이곳에 인재가 모일 수 있도록 해 보시오."

"여부가 있겠습니까?"

"자! 본관이 할 말은 다했소. 이제 본관은 이곳에서 멀지 않은 낙주에 주둔하고 있다는 두건덕이라는 자를 공격하고, 본국으로 돌아갈 것이요."

"알겠습니다."

이렇게 뒷수습을 끝낸 강철과 천족장군들은 이일구가 돌아오기를 기다렸다.

그런데 조영호가 강철에게 말을 건넸다.

"각하, 우리가 비조기로 낙주를 공격한다 해도 폭탄과 같은 집단 살상 무기도 없이 그들을 무너뜨리기는 어렵지 않겠습니까?"

강철이 고개를 끄덕이며 대꾸를 했다.

"물론 그렇기는 하오. 그러니 가능한 공포심을 심어 주는 쪽으로 공격을 하십시다."

"그래서 말씀인데, 그들을 서부 중원 쪽으로 몰아내면 어떻겠습니까?"

강철이 빙그레 미소를 지으며 되물었다.

"당나라 쪽인 서부 중원으로 보내자? 조 장군! 혹시 묘책이 있소?"

"묘책이랄 거야 없지만, 공격을 감행한 후에 그들에게 서부 중원 쪽으로 가라는 경고장을 던져 주고 온다면 어떨까 합니다만……."

"흠, 아주 그럴 듯한 계책 같소. 하하하! 그렇게 하십시다."

그러고는 소중덕을 시켜 그들이 알아볼 수 있도록 두루마리에 '항주에서 돈황을 경계로 하는 동쪽은 천명을 행하는 배달국 땅이니, 앞으로 보름 이내에 경계 밖으로 떠나지 않으면 또다시 벼락을 때리겠다.' 는 내용의 글을 두 장이나 쓰게 하고 마지막 부분에 태극 표시를 그려 넣게 했다.

경고 문건을 만드는 사이에, 신기전 화포를 수송해 온 이일구는 청주 방위사령관이 된 동소 장군에게 인계를 해 주었다.

대청 안으로 들어온 이일구가 강철에게 입을 열었다.

"각하, 비조기 연료 충전에 대해 이휘조 장군에게 물어봤더니, 수송용 비조기에 연장과 연료를 싣고 다닌다면 언제든지 충전이 가능하답니다. 다만 이번에는 준비가 안 돼 어렵고 다음부터는 그렇게 준비를 하겠답니다."

"하하하! 그것 보시오. 역시 가능하지 않소?"

"그러게 말씀입니다."

강철은 기분이 좋은지 환하게 웃는 얼굴로 대꾸를 하고 나서는 떠날 준비를 마친 일행들과 함께 낙주라는 곳을 향해 출발했다.

강철이 가지고 있는 현대 지도에는 낙주라는 지명이 없었지만, 어제 이세민으로부터 위치를 알아뒀기 때문에 그곳을 찾는 것은 과히 어렵지 않았다.

드디어 2대의 비조기는 계획대로 공격을 시작했다.

역시 특전군사령인 조영호의 말대로 폭탄도 없이 몇 만이나 되는 대군을 기관총만으로 붕괴시킨다는 것은 불가능했다. 대신 적들에게 공포심을 심어 주기 위해 무기를 들고 있는 자와 갑옷을 입은 자를 주로 공격 대상으로 삼았다.

마지막으로 두 번에 걸쳐 굴속에 들어 있는 토끼를 몰아내듯이 최루탄을 치소 안으로 쏘아 군사들을 밖으로 나오게 만들고는 총탄 세례를 퍼부었다.

"사격 중지!"

공격을 멈추게 한 강철이 치소 마당에 두루마리를 떨어뜨리고는 임유관으로 이동하자는 지시를 내렸다. 임유관은 현대 지명으로는 산해관이라고 부르는 만주 지역과 북경 지역을 연결하는 관문으로 군사적 요충지였다.

강철의 말을 들은 조영호나 우수기는 고구려에 대기시켜 놓은 군사들이 진격하기 쉽게 하기 위해서라는 것을 금방 알아차렸다.

1시간 가까이 걸려 도착한 임유관에는 원래부터 군부대가 상주하기 편하도록 만들어진 건물들과 예상치 못한 많은 군사들이 있었다.

강철은 이해할 수 없다는 표정으로 고개를 갸웃했다. 그렇다고 지금 그 이유를 알아볼 수도 없는 일이었기 때문에 낙주에서처럼 기관총과 최루탄 공격을 퍼부은 다음, 남은 1개의 두루마리를 떨어뜨리고는 서둘러 무적함으로 돌아왔다.

중원 대장정(大長征)

지난 연말로 고구려 사직은 막을 내렸다. 장안성이라던 도성 이름이 평양성으로 바뀌는 것을 시작으로, 올 정월 초하루에는 배달국 평양 총독부가 정식으로 출범하였다. 그동안 태왕이 거주하던 장안궁은 평양 총독 관저로 변했지만, 그렇다고 크게 달라진 것은 없었다.

변한 것이 있다면 태왕이 신하들과 회의를 하던 조당이 중천성에 있는 총리 집무실처럼 약간 높은 총독 자리를 중심으로 두 줄의 긴 탁자가 놓이고 있어 40명이 앉을 수 있게 배치되어 있다는 점이었다.

지금 그곳에서는 총독부 소속 관리들이 국정을 논의하고 있었다. 총독 의자는 태왕들이 앉던 옥좌를 그대로 쓰는지 고건무가 그 자리에 앉아 신료들을 쳐다보면서 가벼운 화제로 대화를 시작했다.

"이제 춘분이 지나 사월로 들어섰는데 아직도 날이 썬득썬득하니,

도로 공사와 군항 공사를 하는 백성들의 고초가 크겠소."

부총독인 강이식이 대꾸를 했다.

"총독 각하, 그래도 본국에서 영주 공략을 늦추는 바람에 이나마 여유가 있는 것입니다."

"하하! 그렇기는 하오. 새로운 병장기를 만든 이후에 영주를 치는 것으로 결정했으니…… 그런데 신혼인 과학부 총감께서는 새로운 병장기를 만드시느라 댁에도 못 들어가신다는데 그것이 사실이요?"

"하하하! 소장도 언뜻 그런 소문을 듣기는 했습니다. 오죽 급하면 고구려에 있던 기술 장인들까지 모두 데려갔겠습니까?"

"그러게 말이요. 새댁이 백제 국주이던 부여장 장군의 여식이라는데, 신혼 초부터 독수공방을 한다니 안됐구려."

배달국에서는 지난겨울에 천족장군들이 혼례를 올리는 궁혼식이 있었다. 일부러 농사철을 피해 궁혼 기간을 겨울로 잡아 다섯 명의 천족장군들이 한꺼번에 정부인을 맞아들인 것이다.

박상훈이 백제 국왕이었던 부여장의 3녀와, 조성만이 신라 공녀로 왔던 자미 낭자와, 우수기가 공업청 기술자인 장하성의 여식 장아연과, 요련추가의 여식이면서 을지문덕의 양녀인 요련영영, 요련청아가 각각 홍석훈과 민진식의 반려자가 된 것이다.

그들 모두 태황제가 중매를 선 것이지만, 원래 그들 중에 민진식은 혼례 대상이 아니었다. 그런데 상업 총감인 그가 백호상단을 자주 드나들면서, 부국전에서 상빈을 경호하던 요련청아 낭자와 눈이 맞았다는 것을 알게 된 태황제가 추가로 혼례 대상자에 포함시켰던 것이다.

이번에는 고건무가 오랜만에 얼굴을 보는 연개소문에게 물었다.

"연개소문 장군은 그동안 대련항에 나가 계시는 통에 오랫동안 얼굴을 못 뵈었구려. 군항 공사는 진척이 좀 됐소?"

"예, 총독 각하! 이제 앞으로 한 달 정도면 공사가 모두 끝날 것입니다."

"참으로 대단하시오. 남포항과 대련항 두 곳을 번갈아 오가며 감독을 하시느라 몸이 오죽이나 고되시겠소?"

연개소문의 앞쪽에 앉아 있던 강이식이 덧붙였다.

"총독 각하! 이미 말씀드린 적이 있지만, 소장이 궁혼식을 올리시는 다섯 분을 축하하기 위해 본국에 갔을 때는 이미 총리대신께서는 산동에 있는 내주와 청주를 공취하고 돌아와 계셨습니다. 그리고 낙주와 임유관까지 공격하고 오셨다는데, 임유관 근처에 군항이 필요하다는 말씀이 있으셨습니다."

듣고 있던 연개소문도 예상한 일이라는 듯이,

"소장이 생각하기에도 영주를 점령하고 나면, 그곳과 가까운 임유관에 군항이 필요할 거라는 생각을 하긴 했습니다."

강이식이 고개를 끄덕이며 말을 받았다.

"총리대신께서도 같은 생각일 것이요. 지금 만들고 있는 대련항에서 영주까지는 천 리 길이니, 보급품 운빈에 시간이 오래 걸린다는 것을 아시고 그런 말씀을 하셨을 것이요."

수군에 일가견이 있는 총독이 입을 열었다.

"그러면 우선 급한 대로 대련항에서 부교를 넉넉히 만들어 놨다가 필요할 때 임유관으로 이동시켜 쓸 수 있게 해 놓으면 될 것이 아니요?"

연개소문이 환하게 웃으며 대꾸를 했다.

"아하! 그거 참 묘안입니다. 각하, 그렇지 않아도 이미 대련항에서 쓸 계획으로 부교를 넉넉히 만들어 놨으니 필요하다면 지금이라도 우리 배들을 동원해서 옮겨 갈 수가 있습니다."

"그렇다면 잘됐소. 그런 내용을 본국에 알리도록 하십시다. 본관 생각에는 불원간에 영주를 치겠다는 연락이 오리라고 봅니다. 왜국으로 출전한 부여장 장군이 신기전 화포 백 문을 가져갔다지만, 군사라야 화포병까지 달랑 천 오백 명으로 왜국 도성이던 상성까지 함락시켰다질 않소? 거기다가 왜국 국주인 추고왕과 그 일족까지 모두 정리를 했다니, 이제 곧 왜국 전역을 손에 넣는 것은 시간문제라고 생각하오. 그러니 우리도 영주쯤은 가볍게 손에 넣어야 체면이 서지 않겠소?"

고건무의 말에 강이식이 당연하다는 표정으로 대꾸를 했다.

"당연하신 말씀입니다. 요동성에 있는 고정의 장군이 일만 오천 군사의 조련을 끝내고, 이제나 저제나 출전을 기다리고 있습니다. 거기에 총리대신께서 화포를 오백 문씩이나 주신다고 했으니, 영주쯤은 가볍게 손에 넣을 수 있을 것입니다."

그 말이 있자, 자리 중간쯤에 앉아 있던 요련추가가 입을 열었다.

"영주가 문제가 아닙니다. 소장이 지난겨울에 부총독님을 모시고 여식의 혼례식에 갔을 때, 폐하께서 귀띔을 해 주신 말씀이 있었습니다. 왜국에 백 문밖에 보내지 않은 화포를 우리 쪽으로 오백 문씩이나 보내는 이유는 영주뿐만이 아니라 탁군까지 밀어붙여야 하기 때문일 것입니다."

다들 처음 듣는 말에 갑자기 그에게 눈길이 쏠렸다.

강이식이 고개를 갸우뚱하며 물었다.

"함께 갔던 본장은 처음 듣는 얘긴데, 장군께서 들으셨다는 말씀이요?"

"예, 지난번에 혼례식이 끝나고, 폐하께서 신부 쪽 부모들만 초대한 자리가 있었질 않습니까? 그때 지나가는 말씀으로 중원 대륙에 있는 항주에서 돈황의 동쪽은 모두 배달국 땅이라고 하셨습니다."

요련추가의 말을 들은 신료들은 모두 고건무가 앉아 있는 뒤쪽 벽에 붙어 있는 지도를 쳐다봤다. 그것은 배달국에서 가져온 동북아시아 전체 지도였다.

이때 앞쪽 자리에 앉아 있던 연개소문이 벌떡 일어나 지도가 붙어 있는 곳으로 다가가서는 손가락으로 두 곳을 죽 연결했다. 그러고 나서는 놀랐는지 고개를 살래살래 흔들며 입을 열었다.

"허어! 그렇다면 그 경계 중간에 있는 동도(東都: 낙양) 오른쪽은 모두 우리 땅이라는 말씀이 아니요?"

"소장이 그렇게 들었소이다."

자리에서 몸을 돌려 바라보던 고건무도 어이가 없는 표정이었다.

"폐하께서 그렇게 말씀하셨다면 요련 장군 말대로 영주가 문제가 아닌 것 같소. 우리도 나름대로 대책을 마련해 봐야겠소."

강이식이 맞장구를 쳤다.

"그렇습니다. 소장은 역시 기껏 영주나 잘해야 탁군 정도만 생각했지, 저렇게 중원 한가운데까지 우리 땅이 될 거라고는 생각지도 못했습니다."

고건무가 고개를 끄덕이곤 말을 받았다.

"자, 이 문제는 좀 더 생각해 본 다음 무엇을 해야 할지 중론을 모아 보기로 합시다. 그리고 요사이 노역이 심하다고 불평하는 백성들은 없소?"

총독의 물음에 듣고만 있던 자문관인 이문진이 대답을 했다.

"아까 말씀하신 부교에 대해서는 곧 본국 조정으로 파발을 띄우겠습니다. 그리고 백성들은 오히려 살 만해졌다고 모두들 좋아하고 있습니다. 본국에서 보내 준 식량과 소금 덕분에 지난겨울 굶주림도 없었고, 앞으로 전쟁도 없다는 말에 모두 달가워하는 분위기입니다."

"그렇다면 다행이요."

고건무는 그 외에도 철이나 석탄 등 광물 채굴 상황과 본국에서 가져온 곡식 종자들의 파종 준비는 잘하고 있는지, 토지균분제 실시에 대한 준비는 제대로 되고 있는지 일일이 확인을 하고는 회의를 끝마쳤다.

그즈음, 배달국 중천성 안에 있는 편전에서는 강철과 박상훈이 태황제와 대화를 나누고 있었다.

"허허허! 그래 총리대신이 전선에서 돌아와 그런 무기를 만들어 보라고 한 지가 얼마나 됐다고 그새 그것을 만들었단 말씀이요?"

"폐하, 사실 처음에는 뇌관을 만드는 문제 때문에 고심을 했었사옵니다. 그런데 문득 복잡한 뇌관을 만들지 말고, 심지에 불을 붙여 터트리는 심지 폭탄을 만들면 어떨까 하는 생각이 들었사옵니다. 그래서 실제로 만들어 실험해 봤더니, 만들기도 쉽고 크게 문제도 없었던 것이옵니다."

박상훈이 대답을 하자, 강철은 어이가 없다는 듯이,

"나 참, 그거야 박 장군이니까 쉽지, 다른 사람이라면 어디 그게 쉬운 일이겠소? 여하튼 벌써 삼백 개나 만들어 놨다니 고맙긴 하오. 하하하!"

박상훈이 입을 삐죽거리며, 대꾸를 했다.

"흥! 하여튼……! 만들어 달래서 만들어 줘도 저래요."

태황제는 오랜만에 두 사람이 농을 하는 것을 보자 마음이 흔쾌했다.

"총리대신, 언제쯤 영주 공략을 시작하려는 것이요?"

"예, 이제 폭탄도 만들어졌으니, 당장 며칠 내에라도 출전을 해야 할 것 같사옵니다."

"이번에도 총리대신이 직접 출전하시려는 게요?"

"예, 아무래도 그래야 하지 않을까 하옵니다만……."

태황제가 미간을 찌푸리며 고개를 흔들었다.

"그건 안 되오. 총리대신은 큰 틀에서 나랏일을 살펴야지, 하루 이틀에 끝날 전쟁도 아닌데 언제 국정을 살피겠소? 이번에는 조영호 장군이나 우수기 장군에게 맡기시오."

강철이 듣기에도 태황제의 말이 일리가 있었다. 아무리 비조기로 움직인다 하더라도 육상에 있는 군사들의 진격 속도를 감안한다면 장기간이 소요될 전쟁인 것이다.

"알겠사옵니다. 우수기 장군은 혼례를 올린 지가 얼마 안 됐으니, 조영호 장군에게 총사를 맡겨 보겠사옵니다."

"그러시오. 그리고 아직 공표할 단계는 아니지만, 내년부터 압록강 이남은 배달국이 직접 다스리고 영주에 총독부를 만들어 만주 땅을 다스리게 할 생각이요."

"그러면 고건무 총독을 영주 총독으로 옮기시려는 것이옵니까?"

"아니요! 그는 원래 수군에 밝은 사람이니, 산동 총독으로 안성맞춤이요. 그리고 이민족이 많이 사는 영주에는 말갈족 출신이면서 홍석훈 장군의 장인인 요련추가 장군이 적격일 것이요."

"……!"

박상훈과 강철이 일리가 있다는 표정으로 고개를 끄덕였다.

"그 외에도 진왕 이세민이 약조했던 경계까지 우리가 모두 점령하면 총독을 여러 군데 더 임명해야 할 것이요. 문제는 점점 인물이 부족해진다는 점이요. 내각에서는 그런 문제를 종합적으로 검토해 보도록 하시오."

"알겠사옵니다."

"총리대신!"

대화를 나누던 중간에 갑자기 태황제가 부르자, 무슨 일인가 싶어 빤히 태황제를 쳐다봤다.

"예, 폐하!"

"이제 과학 총감을 좀 쉬게 해 주시요. 장가간 지 얼마 되지 않은 사람을 집에도 못 들어갈 정도로 부려 먹고 있으니 그게 어디 될 말이요?"

강철은 겸연쩍어 하는 박상훈을 힐끗 쳐다보고는 대꾸를 했다.

"폐하! 저 인사는 소장이 장가를 갔을 때, 밤마다 찾아와서 잠도 못

자게 했던 사람이옵니다. 이 기회에 단단히 복수를 해 줄 것이옵니다. 하하하!"

"허 참! 그때야 이 시대로 와서 다들 외로울 때였으니 그러질 않았겠소? 그러니 좀 봐주시구려."

"하하하! 알겠사옵니다. 이제 소장들은 그만 물러가겠사옵니다."

"허허!"

웃음을 머금으며 편전을 물러 나온 두 사람은 총리부로 향했다.

그로부터 보름이 지난 천명 4년 4월 20일 오후에 드디어 태황제는 북방에 대한 총공격명령을 내렸다.

"이번에 대륙으로 출정하는 공격군은 북방공격군이라는 이름 외에 배달국 제7군단으로 명명하겠소. 제7군단은 우리나라 최초의 부대명이요."

제7군단은 현대에 있을 때, 총리대신인 강철이나 우수기 등이 소속되어 있던 군단 이름이었다. 그래서 상징적으로나마 첫 대륙 정벌의 영예를 그들의 마음속에 안겨 주려는 태황제의 배려였던 것이다.

이렇듯 소박한 마음 씀씀이로 시작된 제7군단이라는 이름은, 그로부터 수백 년 동안 배달국에서 필승의 대명사가 되고, 무적의 상징이 될 줄은 그 순간에는 아무도 몰랐다.

이번에 출병하게 되는 북방공격군은 지금까지와는 달리 장수의 진용부터가 대규모였고, 육해공이 망라된 편성이었다.

참전 장수의 면면을 살펴보면, 북방공격군 총사령관 조영호, 보좌관 약덕, 지상군 사령관 강이식, 지상군 부사령관 고정의, 지상군 기병사령관 요련추가, 지상군 특전대장 계백, 지상군 화포대장 조미저리, 해상지원 사령관 홍석훈, 해상지원 부사령관 연자발, 공병 사령관 연개소문, 공병 부사령관 양만춘, 공중공격 사령관 장지원, 공중지원 사령관 이일구, 공중침투 특전대장 설계두, 과학지원 사령관 이휘조 등 총 15명의 장수였다.

군사와 병장기는 2대의 비조기와 무적함이 동원되고, 500문의 신기전 화포를 비롯해 포탄 300발, 기마병 2,000명, 일반 군사 13,000명, 육군 화포병 2,500명, 기관단총과 소총으로 무장한 특전군 500명이 참전하는 것이다.

이미 지난 며칠 동안 무적함은 비사성을 수차례 왕복하며 신기전 화포 500문과 화포병 2,500명을 그곳으로 수송했다. 그렇게 수송된 군사와 화포는 다시 요동성으로 이동하여 강이식이 지휘하게 될 15,000명의 지상군을 지원하게 되어 있었다.

이렇게 사전 작업과 준비를 끝낸 배달국에서는 출정식을 가졌다.

출정 행사는 이미 작전에 투입된 장수들과 평양 총독부에 소속된 장수들을 제외하고, 이곳 도성에 남아 있는 장수들만 천정전 마당에 모이게 하여 간단히 치러졌고, 태황제의 격려와 조영호의 필승 다짐이 주요 골자였다.

출정 행사를 끝낸 북방공격군 장수들은 특전군사령부에 모여 작전을 다시 한 번 확인했다.

첫 목표는 임유관 점령이었다. 이곳에 공격군의 1차 보급기지를 만들어 무적함이 운반하는 군사와 장비를 집결시키고, 수시로 비조기가 이착륙을 거듭하면서 요동성에서 영주로 진격하는 지상군을

지원할 계획인 것이다.

먼저 장항에 있던 무적함이 과학지원 사령관인 이휘조와 계백이 지휘하는 특전군 500명을 싣고 임유관을 향해 떠났다.

그로부터 12시간이 지난 이튿날 새벽 무렵에 2대의 비조기가 중천성을 이륙했다. 북방공격군 총사령관인 조영호가 탑승한 공격용 비조기와 공중침투 특전대장인 설계두가 탄 수송용 비조기였다. 그들은 비사성 앞바다에 만들어 놓은 부교를 신속히 임유관 앞바다로 옮기라는 지시를 하기 위해 떠나는 중이었다.

물에 뜨는 임시 교량인 부교는 무적함이 수송해 가는 군사들과 군사물자를 육지로 상륙시키기 위해서 없어서는 안 될 장비였다. 물론 무적함에도 부교가 있었지만, 그것은 폭이 넓지도 않았고 늘어놨을 때의 총길이가 짧았다. 그렇기 때문에 수심을 잘 모르는 곳에서 그것을 사용하기 위해 군함을 육지 가까이 접근시키다가는 암초에 걸릴 위험이 컸다.

비조기는 2시간 가까이 걸려서 비사성 근처 상공에 도착했다.

비사성은 요동반도의 끝자락에 있는 661m 높이의 대흑산 자락에 위치한 산성으로써 전략적 요충지 중에 요충지였다. 지금 이곳에는 새로 만들어지고 있는 군항 공사가 막바지에 이르고 있었고, 일을 하고 있는 수많은 백성들로 벅적대고 있었다. 비조기는 서서히 비사성 안쪽 공터에 내려앉았다.

이미 10일 전에 하달된 작전 계획에 따라 그곳에서 기다리고 있던 연개소문과 양만춘이 비조기에서 내리는 조영호 일행을 군례로 맞았다.

"총사령관 각하! 어서 오십시오. 기다리고 있었습니다."

조영호가 마주 군례로 인사를 받았다.

"연개소문 장군, 양만춘 소령 반갑소."

"옛! 총사!"

"이곳으로 보냈던 화포와 화포병들은 요동성으로 갔소?"

연개소문이 손으로 치소 건물을 가리키며 대답을 했다.

"예, 지금쯤 요동성에 도착했을 것입니다. 일단 안으로 들어가시지요."

조영호가 고개를 가로저으면서 대꾸를 했다.

"아니오! 그럴 시간이 없소. 무적함이 어제 장항을 출발했으니, 지금쯤 임유관 앞바다에 가까이 이르렀을 것이요. 그러니 부교를 끌고 갈 배들을 지금 그곳으로 출발시켜야 우리가 비조기로 임유관을 점령하는 동안 도착시킬 수 있을 것이요. 서둘러 주시오!"

"알겠습니다. 그러면 소장은 양 소령과 함께 지금 즉시 출발하겠습니다."

군례를 올린 연개소문과 양만춘이 산성 아래에 있는 나루터로 내려가는 것을 바라보던 조영호도 다시 비조기에 올랐다.

조종을 맡고 있는 장지원이 고개를 돌려 조영호를 쳐다봤다.

"총사! 지금 임유관 앞바다에 무적함이 와 있다고 하더라도 한 대의 비조기가 착륙해서 충전하는 동안, 다른 한 대는 계속 떠 있어야 하는데 구태여 두 대가 동시에 출발할 필요가 있겠습니까?"

조영호가 아차! 하는 표정으로 고개를 끄덕였다. 무적함에 착륙장이 하나밖에 없다는 것을 깜빡했던 것이다.

"옳은 말씀입니다. 그럼, 우리 비조기가 먼저 가서 충전을 하는 동안, 이일구 장군에게는 여기서 삼십 분쯤 기다렸다가 따라오라고 하시오."

"알겠습니다."

이렇게 되어 조영호가 탄 공격용 비조기가 먼저 무적함이 와 있을 것으로 예상되는 임유관 앞바다로 갔다. 그런데 그곳에서는 생각지도 못했던 해상 전투가 벌어지고 있었다.

무적함에서 발사되고 있는 기관포와 신기전의 공격을 받고, 어림잡아도 50여 척에 이르는 크고 작은 적선에서 화염과 연기가 피어오르고 있었다.

배달국에서 생산하고 있는 다양한 신기전 중에 화재를 일으키는 화전(火箭: 불화살)을 사용하고 있는 모양이었다. 게다가 무적함은 적선을 향해 돌진해 가는 충돌 공격도 서슴지 않고 있었다. 아무리 적선이 훨씬 더 많은 전투라고 해 봤자 역시 어른과 어린아이 싸움처럼 보일 정도였다.

그 모습을 잠시 비조기에서 내려다보던 조영호는 아직도 건재한 10여 척의 적선을 향해 기관총탄 공격을 가하라고 명령을 내렸다.

"사수는 적병보다 배에 구멍이 뚫리도록 밑판을 집중 공격하라!"

"옛!"

얼마 후, 이윽고 적선들은 모두 바닷물 속으로 침몰하고 있었다.

다시 바닷가 근처로 간 비조기는 적의 수군들이 머무르던 성채(城砦)*에도 공격을 가하여 적병들이 모두 도주하는 것을 확인하고 나

* 성채(城砦): 성과 요새.

서야 무적함으로 돌아와 충전을 시작했다.

잠시 비조기에서 내린 조영호는 선교에 있던 홍석훈을 만났다.

"홍 함장, 축하하오. 무적함이 오늘 첫 해전을 치르셨습니다. 하하하!"

"그러게 말입니다. 오늘 배에 장착한 신기전 화포를 사용해 보니 그런대로 쓸 만은 합니다. 그래도 역시 전투함이 취역을 해야……."

"그것도 앞으로 몇 달 있으면 취역하지 않겠습니까?"

"예, 몇 달 후면 가능할 것입니다."

대화를 나누던 조영호는 연료 충전이 다 됐다는 이휘조의 말에 다시 비조기에 올라 임유관으로 향했다.

물론 전투를 하는 동안 시간이 지체되어 이미 수송용 비조기도 무적함 상공에 와 있었고, 연료를 충전하고 나면 곧 뒤따라올 것이었다.

이윽고 멀리 장성(長城)이 보이기 시작했다. 바닷물 속에서부터 시작된 장성은 몽고 방향으로 끝없이 이어져 있었고, 바닷가에서 4킬로미터쯤 되는 곳에 커다란 관문 하나가 달랑 있을 뿐이었다.

어마어마한 크기의 이 관문이 바로 임유관인 것이다. 이곳을 통과하지 않고는 삼한 땅과 중원 땅 사이를 서로 오갈 수가 없었다. 그런 정상적인 방법을 취하지 않는다면 10미터 높이의 성벽을 넘던지 아니면 영주 위쪽으로 멀리 돌아가는 수밖에는 다른 방도가 없었다. 그러니 북방공격군은 필히 이곳을 장악해야 할 입장이었다.

이윽고 임유관 상공에 도착한 조영호는 창을 통해 아래를 내려다보았다. 역시나 지난번에 그렇게 혼을 내고 경고까지 했음에도 임유관을 지키는 요새에는 여전히 많은 군사들이 주둔해 있었다.

비조기가 나타난 것을 발견한 적병들은 이미 지난해에 혼이 났었기 때문인지 이리 뛰고 저리 뛰며 어찌할 줄 몰라 갈팡질팡하고 있었다.

조영호는 망설일 이유가 없었다.

"기관총 사수! 공격 개시!"

"옛!"

하는 대답과 동시에 '두루루루룩! 드르륵! 드드드드!' 요란한 소리를 내면서 기관총이 발사되기 시작했다.

다음으로 최루탄 공격이 이어졌다. 그 사이 연료 충전을 끝내고 온 수송용 비조기가 공격에 합류했다. 거기에서는 매캐한 최루가스를 견디지 못하고 정신없이 건물에서 뛰어나오는 무리들을 향해 기관총이 아닌 폭탄을 투하하고 있었다.

'쾅! 쾅!…………쾅!'

천지가 개벽하는 요란한 소리를 내면서 연거푸 터지고 있는 폭탄에 튀어 오르는 흙먼지와 사람이 뒤범벅이 되어 나동그라지거나 자빠지고 있었다.

얼마 정도의 시간이 흘렀을까? 속수무책으로 당하던 적들 중에 일단의 말을 탄 장수들이 요새의 서쪽 문을 나서는 것이 목격되었다. 그러나 2대의 비조기는 그들을 못 본 척하고 오히려 반대쪽인 동문에서 우왕좌왕하고 있는 적병들을 공격하자, 눈치를 보던 군사들도 서문으로 줄행랑을 치기 시작했다. 조영호가 사용한 이번 공격 전법은 지난번 강철이 청주에서 사용했던 전법을 그대로 써먹은 것이었다.

적병들이 관문 수비 요새에서 완전히 빠져나갔다고 판단될 때쯤,

공격용 비조기의 엄호를 받으며 수송용 비조기가 요새 마당에 내려앉았다.

착륙한 비조기에서는 공중침투 특전대장인 설계두가 20명의 특전군과 함께 번개같이 뛰어내려 요새 안을 수색하기 시작했다.

역시 총탄과 폭탄에 다친 군사들을 제외하고 남아 있는 군사는 없었다. 그러한 사실을 설계두로부터 보고받은 조영호는 수송용 비조기를 조종하고 있는 이일구에게는 적병들을 쫓아가 한 번 더 공격하고 돌아오라는 지시를 했다. 혹시나 그들이 다시 돌아올 것을 염두에 둔 조치였다.

그런 다음 무적함으로 임유관 요새를 무사히 접수했다는 연락을 취했다. 연락을 받은 홍석훈 함장은 계백이 지휘하는 특전군 100명 정도를 군용 보트를 이용해 육지로 상륙시켰다는 보고를 해 왔다. 그때는 이미 상륙한 특전군들이 관문 위에 꽂아 놓은 배달국 국기를 보고는 열어 놓은 관문을 통해 속속 임유관 안으로 들어오고 있을 때였다.

조영호는 그들을 지휘는 계백에게 요새 수비를 지시하고 나서, 돌아온 수송용 비조기에 설계두와 20명의 특전군을 태우게 하고는 요동성 방향으로 날아갔다. 시간상으로 볼 때, 강이식이 지휘하는 지상군은 이미 요동성을 출발하여 큰 강인 요수 앞에서 강을 건널 준비를 하고 있을 터였다.

작전 계획에 따르면 지상군의 진격로는 신속한 이동이 가능한 큰 길이었고, 그 길은 조영호를 보좌하고 있는 약덕이 잘 알고 있었기 때문에 그들을 찾기는 그렇게 어렵지 않았다.

역시 요수 앞에는 2만 명에 가까운 군사들이 바글거리고 있었다.

착륙한 비조기에서 조영호 일행이 내리자, 강이식과 고정의, 요련추가, 조미저리가 군례를 올리며 일행을 반갑게 맞았다.

"총사령관 각하! 어서 오십시오. 도강 준비가 거의 끝나가고 있습니다."

갑옷을 입은 강이식이 인사 겸 상황을 보고했다.

"하하! 그러셨소? 본장이 지금 막 임유관을 점령하고 오는 길이요."

갑옷 차림의 강이식은 눈을 황소 눈깔 만하게 뜨면서 되물었다.

"아니? 임유관을 벌써 점령하셨다는 말씀입니까?"

"허허! 그렇소. 자, 시간이 없으니 간단히 말씀드리겠소. 이제부터 본장은 영주까지 가면서 진군을 방해할지도 모르는 작은 성채들을 공격해 놓겠소. 앞으로 영주 성문 앞까지 얼마나 걸리겠소?"

강이식은 잠시 생각하더니 입을 열었다.

"군략 상에는 열흘로 되어 있지만, 이레 내로 도착하겠습니다."

"그렇게 해 주시오. 그럼, 이레째 되는 날 아침에 본장이 그곳으로 가겠소. 만약 그 시간까지 도착이 어렵다고 판단되면 요련추가 장군이 지휘하는 기병 이천 명만이라도 먼저 진군시켜 주시오."

"옛! 알겠습니다."

강이식에게 진군 속도를 높이라고 지시한 조영호는 영주로 가는 큰 길을 따라 비행을 해 봤지만, 드문드문 마을이 있을 뿐 군사가 있는 곳은 없었다.

드디어 비조기가 영주에 이르렀다.

서쪽에 있는 대청산을 등지고 서 있는 성곽의 크기는 내주와 비슷

했지만, 동쪽에는 봉황산과 북쪽에는 도화산이 감싸고 있었고, 성곽 바로 옆으로는 요하(遼河)까지 흘러 튼튼한 방어벽 구실을 하고 있었다. 게다가 남쪽으로 흐르고 있는 강을 따라 펼쳐진 드넓은 평야는 풍요함까지 더해 주고 있었다.

백성들이 살기에는 참으로 좋은 입지라고 생각하면서 조영호는 성안을 살폈다. 비조기에서 확인한 성안의 군사는 예상했던 것보다 적은 2만 정도밖에 되어 보이지 않았다.

조영호는 기관총 사수에게 공격 명령을 내리면서, 수송용 비조기에는 폭탄 공격을 지시했다. 그런데 공격을 시작한 지 얼마 되지도 않아서 성안에 있던 군사들이 3천 정도의 기마군을 선두로 서문을 빠져나가기 시작했다.

수송용 비조기에서 무전이 들어왔다.

"총사! 소장 이일굽니다. 저들이 서문으로 빠져나가는 것을 보셨습니까?"

"봤습니다. 우리가 늘 서문 쪽을 비워 줬더니, 그 소문을 들은 것 같습니다. 저들을 그대로 놔두면 임유관으로 갈 것이니, 북쪽에 있는 돌궐 쪽으로 방향을 돌리게 해야 합니다. 이상!"

"알겠습니다. 이상!"

그들은 결국 도주하고 있는 적군들의 앞쪽을 공격해서 방향을 북쪽으로 틀게 만들고는 무적함으로 돌아왔다. 그곳에는 이미 연개소문과 양만춘이 인솔해 온 돛단배들이 부교 설치를 끝내 놓고 있었다. 그것을 본 조영호의 머릿속에 문득 한 가지 생각이 떠올랐다.

다시 연료 충전을 마치고 난 2대의 비조기는 연개소문과 양만춘을 태우고 영주로 날아갔다. 성 위를 몇 바퀴 돌아봐도 다행히 아직 적군들은 돌아오지 않은 것 같았다.

조영호는 수송용 비조기를 착륙시킨 다음 특전군들에게 군량곡을 찾아보라고 지시를 내리고는 경계 비행을 계속했다.

얼마의 시간이 흐르고 나서, 수송용 비조기로부터 엄청난 양의 군량곡을 찾아냈다는 연락을 받고 난 조영호는 회심의 미소를 지으며 장지원을 향해 비조기의 착륙을 지시했다.

연개소문, 양만춘, 약덕과 함께 비조기에서 내린 조영호는 이일구와 설계두를 비롯해 특전군들까지 모두 모이게 한 후 말을 꺼냈다.

"작전 일부를 변경하겠소. 지금부터 기만술을……."

하고 말을 시작한 조영호는 그들에게 한참 동안 무엇인가를 설명했다.

설명이 끝나자 연개소문이 입을 열었다.

"총사께서 말씀하신 대로만 된다면 이보다 좋은 책략은 없을 것입니다. 다만 과연 그들이 닷새 내로 이곳으로 돌아오느냐 하는 것이 관건입니다."

"여하튼 연개소문 장군과 양만춘 소령은 진군해 오고 있는 강이식 장군에게 달려가서 계획을 설명해 주고, 착오가 없도록 해야 할 것이요. 그들이 오고 안 오고는 그다음 문제요."

"알겠습니다. 성안에 타고 갈 군마도 있는 것을 봤으니 문제없습니다."

"그래도 위험한 길이니 우리 특전군 두 명과 함께 가시오."

"옛!"

그들이 떠나가는 것을 확인한 조영호 일행은 성을 텅 비워 놓은 채, 다시 무적함으로 돌아와서 홍석훈에게 변경된 작전을 설명해 주었다.

그런 다음 계백 휘하의 특전군 500명이 지키고 있는 임유관에 비조기를 착륙시켜 놓고는 쥐 죽은 듯이 닷새를 지냈다.

그동안 임유관 요새 근처에는 떠났던 적군들이 얼씬도 하지 않았지만, 그것은 오히려 조영호에게 '내 생각이 어긋난 것이 아닌가?' 하는 불안감이 들게 만들었다. 이곳에서 도주했던 적군이 다시 돌아오지 않는다는 것은 영주에서 도주했던 적군도 마찬가지로 영주로 돌아오지 않을 가능성이 컸기 때문이었다.

그렇지만 조영호는 약속했던 시간에 맞추기 위하여 수송용 비조기와 함께 편대를 이뤄 영주로 날아갔다.

영주 상공에 이르러 아래를 내려다보던 조영호의 얼굴에는 회심의 미소가 어렸다. 기대했던 대로 적군들이 돌아와 있는 것이다.

이번에는 기관총 공격이 아니라 먼저 최루탄 공격부터 시작했다.

역시 적들은 지난번과 똑같이 서문으로 빠져나가기 시작했다.

그들이 거의 빠져나가는 것을 확인한 수송용 비조기는 성안 마당에 착륙하여 설계두와 특전군들을 내려놓고는 다시 이륙을 했다.

특전군들은 재빨리 모든 성문을 닫은 다음 성안을 수색하기 시작했다. 그러는 사이 2대의 비조기는 적병들이 도주하고 있는 서북쪽을 향해 날아갔다. 2만여 적병들이 움직이고 있는 앞쪽에는 강이식 군이 이미 학익진 형태로 포진하고 있었고, 적들도 그것을 발견했는지 엉거주춤하고 있었다. 양쪽의 군사수는 엇비슷했다.

잠시 주춤하던 적의 수뇌부는 뒤쪽에서 날아오고 있는 비조기가 더 무섭다고 여겼는지 앞쪽을 막고 있는 군사들 쪽으로 다시 달려가기 시작했다.

그러나 이게 무슨 날벼락인가! 앞쪽에서 뽀얀 연기를 뿜으며 화살들이 새까맣게 날아와서는 요란한 소리와 함께 터지면서 선두에 섰던 군사와 말들을 쓰러뜨리기 시작한 것이다.

적의 선두는 황급히 좌측으로 방향을 틀었다.

순간 비조기가 그들 앞으로 날아와 공격을 가하기 시작하자, 적의 수뇌부는 부득이 뒤로 방향을 돌렸고, 이 와중에 뒤따라오던 군사들과 뒤엉켜 버렸다.

그러는 사이에 강이식군 속에서 요련추가가 지휘하는 기병들이 좌측과 우측으로 달려 나와 적병들을 에워싸 버렸다.

적장인 영주 태수 등고(鄧暠)는 당황할 수밖에 없었다. 앞쪽 본진에서는 이상한 화살이 날아오고, 양 옆쪽은 기마군들이 막아서고 있으니, 완전히 삼태기 속에 갇힌 꼴이었다.

이제 움직일 수 있는 곳은 성이 있는 뒤쪽밖에 없었다. 그렇지만 성으로 가더라도 하늘에서 떠다니고 있는 괴물체가 가만히 놔두지 않으리라는 것은 불을 보듯 뻔했다.

후일을 생각해서 지기 혼자라도 빠져나갈 생각을 해 봤지만, 부장 하나가 자신이 지휘하는 군사로 퇴로를 뚫어 보겠다고 기마군들이 막아선 쪽으로 진격하다가 날아온 비조기에 무차별 공격을 당하는 것을 보고 나니 오금이 저렸다. 혼자 도망간다는 것도 동에 번쩍 서에 번쩍하는 하늘을 날고 있는 괴물체가 있는 한 어렵다고 판단한 등고는 말에서 내렸다. 도주를 포기한 것이다.

영주 태수인 그는 원래 양평 태수였으나, 지난해 초 당나라 이연에게 양평과 북평을 바치고 그 공으로 영주를 다스리는 태수로 임명된 자였다.

항복을 하려는 태수의 행동에 부장들도 만류는커녕 타고 있던 말에서 내려와 무기를 땅에 풀어 놓았다. 그 모습에 군사들은 얼씨구나 하며 따라서 들고 있던 무기를 내던졌다.

투항한 등고군은 포위하고 있던 강이식 군사들에 의해서 신속하게 정리가 되고 있었다. 포로들의 처리가 이루어지고 있는 것을 확인한 조영호는 먼저 영주 치소로 들어갔다.

그리고 시간이 한참 지나자, 지상군 사령관인 강이식이 부사령관인 고정의, 기병 사령관인 요련추가, 화포대장인 조미저리와 조영호가 보냈던 연개소문 그리고 양만춘을 대동하고 대청으로 들어왔다. 뒤에는 수나라 갑옷을 입은 장수 하나가 따라 들어오고 있었다.

강이식이 너무 기분이 좋은지 환한 얼굴로 힘차게 군례를 올렸다.

"총사령관 각하! 적 장수를 포함해 군사 만 팔천을 포로로 잡고, 병장기와 군마 삼천 두를 노획했음을 보고합니다. 포로들을 모두 서문 밖에 무릎을 꿇려 대기시켜 놓고 있습니다."

"하하하! 강 사령관과 제장들! 수고가 많았소."

마주 군례를 하고 난 조영호는 장수들 하나하나를 바라보았다. 지상군으로서는 첫 번째 승전이라 그런지 그들의 얼굴은 벌겋게 달아올라 있었다.

지상군 부사령관인 고정의가 뒤따라온 장수의 무릎을 꿇렸다.

"각하! 이자가 이곳 태수인 등고라는 자입니다."

장지원이 고개를 끄덕이며 입을 열었다.

"귀장이 이곳을 다스려 왔는가?"

그 물음은 즉시 약덕에 의해서 통역이 되었다.

"그렇소이다. 소관이 이곳을 다스리던 당나라 영주 태수 등고요."

"그렇다면 이세민을 아는가?"

"알고 있소이다. 아국의 진왕 전하이시오."

조영호가 고개를 끄덕이고는 지난번 북해군에서 포로로 잡혔던 이세민이 항주에서 돈황 동쪽으로는 배달국 땅이라는 것을 인정하고, 침범치 않는다고 약조를 했는데 어째서 아직까지 이곳에 남아 있는지를 물었다.

그는 금시초문이라는 말로 답변하고는 오히려 그런 일이 정말 있었느냐고 반문을 했다. 비록 겁먹은 표정인 것은 확실했지만, 비굴해 보이지는 않았다.

장지원은 양만춘을 쳐다보면서 물었다.

"양 소령, 저 등고라는 자와 의사소통이 가능하오?"

갑작스러운 질문에 무슨 의미인지를 모르겠다는 표정으로 대답을 했다.

"예, 지자와 충분히 대화를 나눌 수 있습니다."

조영호는 알겠다는 표정으로 흐뭇한 미소를 짓더니, 이번에는 포로 장수인 등고에게 다가가서 무릎을 꿇고 있던 그를 일으켜 세웠다. 그러고는 의아해하는 표정으로 쳐다보는 그에게 목숨을 살려 주겠다고 말하면서, 당나라로 돌아가든가 아니면 포로가 된 군사들을 지휘하여 임유관에 만들 군항 공사를 돕겠는가 하는 선택을 물었다.

그의 대답은 간단했다. 군사를 잃고 가 봤자 반가워할 리가 만무하니, 이곳에 남겠다는 것이었다.

대답을 들은 조영호는 양만춘을 보며 지시를 내렸다.

"북방공격군 총사령관인 본장은 양만춘 소령을 대령으로 승진시키는 동시에 임유관 공병대장으로 임명하겠소. 저자와 포로들을 임유관으로 데리고 가서 그곳에 군항과 수군 기지를 만드시오. 알아둘 것은 이곳에 군량곡이 넉넉하니 절대 포로들을 굶기지 말라는 것이요."

"옛! 명을 받들겠습니다!"

조영호는 연거푸 명을 내렸다.

"다음으로는 이곳 영주 방위사령관으로 고정의 장군을 임명하고, 부사령관에는 요련추가 장군을 임명하오. 아울러 지상군 중에 오천 명과 화포 오십 문, 화포병 이백 오십 명, 특전군 오십 명을 이곳에 주둔시키겠소."

고정의와 요련추가가 들뜬 표정으로 힘차게 대답을 했다.

"명을 받들겠습니다."

"다음으로 연개소문 장군을 요련추가 장군이 맡고 있던 지상군 기병사령관으로 임명하겠소. 요련 장군이 지휘하던 기병과 이곳에서 노획한 군마로 지금 즉시, 오천 명의 기마군을 편성해 보시오."

"군명을 받들겠습니다!"

조영호는 약덕으로부터 고구려 싸울아비들은 대부분 능숙하게 말을 잘 다룬다는 말을 들었기 때문에 이곳에서 노획한 3천 두의 군마를 활용하여 이미 있던 기마군 2천에 추가로 3천의 기마군을 편성하려는 것이었다.

"강이식 장군!"

"옛, 총사!"

"이곳에 주둔시킬 오천의 군사를 빼고 남은 일만 명 중에서 오천의 기마병이 만들어지면 그들을 지상군의 주력군으로 삼고, 나머지 오천 명의 일반 군사로는 화포와 화포병을 호위토록 하시요. 그래야 그나마 진격 속도가 빨라지지 않겠소?"

"알겠습니다. 그렇다면 앞으로 우리 지상군 병력은 기마군 오천에 사백 오십 문의 화포를 운용할 화포군 이천 이백 오십 명과 일반군 오천이라는 말씀이 아닙니까?"

"하하하! 그렇소만, 병력이 부족하시오?"

"천만에 말씀입니다. 화포 오십 문과 일반군 오천이 빠진 대신 삼천의 일반 군사가 기마 군사로 재편되면 피장파장입니다."

강이식의 대답에 조영호는 고개를 끄덕이며 대꾸를 했다.

"그렇다면 됐소. 다음은 이일구 장군!"

"옛, 총사!"

"장군은 지금 즉시 수송용 비조기로 임유관에 주둔해 있는 특전군 오백 명 중에 오십 명을 빼서 이곳에 주둔시킬 수 있도록 데려와 주시오."

"알겠습니다."

모든 지시를 끝낸 조영호는 다시 양만춘에게 눈길을 돌렸다.

"양만춘 대령에게는 즉결 처분의 권한을 주겠소. 혹시 포로들 중에 군명을 어기는 자는 그 자리에서 참해도 좋소. 그 외로 어려운 일은 임유관에 주둔할 지상군 특전대장인 계백 소령과 의논하시오."

"알겠습니다."

조영호는 아직도 싱글벙글하고 있는 강이식 장군을 쳐다보면서 물었다.

"강 사령관은 꽤나 흐뭇해 보이십니다."

"어째서 그렇지 않겠습니까? 소장이 이십 년 전에 점령했던 이곳을 다시 점령하게 됐으니 감개무량해서 그렇습니다."

"하하하! 임유관을 거쳐 탁군까지 가실 분이 초장부터 들뜨시면 되겠소? 일단 오늘은 이곳에서 군을 정비하시고, 내일 아침 일찍 임유관으로 출발하시오. 그리고 평양 총독께 연락하여 군사 일만을 추가로 이곳으로 보내라고 하시오."

"알겠습니다."

"자, 본 장은 이제 임유관으로 가겠소."

드디어 영주를 점령한 조영호는 임유관으로 돌아왔다.

그렇지만 이일구가 조종하는 수송용 비조기는 특전군들을 수송하기 위해 영주를 두 번이나 왕복을 해야 했다.

중원 대장정은 그렇게 첫걸음을 떼고 있었다.

그로부터 1년 반이 지난 천명 5년(서기 621년) 10월 29일 밤이었다.

중천성에 있는 태황제의 침전에서는 천족장군들이 모여 왁자지껄한 분위기 속에서 회의를 하고 있었다. 이들은 새달이 시작되기 이틀 전에 개최되는 천족장군회의에는 무슨 일이 있어도 참석해 왔다.

이 회의를 통해서 나라를 어떻게 이끌어 갈 것인지 의논하고, 이 시대로 올 때 다졌던 각오를 다시금 확인하는 기회로 삼아 왔던 것이다.

늘 그래왔듯이 강철의 개회로 회의가 시작되었다.

"자, 이제부터 회의를 시작하겠습니다. 평소처럼 편하게 하실 말씀들을 나눠 주시기 바랍니다."

먼저 입을 연 것은 과학 총감인 박상훈이었다.

"우리 7군단이 중원으로 출정한 지도 벌써 일 년 하고도 여섯 달이 지났습니다. 나야 공주에서 편히 지내고 있지만, 조영호 장군을 비롯해 참전하고 있는 천족장군들이 얼마나 고생이 심하겠습니까? 이 자리를 빌려 그 노고에 감사의 박수를 한번 쳐 드립시다."

그러자 누구 한 사람 이의가 없이 요란하게 박수를 치기 시작했다.

한참 동안 계속되는 박수에 조영호가 감사의 인사를 했다.

"뭐, 우리 천족장군들 중에 고생하지 않는 분이 있겠습니까? 그런데도 이렇게 격려까지 해 주시니, 소장이 대표로 감사 인사를 드리겠습니다."

평소 농담을 잘하는 강진영이 말을 받았다.

"하하! 조 총장께서 겸손해하지 않으셔도 됩니다. 작년 봄에 영주의 임유관을 손에 넣었다는 소식을 듣고 저는 춤이라도 추고 싶었습니다. 그런데 그 후에 탁군이라고 부르는 유주와 두건덕이 있던 낙주를 비롯해 이십여 개의 큰 주(州)를 장악하고, 지금은 몽고에서 가까운 태원까지 점령했다니 솔직히 소장은 꿈만 같습니다."

장지원이 고개를 끄덕였다.

"소장도 참전은 하고 있지만, 그 말은 맞는 말씀이오. 솔직히 당나라 이세민이 약조했던 국경선이 이렇게 빨리 현실로 변해 갈 줄은 몰랐습니다. 총리께서 그에게 약조 문서를 받아 낼 때까지만 해도 소장은 그저 우리가 점령한 산동을 건들지 못하게 하려는 경고 정도로만 생각했었습니다."

모두들 그 말에 만감이 교차하는 표정으로 고개를 끄덕이고 있을 때, 강철이 빙그레 웃으며 대꾸를 했다.

"사실, 나부터도 그랬으니…… 그런데 조영호 장군! 당초 작전 계획에는 탁군까지만 정벌하는 것으로 계획했는데, 계속 진군을 하게 된 동기는 무엇이었소? 솔직히 계속 진격하겠다고 말씀하실 때 마지못해 승인은 했지만, 불안했던 것도 사실이오. 점령한다 해도 수비할 군사도 없었으니……."

"하하하! 그러셨습니까? 이 시대 사람들은 모르지만, 몽고제국이 유럽까지 정복했던 방식을 장지원 장군이 지나가는 말로 귀띔을 해줘서 진군 결정을 내리기는 했지만, 사실 소장도 불안하기는 마찬가지였습니다."

강철이 맞장구를 쳤다.

"그러게 말씀이오. 이이제이(以夷制夷)* 병법으로 포로가 된 적장과 군사를 아군으로 재편해서 그들에게 다음 목표를 공격하게 만든다는 것이 말은 쉽지만, 실제로 실행에 옮기기가 어디 쉬운 일이겠소? 게다가 기병으로 이루어졌던 몽고군을 전광석화와 같았다고 전쟁사에서 표현했는데, 우리 7군단의 진격 속도는 그보다도 몇 배나

* 이이제이(以夷制夷): 오랑캐로 오랑캐를 무찌른다는 전법.

빠르니 본장도 감탄을 하는 것이요."

"하하하! 과찬이십니다. 아무튼 포로들을 활용해 다음 목표를 차례차례 점령해 나갔기 때문에 우리 7군단 주력군은 큰 손실이 없었던 것 같습니다. 다만, 태원 지방도 이곳과 날씨가 비슷해서 곧 추워질 텐데, 계속 진격을 하느냐 아니면 내년 봄까지 기다리느냐 하는 문제로 고민하고 있습니다."

갈등하는 조영호의 말을 듣고는 여태껏 말없이 미소만 짓고 있던 진봉민이 입을 열었다.

"조 장군, 과인 생각에는 올 겨울은 그곳에서 지냈으면 하오. 그곳은 돌궐과의 국경을 맞대고 있는 가장 중요한 전략 요충지 중에 하나요. 그리고 당나라 황제인 이연도 그곳을 다스리는 유수였을 때, 반란을 일으켜 당나라를 세웠으니 의미도 큰 곳이요."

강철이 물었다.

"그러면 그곳을 다스릴 장수를 보내야 하지 않겠사옵니까?"

진봉민이 고개를 가로저었다.

"글쎄요? 우리 장수가 간다고 해도 다스리기가 쉽지 않을 것이요. 물론 그곳에 특전군이나 화포를 많이 주둔시키면 괜찮겠지만, 지금으로서는 어렵지 않겠소? 방법이 있다면 이세민의 부장이던 그 이정이란 장수가 능력도 있고, 대륙 출신이라 안성맞춤인데 혹시 배신을 하지 않을까 그것이 문제요."

이때 조영호가 대꾸를 했다.

"폐하, 가끔 산동에 있는 청주에 들렀을 때 소중덕 대령에게 들은 말이지만, 처음에는 망명을 망설이던 그가 이제는 배달국에 귀부할 의사가 있다고 하옵니다. 그동안 두 차례나 당나라 군이 청주로 쳐들어왔을 때도 딴마음을 품지 않고, 우리 장수들을 도왔다고 하니 믿을 만하지 않겠사옵니까?"

"오호! 그렇소? 그렇다면 한번 믿어 봅시다. 이번에 태원으로 가실 때, 그를 데리고 가서 육군 소장에 임명하고 태원 방위사령관을 맡겨 보시오."

"알겠습니다."

"믿기로 하였으면 확실히 믿고 맡기시오. 군사는 비록 포로들을 재편한 것이겠지만 넉넉히 맡겨서 우리가 그를 신뢰하고 있다는 것을 보여 주어도 괜찮을 것이요."

"예!"

이때 옆에서 듣고 있던 박상훈이 미간을 찌푸리며 물었다.

"아니? 그런데 당나라 진왕인 이세민이 항주에서 돈황까지의 경계를 넘지 않겠다고 약조해 놓고도 청주를 쳐들어왔단 말씀이요?"

박상훈의 말에 강철은 그런 게 아니라는 듯이 고개를 가로저었다.

"청주로 쳐들어왔던 자는 이세민의 동생인 제왕 이원길(李元吉)이라고 합니다. 그는 주로 장안에 있다가 얼마 전부터 자신이 봉토(封土)*로 받은 제군(薺郡)에 주둔하고 있는데, 원래 제군과 경계를 맞대고 있는 우리 청주도 제왕의 봉토 중에 한 곳이요. 그래서 뭣도 모르고 제 봉토를 찾겠다는 생각만으로 쳐들어왔던 모양입니다."

조영호가 옳다는 듯이 고개를 끄덕이며 덧붙였다.

"그자가 청주를 두 번이나 쳐들어왔지만, 두 번 모두 신기전에 혼

---

* 봉토(封土): 황제가 제후를 봉하고 그에게 다스리도록 한 땅.

이 나서 철군을 했다고 들었습니다. 그래서 이번에 태원으로 가는 길에 그곳을 점령해 놓고 떠날 생각입니다."

그렇게 말을 꺼내자, 태황제가 고개를 끄덕이면서 제군을 점령하면 그곳 지명을 제주로 고치고 청주 부사령관인 소중덕을 소장으로 승진시켜 방위사령관으로 임명해 보라는 말로 매듭을 지었다.

이번에는 박상훈이 박영주를 쳐다보면서 입을 열었다.

"박영주 함장, 배달함(倍達艦)을 조종해 보니 어떻소?"

배달함은 박상훈이 현대에서 보냈던 러시아제 폐군함에 붙여진 새로운 이름이었다. 그 배는 장항군항에서 1년이 넘는 기간 동안 수리가 이루어져 3개월 전에 취역을 했고, 함장을 박영주가 맡게 된 것이다.

"하하하! 사실, 기분은 좋습니다. 그러나 아직 군함에 장착한 무기가 신기전하고 기관포밖에 없으니 그것이 아쉽습니다."

"그거야 지금 우리 실정에 맞는 대포를 연구하고 있으니, 조금만 기다리시면 될 거요. 괜히 말을 꺼냈다가 함포를 빨리 만들어 달라는 혹만 하나 덧붙인 꼴이 됐소이다. 하하하!"

박상훈의 너스레에 일동이 모두 웃었다.

이번에는 구석에 말없이 앉아 있던 조민제가 손을 들어 다른 사람들이 하는 말을 제지하고는 입을 열었다.

"아! 잠시 우리가 잊은 게 있습니다. 태황제 폐하께서 황자를 얻으셨고, 총리대신과 조영호 장군도 아들과 딸을 얻으셨는데 축하가 늦었습니다."

그 말이 끝나자, 모두들 세 사람에게 축하 인사와 박수를 보냈다.

"고맙소. 말이 나왔으니, 과인이 오늘 여러분께 말씀드릴 것이 있소."

"……?"

정색을 한 태황제가 서두를 꺼내자, 도대체 무슨 말을 하려고 저렇게 심각한 표정을 짓나 싶어진 천족장군들은 다음 말을 기다렸다.

"세 가지를 말씀드리고자 하오. 이제 땅이 넓어지고 사람이 부족한 실정이요. 그래서 천족장군들을 모두 총장으로 승진시키고, 전하로 호칭되도록 하겠소. 그러면 당연히 자식들도 왕자와 공주로 불리게 될 것이요."

"……!"

그 말에 누구도 이의를 달지 않았다. 이미 당나라 고조인 이연도 자식들과 친척들을 모두 왕에 봉했다는 것을 잘 알고 있었기 때문이었다.

"다음으로는 태황제의 자리는 세습을 시키지 않겠소. 혹시 나에게 무슨 일이 생기면, 다음 태황제는 강철 총리대신이 잇도록 하시오. 물론 총리대신이 태황제에 오르더라도 그다음 대의 태황제를 천족장군들 중에서 지명해 놔야 할 것이요."

청천벽력 같은 소리였다! 제일 먼저 토를 단 것은 강철이었다.

"폐하, 그것은 안 될 말씀이옵니다. 이 시대에는 적통이 황위나 왕위를 이어받는 것이 통례인데 그렇게 하지 않는다면 괜한 분란만 초래되옵니다."

"그런 위험 때문에 미리 다음 대 태황제를 지명해 놓는 것이요. 이미 내가 개국 선포식에서도 세습 제도는 없다고 선포하지 않았소?

황제 자리도 마찬가지요. 세습제가 되면 황제의 자식이랍시고 똑똑치도 못한 자식이 자리를 물려받아 나라를 망치게 되오. 거기다가 왕이나 황제의 부인들도 제 자식을 보위에 앉히려고 암투를 일삼는 것은 고사하고라도 형제간에 골육상쟁까지도 수시로 일어났었다는 것은 이미 역사에서 배우셨잖소? 이런 역사적 과오를 되풀이하지 말자고 처음에 나를 황제로 추대했던 것이 아니요?"

"허……! 그거야 그렇지만……."

"과인의 말대로 따라 주시오. 그리고 천족장군들이 황제에 오를 우선권이 있지만, 그나마 모두 늙어 황제에 오를 수 없게 된 경우에는 우리 열다섯 명의 천족장군들 자식 중에 삼십 세 이상이면서 인품이 바르고, 뛰어난 아이를 황제로 지명토록 하시오."

박상훈이 먼저 찬성을 했다.

"폐하, 소장은 폐하의 뜻에 따르겠사옵니다."

모두들 나라를 오래 보존하려면 그렇게 하는 것이 옳다는 생각이 들었는지, 그다음부터는 누구의 입에서도 반대하는 말이 나오지 않았다.

그러나 차기 태황제로 지명된 강철은 기쁘기는커녕 오히려 마음에 큰 부담만 느끼고 있었다. 천족장군이라는 사실만으로도 백성들로부터 더할 나위 없는 존경과 예우를 받고 있는데, 예서 뭘 더 바랄 게 있다고 태황제 자리를 부러워하겠는가? 마음 같아서는 지금 당장 다른 사람을 지명해 달라고 요구하고 싶은 심정이었다.

"곁들여, 황제가 되더라도 늙어 죽을 때까지 그 자리에 있으면 안 된다고 생각하오. 임기제로 했으면 좋겠지만, 지금 시대에는 그것도 맞지 않으니 대신 육십 세가 되면 자리에서 물러나도록 해야 하오. 다 그런 것은 아니겠지만 나이가 들면 귀에 쓴소리는 싫어하고 판단력도 떨어지니 하는 말씀이요."

"그것은 옳은 말씀이옵니다."

"훗날에라도 우리가 정한 원칙을 어기거나 태황제로 올랐다고 하더라도 독재를 하거나, 실덕(失德)을 하는 자는 다른 십사가문이 뭉쳐서라도 태황제의 자리에서 끌어내리시오. 여러분의 명예를 걸고 여러분의 자손들에게까지 이 원칙을 지키게 하겠다고 약속해 주실 수 있겠소?"

태황제가 천족장군들에게 다짐을 받아야겠다는 간곡한 어조로 묻자, 한참 동안의 침묵이 흐른 후에 제일 먼저 홍석훈이 대답을 했다.

"알겠사옵니다. 소장은 대대로 자손들이 지켜 갈 수 있도록 가법(家法)으로 정하겠사옵니다."

"소장도 그렇게 하겠사옵니다."

그러면서 14명이 모두 찬성과 다짐을 했다.

"그리고 마지막으로, 도성을 옮기는 문제에 대해 말씀드리겠소. 우리 배달국이 중원 대륙의 반을 우리 땅으로 만들고 나면 이곳은 도성으로서 너무 외지다는 생각이요. 내각에서는 이 문제를 지금부터 검토해 나가도록 하시오."

총리대신인 강철이 대답을 했다.

"알겠사옵니다. 그런데 후손들이 우리가 만들어 놓은 이 땅을 과연 잘 보존해 나갈지 그것이 걱정이옵니다."

그 말이 떨어지기가 무섭게 장지원이 대꾸를 했다.

"총리대신 말씀이 맞습니다. 이미 우리는 현대에서 영토 분쟁뿐만 아니라 심지어는 섬 하나 가지고도 나라 간에 전쟁까지 일어나는 것을 보지 않았습니까? 그러니 지금부터 우리는 '동래약조'와 같은 역사적 자료들을 잘 정리하고 보관해 나가야 할 것입니다."

태황제가 무릎을 '탁!' 치면서 입을 열었다.

"역시 행정에 대해 잘 아시는 장지원 장군이 지극히 옳은 말씀을 하셨소. 문서뿐 아니라 물증도 중요하다고 생각하오. 일례로 총리대신이 지난번에 이세민으로부터 약조를 받아낼 때, 항주에서 돈황까지 장성을 쌓게 한 것은 참으로 선견지명이 있는 처리였소. 거기에 장성이 쌓아지면 먼 훗날에라도 그보다 더 좋은 국경에 대한 물증이 어디 있겠소?"

장지원이 맞장구를 쳤다.

"그렇사옵니다, 폐하! 소장도 그 자리에 있었지만, 처음에는 그저 대수롭지 않게 생각했었는데 후에 생각해 보니, 그 성벽을 쌓게 한 것은 당나라의 국력을 소모시켜 전쟁 준비를 못하게 하는 효과까지 있었사옵니다."

"옳은 말씀이요."

태황제가 고개를 끄덕이며 대꾸를 하자, 이번에는 강철이 입을 열었다.

"어차피 우리가 이 시대로 오는 바람에 역사는 바뀌었사옵니다. 몽고 침입도 없을 것이고, 일본이 식민지로 삼지도 못할 것이옵니다. 그런 데다가 다른 나라가 전혀 생각지도 못하고 있는 역사 자료까지 지금부터 차곡차곡 정리해 간다면 현대에서처럼 그렇게 수치스러운 일은 당하지 않을 것이옵니다."

"하하하! 당연히 그렇게 돼야겠지요. 그 나머지는 후손들의 몫이요."

그 말에 다들 공감을 표시하는 가운데 다시 강철이 입을 열었다.

"폐하, 배달국이 왜국 정벌을 끝낸 지도 벌써 여러 달이 지났사옵니다. 우선은 사비 공이 총독 역할을 하고는 있지만, 정식으로 그곳에 총독부가 설치된 것은 아니옵니다. 그래서 이번 어전회의에서 총독부 설치를 발표하는 것이 어떻겠사옵니까?"

"옳은 말씀이요. 사비 공을 그대로 총독으로 임명하고, 총독부를 구성하게 하십시다. 언제 시간을 내서 총리대신이 다녀오도록 하시오. 그리고 전에 총리대신에게 말을 꺼낸 적이 있지만, 이번에 왜국에 둘 총독부 이름을 동소경 총독부로 했으면 하오."

"그럼, 왜국왕이 있던 상성에 동소경을 두는 것이 어떻겠사옵니까?"

"글쎄요? 그곳은 어찌됐건 왜왕이 있던 곳이라 백성들도 과거에 연연하는 자가 있게 마련이요. 그러니 그곳보다는 다른 곳을 물색해서 치소로 택하는 것이 더 낫지 않겠소?"

"아하! 일리가 있으신 말씀이옵니다. 그렇다면 훗날을 염두에 두고 적당한 곳을 물색해 보도록 하겠사옵니다."

"그렇게 해 보시오."

이렇게 되어 왜국에는 동소경 총독부를 두는 것으로 일단락되었다.

그 이후로도 밤이 깊어질 때까지 화기애애한 분위기 속에서 천족 장군들의 대화는 계속되었다.

그로부터 닷새 후, 장항에서는 2대의 군함이 떠나갔다.

홍석훈이 함장으로 있는 무적함은 다시 북방 공격을 위해 산동에 있는 내주로 가는 길이었고, 박영주가 함장으로 있는 배달함으로는 총리대신인 강철과 청룡상단 단주인 국태천이 왜국으로 향하고 있는 것이다.

사흘 전, 배달국의 정전인 천정전에서 열린 어전회의에서는 조정 내각이 대대적으로 개편되었다.

모든 천족장군들이 총장으로 승진하고, 특히 이 시대 장수들 중에 을지문덕, 김백정, 부여장, 고건무가 배달국 최초로 육군이나 수군 총장으로 승진했다. 더불어 최근에 승진한 사람을 제외한 대부분의 장수들이 1계급씩 승진을 했다. 또한, 왜국에 동소경 총독부가 설치되어 부여장이 총독이 되고, 부여사걸, 일부, 김유신이 총독부 소속 장수가 되었다.

총리대신이 왜국으로 가는 이유가 바로 이런 태황제의 황명을 직접 전하기 위한 것이었고, 국태천은 상단을 설치하기 위해 따라가는 길이었다.

장항에서 출항한 군함과는 별도로 조영호가 조종하는 공격용 비조기는 수송용 비조기와 편대를 이루면서 산동에 있는 청주를 향하고 있었다. 그동안에는 장지원이 공격용 비조기의 조종을 맡았으나, 도성에도 급한 연락을 위해 조종사가 있어야겠다는 강철의 의견에 따라 그는 도성에 대기하고, 조영호가 직접 조종을 하게 된 것이다.

2시간이 지나자 비조기들은 산동에 있는 청주 상공에 도착했다.

수송용 비조기를 먼저 착륙시키고, 뒤따라 조영호가 비조기를 착륙시켰다. 그 사이 청주 방위사령관인 동소와 부사령관인 소중덕, 완군명과 이세민의 부장이었던 이정까지 나와 그들을 반갑게 맞았다.

"어서 오십시오. 총사령관 각하! 본국에는 잘 다녀오셨습니까?"

"잘들 계셨소? 천족장군회의 때문에 갔던 건데 뭐, 잘 다녀오고 자시고 할 게 있겠소? 자! 자! 어서 들어가십시다."

막 조영호가 손짓을 하면서 안으로 들어가자고 말을 하는 순간, 약덕이 약간 높은 목소리로 주의를 주었다.

"앞으로 모든 천족장군들께는 전하(殿下)라는 호칭을 쓰도록 하라는 태황제 폐하의 칙령이 내렸습니다. 다들 명심하셨으면 합니다."

조영호가 약덕을 쳐다보면서 나무라듯이 말을 했다.

"약덕 대령! 안에 들어가서 칙령을 보여 주면 아실 일을……."

이때 약덕의 말을 듣고 머쓱해하던 동소가 조영호를 쳐다보면서 얼른 대꾸를 했다.

"소장이 모르고 결례를 했습니다."

"그거야 칙령을 보지 못해서 그러신 것을 무슨 결례라고 하시오? 일단 들어가서 말씀을 나눕시다."

"예!"

그러고는 동소의 안내를 받으며 청주 치소 안으로 들어갔다.

처음 이곳을 점령했을 때 옥좌처럼 보이던 호화로운 의자와 대청에 진열되어 있던 값나가는 장식품들은 모두 내주에 있는 천명상단으로 보내져 상품으로 팔게 한 지는 벌써 오래전 일이었다.

조영호는 먼저 방위사령관이 앉는 상석 쪽으로 가서는 동소와 소중덕, 완군명을 자신 앞으로 오게 해서 발령장을 읽고 전해 주었다. 물론 그들의 승진이나 배달국 장수로서의 임명 내용이었다.

동소를 육군 중장에, 소중덕을 육군 소장에 승진시키면서 새로 점령할 제주 방위사령관에 임명하고, 왕군명을 배달국 육군 소령에 임명하면서 소중덕이 맡고 있던 청주 방위부사령관 직위를 내린 것이다. 제주는 제군이라는 지명을 새로 바꾼 것이었다.

그들은 하나같이 태황제의 은혜에 감읍하면서 흡족한 표정이었다.

"자, 이제 자리에 앉으십시다. 그리고 이번에 발표된 태황제 폐하의 칙령은 약덕 대령이 전해 줄 것이요."

"알겠습니다."

그러고는 맨 끝자리에 엉거주춤 앉아 있는 이정을 쳐다보며 물었다.

"이정 공은 하늘에서 가져온 한글을 익혔소?"

"예, 아직은 미숙하지만 웬만한 대화는 충분히 나눌 수가 있습니다."

"그렇다면 본장이 단도직입적으로 묻겠소? 우리 배달국에서 일할 용의가 있으시오?"

그는 그 말을 기다렸다는 듯이 입을 열었다.

"무슨 명이든 내려 주시면 분골쇄신하겠사옵니다."

그 말을 들은 조영호는 이정을 앞으로 나오게 해서 무릎을 꿇게 하고는 자신의 품에서 두루마리를 꺼냈다.

"장수 이정은 들으라. 그대를 배달국 육군 소장에 임명하고, 태원 방위사령관의 직관을 내린다. 배달국 태황제!"

이정은 알아들었는지, 땅에 넙죽 엎드리며 입을 열었다.

"신은 앞으로 배달국 태황제 폐하께 충성을 다할 것을 맹세하옵니다."

"자! 이정 장군은 일어나시오."

"예!"

대답을 하며 그가 일어나자 조영호는 두루마리를 넘겨주면서 말을 했다.

"이정 장군! 축하드리겠소. 일단 자리에 앉읍시다."

"예, 감읍하옵니다."

"이정 장군! 장군을 태원으로 데려다 주기 전에 하실 일이 있소. 두 번이나 이곳 청주를 쳐들어왔던 제왕 이원길을 오늘 사로잡은 다음 장안으로 갈 것이오. 함께 가실 수 있겠소?"

장안은 당나라의 도성으로서, 수나라 도성이던 대흥성을 이름만 바꾸어 그대로 사용하고 있는 것이다.

조영호의 물음에 이정은 순간 난처해하는 빛이 어리더니, 결심이라도 한 듯이 대꾸를 했다.

"전하께서 명하신다면 당연히 따라가겠사옵니다."

고개를 끄덕인 조영호가 이번에는 수송용 비조기를 조종하는 이일구를 쳐다보면서 지시를 내렸다.

"이일구 장군! 그럼, 출발하십시다."

그 말에 이휘조가 손으로 제지하며 말했다.

"총사! 그곳까지는 연료 충전이 필요합니다. 사십 분만 기다려 주시면 충전을 마칠 수가 있을 것입니다."

"그렇게 하시오. 그럼, 넉넉히 잡아, 한 시간 후에 출발하기로 합시다. 함께 갈 분은 기존 인원 외로 이정 장군과 소중덕 장군이요. 그리고 그곳에 도착하면 설계두 중령은 이정 장군이 지목하는 적장들만 체포할 준비를 하시오."

"옛!"

그 이후 1시간 후에 출발한 2대의 비조기는 곧 제주 상공에 이르렀다. 창 아래로 보이는 제주의 치소가 청주보다도 훨씬 큰 것을 확인한 조영호는 그래서 이곳을 왕의 치소로 삼았을 거라는 생각이 들었다.

이미 사전에 최루탄과 연막탄으로 적의 기선을 제압하고 체포 작전을 전개하자는 의논이 있었기 때문에 2대의 비조기는 지체 없이 공격에 돌입했다.

반 시간에 걸친 공격이 끝나고, 수송용 비조기가 착륙하여 방독면과 기관단총으로 무장한 특전군과 이정을 내려놨다.

이미 적들은 매캐하고 자욱한 연기 속에서 바로 옆에서 무슨 일이 일어나도 모를 정도였고, 반면에 수송용 비조기에서 내린 특전군들은 이런 작전에는 이골이 난 베테랑들이었다.

설계두는 즉시 특전군을 인솔하여 치소로 잠입해 들어가서는 3명의 장수를 체포해 비조기에 옮겨 실었다. 특전군들을 훈련시켰던 조영호가 흐뭇해할 정도로 완벽한 작전이었다.

포로 장수들을 취조하기 위해 청주로 돌아가려고 했던 조영호는, 시간이 너무 오래 걸리겠다는 판단을 하고 한적한 들판에 비조기들을 착륙시켰다.

눈치 빠른 설계두는 지시도 내리지 않았는데 3명의 장수를 조영호 앞으로 끌고 와서는 무릎을 꿇렸다.

"너희들의 이름은 무엇이냐?"

다짜고짜 조영호가 묻는 말을 약덕이 통역을 했다.

"소인은 제왕 이원길이라 하옵니다."

그러자 뒤에 있던 자들도 제왕부 위수(衛率)인 풍립, 좌거기장군인 사숙방(謝叔方)이라고 자신들을 소개했다.

포로가 된 이원길은 이정에게 간절한 눈길을 보내고 있었지만, 이정은 본 척도 하지 않고 딴전을 피우고 있었다.

조영호가 미소를 머금고 그에게 물었다.

"이정 장군은 이들을 아시오?"

"예, 알고 있사옵니다."

"그렇다면 이들 중에 누구를 성으로 들여보내 군사들을 항복하게 만들면 좋겠소?"

"소장 생각에는 좌거기장군인 사숙방이 제왕에 대한 충성심이 지극하기 때문에 그를 들여보내는 것이 더 효과가 크리라고 보옵니다."

청주에서보다 더욱 공손하게 대답하는 이정의 모습을 보면서 조영호는 속으로 그가 쉽사리 배달국을 배반하지 않으리라는 확신이 들었다.

이번에는 조영호가 사숙방을 내려다보면서 물었다.

"그대가 사숙방이라고 했는가?"

"그렇소!"

"성안에는 군사가 얼마나 있는가?"

"삼만 오천이 있소."

"음, 본장은 그대를 성으로 돌려보내 주겠다. 대신 성안에 있는 군사들의 병장기를 한곳에 모으게 하고, 모두 항복시키도록 하라. 도주할 생각은 아예 하지 않는 것이 신상에 이로울 것이다. 시간은 이각을 주겠다. 알겠느냐?"

"……?"

조영호는 대답도 들으려 하지 않고, 비조기에 태워 다시 제주로 날아갔다.

뽀얗던 최루탄과 연막탄의 연기가 사라진 성안에서는 지휘 장수를 잃은 군사들이 무질서하게 움직이고 있었다. 이때, 비조기가 다시 나타난 것을 보고는 1천여 명이 넘는 군사들이 북문을 향해 도주를 시도하고 있었다.

조영호는 그렇지 않아도 사숙방에게 도주가 불가능하다는 것을 보여 주고 싶었던 참이라 즉시 그쪽으로 이동하여 앞을 막아섰다. 역시 공격용 비조기에서 쏘는 기관총보다는 수송용 비조기에서 떨어뜨리는 폭탄의 위력이 훨씬 컸다.

도주하던 군사들 상당수가 죽고 나서야 그들은 다시 성으로 되돌아갔다. 수송용 비조기를 조종하는 이일구도 수차례의 전쟁을 통해 요령을 터득했는지 성안 공터에 먼저 폭탄을 투하하여 착륙 장소의 안전을 확보해 놓고는 서서히 내려앉아 사숙방을 내려준 다음 이륙을 했다.

그러고 난 조영호는 군사들이 빠져나갈 우려가 있는 북문으로 이일구를 보내 놓고, 자신은 서문 밖에서 결과를 기다렸다.

얼마의 시간이 지나자, 성문 위에 흰 깃발이 내걸렸다.

2대의 비조기로 성 위를 순회하며 확인을 끝낸 조영호는 착륙을 지시했다. 그로부터 제주를 장악하는 절차는 장난스러울 만치 신속하게 이루어졌다.

이미 군사들이 갖고 있던 병장기는 한쪽에 산더미처럼 쌓여 있었고, 군사들은 오와 열을 지어 서 있었다.

설계두는 특전군들을 인솔하여 성안 구석구석을 수색한 후에 숨어 있던 군사 20여 명을 찾아내서는 군령 불복종이라는 명분을 내세워 3만 5천 명의 포로와 수많은 백성들이 지켜보는 앞에서 처형을 단행했다.

그가 일부러 조영호에게 묻지도 않고, 특전군들에게 지시하여 기관단총으로 처형시킨 것은 다분히 의도적이었다. 이런 설계두의 단호함과 충성심 때문에 조영호 역시도 그를 절대적으로 신임하는 터였다.

이어서 앞으로 이곳을 통치할 소중덕이 이정 장군과 특전군들의 도움을 받아 가며 군사들을 재편하기 시작했다.

새로 배달국 장수가 된 이정의 활약은 대단했다.

앞으로 이곳은 배달국이 다스리게 될 것이라고 일장 연설을 하고 난 그는 배달국 군사가 되기를 원하는 자들을 따로 모이게 했다. 물론 조영호의 지시에 따라 배달국 군사가 되기를 원하지 않는 자들은 모두 돌려보내 주겠다고 먼저 약속을 했음은 물론이다.

그런데도 3만 명에 달하는 군사가 자원을 했고, 남은 5천 명은 성 밖으로 나가도록 순순히 풀어 주었다. 일이 마무리된 것을 확인한 조영호는 이일구에게 북방공격군 보급기지인 내주로 가서 화포 30

문과 화포병을 실어 오라고 지시를 내렸다. 북방공격군의 보급기지로는 북부에 있는 임유관 보급기지와 서부에 있는 내주 보급기지가 있었다.

이일구가 떠나는 것을 바라보던 조영호는 그가 돌아올 때까지 기다리기 위해 치소로 들어갔다가 까무러칠 만큼 놀랐다.

그곳은 청주에서 봤던 사치스러운 대청보다 열 배는 더 화려했고, 안에는 종복들과 여자들까지 득시글대고 있었다. 조영호는 모르고 있었지만, 원래 이원길은 역사에도 기록이 남아 있을 정도로 사치스럽고 탐욕이 많은 자였다.

조영호는 당장이라도 그를 죽이고 싶은 충동이 일어났지만, 꾹꾹 눌러 참으며 자리에 앉았다.

"소중덕 장군! 앞으로 이곳 지명을 제주라고 한다는 것을 명심하시오. 그리고 혹시 누가 쳐들어오더라도 절대 성 밖으로는 나가지 말고 성안에서 화포로만 수비를 하시오."

"예, 이미 청주에서 겪어 봤기 때문에 잘 알고 있습니다."

"아, 그리고 이정 장군! 풍립(馮立)과 사숙방이라는 자 중에 누구를 이곳에 남겨 일을 돕도록 하는 것이 좋겠소?"

이정은 한참을 생각하더니 고개를 저었다.

"전하! 소장은 저들을 믿을 수가 없어 말씀을 올리기가 어렵사옵니다. 그렇지만, 포로가 된 군사들 중에는 설만철(薛萬徹)이라는 장수가 있사옵니다. 수군에 밝은 자로 이원길의 수하가 된 지가 오래되지 않은 자이옵니다. 차라리 그자를 쓰는 것이 낫다고 생각되옵니다."

"음……."

약덕의 통역이 끝나자, 역시 눈치가 빠른 설계두가 밖으로 나가 그를 찾아 데리고 들어왔다. 그러나 조영호는 거들떠보지도 않고 그렇다고 내보내라는 말도 하지 않았다. 이때, 내주로 갔던 이일구가 화포를 싣고 돌아와서는 유주에 7만 명의 돌궐군이 쳐들어왔다는 위급 상황을 알렸다.

"아니? 유주에서 일어난 일을 어떻게 내주에서 소식을 들으셨소?"

조영호가 급하게 묻는 말에 소식을 듣고 온 이일구가 대답을 했다.

"유주에서 내주와 임유관으로 알렸던 모양입니다."

"그것이 언제라 하오?"

"돌궐이 쳐들어온 것은 열흘 전이라고 합니다."

"그렇다면 양만춘이 위험한데……."

북방공격군 총사령관인 조영호는 탁군이라고 불리던 유주를 점령하자, 임유관에서 군항을 만들고 있던 양만춘 대령에게 그곳을 지키게 했었다.

사태가 심각하다고 판단한 조영호는 소중덕에게 지시를 내렸다.

"우선 유주를 지원하는 것이 시급하니, 이곳은 소중덕 장군에게 맡기겠소. 이정 장군도 본장이 돌아올 동안 이곳에 남아 소 장군을 도우시오."

"알겠습니다."

조영호는 두 사람에게 뒷일을 맡기고는 포로 장수들을 데리고 우선 내주로 갔다. 그곳에 도착하자마자 비조기의 연료 보충과 평소에 태우고 다니던 특전군 숫자도 반으로 줄이고 나머지 공간에는 폭탄을 싣도록 했다.

출격 준비가 끝나자, 곁에 있던 내주 방위사령관인 김후직에게 도주하지 못하도록 가두어 두라는 말과 함께 제주에서 사로잡았던 이원길을 맡겼다.

그러고는 수송용 비조기에 이원길의 부장들인 풍립과 사숙방, 설만철을 특전군과 함께 타게 했다. 1시간을 훌쩍 넘겨 유주 상공에 도착한 조영호는 조바심하던 마음이 풀어지면서 안도의 한숨을 내쉬었다.

성루에 아직도 배달국 국기가 휘날리는 것으로 보아 성이 함락된 것은 아니었다. 그곳에서는 적들이 사다리와 공성 장비들을 이용해서 새까맣게 성벽에 달라붙어 있었고, 성안에서도 그들을 막느라 고군분투하고 있었다.

수송용 비조기에는 공성 장비가 있는 곳에 집중적으로 폭탄 공격을 가하라는 군령을 내리고, 자신이 조종하는 공격용 비조기에서는 장수로 보여지는 자들을 향해 기관총 공격을 가하기 시작했다. 적어도 장수들만큼은 살려 보내지 않겠다는 각오였다.

문제는 대부분이 기병이기 때문에 움직임이 너무 빨라서 누가 장수인지 구분하기가 쉽질 않았다. 얼마나 정신없이 공격했는지 적들이 시야에서 거의 사라지고 나서야 공격을 멈추고 사방을 둘러봤다.

성벽 위에는 만세를 부르고 있는 군사들의 모습이 보였고, 성 밖에는 즐비하게 쓰러진 군사들로 땅이 제대로 보이질 않을 정도였다.

이일구로부터 비조기 연료 충전을 해야 한다는 무전이 날라 왔다.

조영호는 깊은 숨을 내쉬며 성안에 비조기를 착륙시켰다.

양만춘이 시뻘겋게 충혈된 눈과 꾀죄죄한 몰골로 나타나서는 우렁

찬 목소리로 군례를 올렸다.

"총사! 어서 오십시오!"

조영호는 말없이 다가가서 두 팔을 벌려 그를 가슴에 안았다. 그의 몸에서는 당장이라도 구역질이 올라올 정도로 땀 냄새가 진동을 했다.

"양만춘 장군! 고생했소."

그때 양만춘의 뒤에 있던 2명의 장수인 나예(羅藝)와 원홍사(元弘嗣) 역시 몰골이 가관이었다. 그들은 유주 지역 공격에서 투항했던 장수들로 양만춘의 부장 역할을 하고 있던 자들이었다.

"총사!"

조영호는 그들도 품에 안아 주면서 격려를 해 주었다.

"수고했소, 나예 소령! 원홍사 소령!"

그 모습을 바라보던 양만춘은 두 사람을 향해 성문 밖에 있는 적들의 병장기를 수습하고 시체는 한곳에 쌓으라는 지시를 내렸다.

그러고는 조영호 일행을 치소로 안내했다. 큼직한 대청 안으로 들어간 조영호는 양만춘으로부터 그간의 전투 상황에 대한 상세한 보고를 받았다.

보름 전, 7만이 넘는 돌궐군이 쳐들어왔다는 것이다. 처음에는 신기전으로 여유롭게 잘 막아 냈지만 9일 만에 신기전이 모두 떨어져서, 그때부터는 전에 하던 방식대로 적군을 막아 내고 있었다는 것이다. 그렇지만 적들은 무섭게 생각하던 신기전이 떨어진 것을 알고는 성 쪽으로 바짝 붙여 진을 치고 나서 하루에도 몇 번씩 공격을 하는 바람에 오늘은 성이 함락될 일촉즉발의 위기였다는 것이다.

그래서 화포병들에게 화포를 모두 파괴하고 임유관으로 철수하라는 지시를 내리려던 순간이었다는 것이다.

"장하오! 단 삼만 명으로 그 많은 적들을 보름 동안이나 막아 냈으니……."

"총사! 사실, 신기전만 충분했다면 전혀 문제가 없었을 것입니다."

"기왕에 온 김에 폐하의 명을 전하겠소. 배달국 육군 대령 양만춘을 육군 소장에 임명하오!"

그 말을 들은 양만춘은 넙죽 엎드려 절을 하면서 입을 열었다.

"폐하께서 내리신 황은에 감읍하옵니다."

"자! 일어나시오. 그리고 이번에 전공을 세운 나예와 원홍사 소위도 삼 계급을 올려 소령으로 임명하겠소. 발령장은 임유관을 통해서 전달될 것이요."

"소장이 대신하여 감사 인사를 올리겠습니다."

"그런데 이번에 쳐들어왔던 적들에 대해서는 잘 아시오?"

"예, 저들은 정양에 근거를 두고 있는 시피 칸이라는 족장 휘하의 돌궐 군사들입니다. 우리가 이곳을 공략할 때, 패하여 도주했던 고개도란 자가 시피 칸에게 항복을 하면서 그를 꼬드겨 그가 내준 돌궐 군사들을 이끌고 온 것입니다. 그래서인지 기마에 능하고 예리하기가 창끝과 같았습니다."

"하하하! 그래요? 창끝이 예리하다고 한들 어찌 우리를 당해 내겠소?"

"그렇기는 합니다. 하하하!"

그도 이제야 여유를 찾았는지 웃으면서 대꾸를 했다.

조영호는 이일구에게 명하여 북부 보급기지인 임유관에서 신기전 뿐만 아니라 비조기에 쓸 탄약과 폭탄도 넉넉히 가져오도록 했다.

조영호는 일단 오늘은 제주로 돌아갔다가 내일은 정양이라는 곳을 공격해서 따끔한 대가를 치르게 하겠다는 뜻을 비쳤다.

대제국(大帝國)

돌궐군의 공격으로 위기를 맞았던 유주를 구원하고 오후 늦게 내주로 돌아온 조영호는 내주 방위사령관인 김후직과 부사령관인 유세철을 육군 중장에, 상군을 육군 소령으로 임명하는 내용의 태황제의 조칙과 임명장을 그들에게 전해 주고는 쌓인 피로감에 정신없이 곯아떨어졌다.

이튿날 아침, 식사를 끝낸 조영호를 비롯한 장수들이 대청에 모였다. 먼저 조영호가 유세철을 쳐다보면서 물었다.

"유 장군, 그래 포로 장수들과 대하는 나눠 보셨소?"

"예, 총사 전하! 세 사람 모두 배달국에 투항을 하겠다고 합니다. 특히 설만철이라는 자는 비조기와 병장기를 보고는 태황제 폐하께서 하늘에서 내려오셨다는 것을 확신하고 있었습니다."

조영호는 고개를 끄덕이면서 그들을 불러오게 했다.

당나라 황제의 아들인 이원길이 맨 앞쪽에 서서 들어오는 것을 바라보던 조영호가 냅다 소리를 질렀다.

"저자는 꼴도 보기 싫으니, 저쪽 구석에 처박아 주시오!"

"옛!"

특전군이 재빨리 그를 구석으로 끌고 가서는 팽개치듯이 무릎을 꿇렸다. 그 모습을 보고는 함께 들어오던 풍립과 사숙방, 설만철의 얼굴이 해쓱해졌다.

조영호는 이정이 그를 천거했을 때도 그렇고 비조기로 데리고 다니면서도 제대로 쳐다보지 않았던 설만철에게 그제야 눈길을 주었다.

"설만철! 그대는 배달국에 투항하기를 원하는가?"

그 말은 곧 약덕에 의해 통역이 되었다.

"예, 이원길을 섬기던 소인의 허물을 나무라지 않고 받아 주신다면 죽을 때까지 배달국에 충성을 다하겠사옵니다."

"흠, 본장이 그대를 믿어 보겠다. 북방공격군 총사령관의 권한으로 그대를 배달국 수군 중위에 임명한다. 특히 수군에 대해 잘 안다고 하니, 이곳 내주에 만들고 있는 군항 공사의 지휘를 맡기겠다. 충성을 다하라!"

그는 무릎을 꿇고는 진심으로 감사의 뜻을 표했다.

"소장 명을 받사옵니다."

"김후직 사령관! 설만철 중위를 잘 활용해 보시오. 상군 소령은 제주에 데리고 가서 소중덕 방위사령관을 돕게 해야겠소. 그리고 풍립과 사숙방이라는 자를 장군에게 맡길 터이니, 알아서 하시오."

"알겠습니다. 상군 소령보다야 못하겠지만 대신할 자가 이곳에 꽤 여럿 있습니다. 그리고 저들에 대해서도 잘 살펴보겠습니다. 염려하지 마십시오."

"그럼 됐소. 이제 우리는 제주를 들렀다가 당나라의 도성으로 갈 것이요. 홍석훈 함장이 오면 그렇게 이르고, 이번 돌궐 침입으로 임유관에 신기전이 부족하다는 말을 전하면 알아서 하실 것이요."

"알겠습니다."

그렇게 일일이 지시를 하고난 조영호는 상군과 이원길을 태우고 제주로 날아갔다. 벌써 성루에는 배달국 국기가 꽂혀 있었고, 군사들도 생기가 돈다는 느낌이 들 정도로 단 하루 사이에 분위기부터가 달라져 있었다.

조영호는 데리고 간 상군 소령에게 부사령관을 맡기면서 제주 방위사령관인 소중덕을 잘 보좌하라고 일렀다.

그런 다음 장수들에게 이원길을 데리고 장안으로 가서는 어떻게 넘겨주면 좋을지에 대해 의견을 물었다. 여러 가지 분분한 의견이 오갔지만 쓸 만한 것은 두 가지 의견이었다.

당나라 제왕인 이원길이 배달국 땅인 청주를 두 번씩이나 공격했으니, 그 보복으로 일단 당나라 도성을 한 번 공격하고 나서 대화를 시작하자는 것이 이정의 의견이었다. 그리고 협상을 요구하는 두루미리를 성안에 떨어뜨려서 협상단을 성 밖으로 끌어내자는 제안은 약덕이 냈다.

결국 조영호는 두 의견을 채택했다.

약덕이 쓴 두루마리를 품에 넣은 조영호는 이원길을 싣고 가다가 장안 근처 한적한 곳에 2대의 비조기를 착륙시켜 일단 연료를 채웠다. 제주와 장안까지 왕복하기에는 1회 충전만으로는 연료가 부족했기 때문이었다.

연료 충전을 끝내고 이륙한 2대의 비조기는 장안성으로 날아갔다.

도성은 가로, 세로가 각각 10킬로미터에 달해 어디가 어딘지 구분하기가 쉽질 않았지만, 이정의 안내에 따라 황제가 있다는 궁전으로 날아갔다.

궁전은 대흥궁과 동궁, 액정궁 등 여러 개의 궁궐이 첩첩이 배치되어 그곳만으로도 보통 넓은 면적이 아니었다.

황제가 있는 대흥궁과 동궁을 집중적으로 공격하기로 결정한 조영호는 일단 최루탄과 연막탄으로 그들을 밖으로 끌어내기로 했다.

평소에 태황제인 진봉민이 인류의 문화재가 될 곳은 파손되지 않게 주의하라는 명이 있었고 어차피 경고를 하기 위한 공격이었기 때문이다.

요란한 비조기 소리에 사람들이 건물에서 나와 하늘을 올려다보고 있을 때, '펑! 펑!' 소리를 내며 건물 안으로 최루탄과 연막탄이 쏘아져 들어갔다.

20여 분에 걸친 공격을 끝내고, 공격 중지 명령을 내리려는 바로 그 순간 커다란 화살들이 비조기를 향해 날아오기 시작했다. 바로 노포에서 쏘아지고 있는 화살이었다.

물론 큰 위협은 되지 않았지만, 괘씸하다는 생각이 든 조영호는 그것들이 발사되고 있는 성벽 위를 공격하기 시작했다.

10여 분간에 걸친 공격으로 노포를 쏘던 군사들이 모두 사라진 것을 확인한 조영호와 이일구는 공격을 멈추고 다시 대흥궁으로 날아갔다.

널찍한 궁전 마당에 두루마리를 떨어뜨리고 난 조영호는 궁전에서 직접 연결되는 성문인 현무문 밖에 비조기를 착륙시켰다.

그러나 30분을 기다려도 성안에서는 별 무소식이었다. 이일구가 참지 못하고 다시 공격을 하자는 의견에 따라 재차 공격을 시작했다.

공격용 비조기를 조종하고 있던 조영호가 수송용 비조기의 공격 움직임을 쳐다보니, 이일구가 꽤나 화가 났는지 폭탄을 수시로 떨어뜨리며 과하다 싶을 정도의 공격을 가하고 있었다.

그렇게 가져왔던 탄약을 3분지 2쯤 소비했을 때, 철수 명령을 내린 조영호는 다시 비조기를 현무문 밖에 착륙시켰다. 그때서야 성문이 열리고, 흰색 깃발을 든 10여 명의 관리와 장수들이 비조기 앞으로 다가왔다.

특전군들이 바짝 긴장한 채, 기관총을 겨누고 있었고, 이일구는 여차하면 이륙할 수 있도록 비조기의 시동을 걸어 놓고 있었다.

황색 옷을 치렁치렁 걸치고 있는 20대 남자가 한쪽 구석에 잡혀 있는 이원길을 발견하고는 안색이 변하며 대뜸 입을 열었다.

"그대들은 누군데 감히 당국의 도성을 공격하는 것인가?"

조영호는 자신의 귀를 의심하면서 약덕을 쳐다봤다.

"약덕 대령! 저지의 말을 그대로 통역하고 있는 것이요?"

"예, 총사 전하!"

대답을 듣자마자 조영호가 호통을 내질렀다.

"네 이놈! 아직도 정신을 못 차린 것이냐? 어느 안전이라고 '감히'라는 말을 입에 담는 것이냐?"

그 말이 통역되자마자, 갑자기 황색 옷차림의 남자 곁에 서 있던 장수의 입에서 고함이 터져 나왔다.

"이 노옴! 무엄하다."

소리를 지른 그는 험악한 표정을 지으며 허리에 차고 있던 칼을 뽑았다.

그 순간 '탕! 탕!' 하는 소리와 동시에 그자는 머리에서 피를 튀기며 풀썩 쓰러졌다. 그때서야 황색 옷을 걸치고 있는 자가 목숨이 위태로운 상황이라는 것을 깨달았는지 가늘게 몸을 떨면서 공손해진 말투로 물었다.

"나는 당나라 세자인 이건성이요. 귀인은 누구신데 협상하러 나온 사신을 해치신다는 말씀이요?"

그 말을 받아 약덕이 먼저 대꾸를 했다.

"사신으로 온 자라면 사신답게 행동해야지 병장기를 먼저 뽑지 않았는가?"

"……그런 이유라면 우리의 실책이니 할 말은 없소."

약덕은 자신이 나눈 대화 내용을 조영호에게 말해 주었다.

조영호는 잠시 생각하더니 약덕에게 지시를 내렸다.

"약덕 대령, 지금부터 귀장이 나서서 협상을 하시오. 이원길을 돌려주는 대신에 방현령, 두여회, 위징, 우세남, 공영달을 보내라고 요구하시오. 다음으로는 항주에서 돈황까지의 경계에 장성 쌓는 일을 내년부터 시작하라고 하시오. 물론 우리가 사용할 수 있는 구조로 만들어야 할 것이요. 마지막으로 청주를 두 번씩이나 공격했던 보상을 요구하시오."

조영호는 말을 하면서도 무리한 요구이겠다 싶었지만, 오히려 약덕은 외교를 해 봐서 그런지 전혀 서두르지 않고 차분하게 협상을 진행해 나갔다. 그는 힘이 바로 외교라는 기본 이치를 터득하고 있었기 때문이다.

당나라 태자인 이건성 쪽에서는 황제의 지시를 받으려는 듯이 수시로 황궁을 드나들며 협상에 임하고 있었다.

약덕은 마지막 요구 사항인 청주 공격의 대가에 대해서 강철에게 물었다.

"총사 전하! 장성을 쌓는 것은 앞으로 삼 년 후부터 시작하겠다고 합니다. 그리고 두 번에 걸친 청주 공격에 대한 보상은 무엇이 좋겠습니까?"

그 말을 들은 조영호는 빙긋이 미소를 머금으며 대답을 했다.

"신기전을 만드는 대나무인 조릿대와 철괴, 목화가 좋겠소."

"알겠습니다."

다시 협상은 시작되었고, 거의 3시간에 걸친 협상 끝에 이원길을 풀어 주는 대신에 다섯 명의 신하를 보내 주기로 했고, 장성을 쌓는 것은 저들이 원하는 대로 3년 후부터 시작하는 것으로 양보를 했다.

마지막으로 청주 공격에 대한 보상으로는 조릿대 1백만 개와 목화 5만 근, 그리고 철괴 10만 근을 내놓겠다고 했다. 입이 떡 벌어질 만한 물량이었지만, 조영호는 미심쩍은 표정으로 약덕에게 물었다.

"약덕 대령, 저들이 순순히 우리 요구에 응하는 것이 수상하지 않소? 아무래도 무슨 꿍꿍이가 있는 것 같은데……."

"총사 전하, 협상을 하는 소장도 의심스러워 저들의 의도를 파악해 봤습니다. 이유는 저들이 아직도 나라를 완전히 평정하지 못해서 우리까지 적으로 돌릴 여력이 없기 때문으로 보입니다."

"음…… 일리는 있소만! 그럼, 협상에 대한 이행은 어떻게 하는 것이요?"

"예, 다섯 사람 중에 외지에 나가 있는 우세남은 석 달 내로, 나머지 네 사람은 보름 내로 제주로 보내겠답니다. 그리고 조릿대 등은 앞으로 여섯 달에 걸쳐 내주로 가져오겠다고 했습니다."

"그럼, 이원길은 언제 넘겨주기로 했소?"

"보름 후에 네 사람이 오면 내주마고 했습니다. 나머지 약조에 대해서도 약속 날짜를 하루라도 넘기면 배달국을 기만한 것으로 간주하겠다고 했습니다. 이 정도면 승낙해도 괜찮지 않겠습니까?"

"좋소! 황제의 수결(手決)과 옥쇄를 찍은 약조 문서를 가져오게 하시오."

"당연하신 말씀입니다."

이렇게 되어 훗날 '장안약조' 라고 이름이 붙여진 당나라 고조 황제의 약조 문서를 받아 낸 조영호는 비조기에 올라 제주로 돌아왔다.

협상 내용을 모두 들은 배달국 장수들 중에서는 이일구가 제일 기뻐했다. 그는 협상이 진행되는 동안 비조기 조종석에 대기하고 있었기 때문에 돌아와서야 그 내용을 알았기 때문이었다.

다른 장수들은 황자와 방현령 등을 왜 교환하는지조차 이해를 하지 못했다. 그것은 태황제나 강철에게서 당나라에 있는 방현령과 두여회, 위징 등을 꼭 배달국 신하로 만들어야 한다는 말을 들었던 사람만 이해를 하는 내용이었다.

이일구가 협상을 맡았던 약덕을 쳐다보며 입을 열었다.

"약덕 대령, 수고하셨소. 폐하께서 크게 기뻐하실 것이요."

"감사합니다, 전하! 그렇게 말씀하시니 소장이 소임을 다한 것 같습니다."

"하하하! 다하다 뿐이겠소? 아주 큰 공을 세우셨소."

이일구가 입에 침이 마르도록 칭찬을 거듭하자, 약덕은 오랜만에 나라에 큰일을 한 것 같아 뿌듯한 마음이 들었다.

조영호도 기쁘기는 마찬가지였다. 이제 약조대로만 된다면 당분간 당나라 쪽은 걱정을 안 해도 될 일이었다. 그런 생각을 하던 조영호는 내일 태원으로 출발하겠다고 말을 하고는 그에 앞서 잠시 홍석훈을 만나 보고 가겠다며 공격용 비조기를 조종해 내주로 향했다.

마침 무적함이 내주 앞바다에 도착해 있었고, 홍석훈을 만난 조영호는 북방 보급기지인 임유관으로 신기전을 수송해 놓으라는 말과 함께 당고조의 옥쇄가 찍힌 약조 문서를 내놓았다.

"이것을 태황제 폐하께 올려 주시오."

약조 내용을 알게 된 홍석훈은 입이 함박만해졌다.

"허허! 참으로 대단하십니다. 그렇지 않아도 설만철 중위를 얻어 주셔서 감사하다는 말씀을 드리려 했는데, 총사께서 또 큰일을 해내셨습니다."

조영호가 겸연쩍어 하면서 대꾸를 했다.

"하하! 이미 총리대신께서 해 놓으신 일에 양념을 좀 친 건데요. 뭘……? 그런데 설 중위 때문에 감사하다니요?"

그러자 주위를 슬쩍 둘러보고는 낮은 목소리로 대꾸를 했다.

"역사에서 보면 당태종이 고구려를 쳐들어올 때 그자가 당나라 수군 삼만을 지휘했던 장수였습니다."

"아하! 그래요? 그거 잘됐군요. 이곳 군항을 만들라고 지휘를 맡겼는데, 하는 것을 봐서 수군 장수로 크게 키워 보시지요?"

"그렇지 않아도 그럴 생각입니다. 하하하!"

"하하! 저는 내일 태원으로 갈 생각입니다. 그곳 상황을 살펴보고 나서, 유주로 쳐들어왔던 돌궐족의 본거지라는 정양을 공략해 볼 계획입니다."

"알겠습니다, 총사! 소장이 지금까지의 상황을 본국에 전하겠습니다."

"부탁드리겠소."

이렇게 홍석훈과 대화를 끝낸 조영호는 비조기에 탄약을 듬뿍 실어 가지고 제주로 돌아왔다. 그런데 그곳에는 인근에 있는 평원군과 무안군, 발해군의 태수들이 많은 공물을 가지고 찾아와 있었다. 그들은 제왕인 이원길이 봉토로 받았던 지역을 다스리는 태수들이었다. 그런데 배달국이라는 나라에 제주가 함락되고 이원길마저 포로가 됐다는 소문을 듣고는 행여나 태수 벼슬에서 떨려 날까 조바심에 찾아온 길이었다.

조영호는 그들을 안심시킬 필요성을 느끼고는 입을 열었다.

"이제부터 항주와 돈황 동쪽은 모두 배달국에서 다스릴 것이요. 그대들이 그동안 백성들을 잘 다스려 왔다면 태수 직을 유지할 수 있게 될 것이요."

일말의 희망을 발견한 태수들은 호들갑스럽게 아양을 떨어 댔다.

"지당하신 분부시옵니다. 소인들이야 오직 백성들을 위해 사는 것입죠. 믿어 보시옵소서. 헤헤헤!"

갑자기 그들의 하는 꼬락서니가 꼴 보기 싫어진 조영호는 소중덕에게 그들을 인계했다.

"소 장군, 이들이 다스리고 있는 지역 정보나 자세히 알아 놓으시오. 당분간이겠지만 어차피 저들도 이곳에서 관리를 해야 할 테니……."

"알겠습니다, 전하! 안으로 들어가 쉬시지요?"

고맙다는 표정으로 자리에서 일어난 조영호는 자신이 가끔씩 사용하는 숙소로 들어갔다. 왕이 거주하던 곳이니만치 잘 꾸며진 정원과 실내장식들이 한껏 고급스러운 분위기를 풍기고 있었다.

방으로 들어간 조영호는 침상에 몸을 던졌다. 오늘따라 도성에 두고 온 아내가 사무치게 그리워지는 것은 깊어 가는 가을 탓이라고 생각했다. 게다가 얼마 전에 출산한 귀여운 딸의 꼬물거리던 모습이 눈에 선했다.

북방 공격이 시작된 이후, 한 달에 한 번 열리는 천족장군회의에 참석하기 위해 도성으로 돌아가는 날을 제외하고는 낯선 대륙 땅에서 오늘처럼 홍룡군포도 벗지 못하고 잠을 이루는 날이 부지기수였다.

이제 중원 땅에도 배달국 이름을 모르는 자가 별로 없을 정도가 되었지만, 곧 일할 사람이 부족하게 될 거라는 태황제의 말이 이렇게 빨리 현실로 닥쳐올 줄은 생각지도 못했다.

당장 지금 대청에 와 있는 태수라는 작자들도 하는 짓거리를 보면 틀림없이 백성들의 고혈을 빠는 자들임이 분명했다. 마음 같아서는 당장이라도 갈아치우고 싶지만 그 자리를 채울 사람이 없는 데야 도리가 없었다.

그런 데다가 이번에 떠나올 때, 태황제는 이민족들에게 한글을 배우게 하는 것을 제외하고는 스스로 통치하게 자치권까지 주라고 명하지 않았던가!

그런저런 생각으로 엎치락뒤치락거리며 잠을 이루지 못하던 그는 밤이 깊어서야 간신이 눈을 붙였다.

이튿날 2대의 비조기는 계획대로 제주를 출발해 태원에 도착했다. 지상군 사령관인 강이식과 기병사령관인 연개소문, 화포대장인 조미저리가 조영호 일행을 반갑게 맞이했다.

치소 안으로 들어간 조영호는 우선 연개소문을 육군중장에, 조미저리를 육군 중령에 승진시킨다는 태황제의 명을 전한 다음 자리에 앉았다. 그러고는 지난 초하루에 있었던 태황제의 조칙이 적힌 두루마리를 강이식에게 건네주었다.

강이식은 두 손으로 공손히 받은 다음, 조심스럽게 펼쳐 읽어 내려갔다.

"천족장군들께서 모두 전하가 되셨군요! 하마터면 소장이 총사 전하께 결례를 할 뻔했습니다. 경하드립니다."

"고맙소."

대답을 하면서 조영호는 함께 온 이정 소장을 그들에게 소개하면서 이곳의 방위사령관을 맡게 될 것이라고 말해 주었다.

서로 간에 반가운 인사가 교환되고 나자, 강이식이 먼저 그동안 있었던 일들을 보고하기 시작했다. 자신들이 이곳 태원을 공격할 때 신기전 화포의 위력을 보고 소문이 나서인지 그동안 특별히 도발해 오는 무리들은 없었지만, 앞으로 이곳도 수비하기가 쉽지는 않을 것이라고 예측했다.

"고 사령관의 예측이 맞소. 그래서 여기서 가까운 정양이 돌궐 근거지라고 하기에, 이번 기회에 그곳을 초토화시켜 볼 생각이오."

그렇게 결론부터 말한 조영호는 7만이 넘는 돌궐군이 유주로 쳐들어왔지만, 양만춘 장군이 고군분투하며 성을 무사히 지켜 냈다고 말해 주었다.

그 말을 들은 연개소문이 크게 놀라면서 물었다.

"양만춘 대령이 장군이 됐습니까?"

"그렇소. 대령으로 승진한 지가 이 년이 채 안 됐는데도 폐하께서 극구 장군으로 승진시키라고 명하시더니, 역시 이번에 보니 장군감으로 전혀 손색이 없었소. 열흘을 신기전으로 막아 내다가 신기전이 다 떨어지고 나서도 대군을 상대로 닷새나 더 버텼으니 하는 말이요."

"그거야 앞일을 훤히 꿰뚫고 계시는 폐하께서 그렇게 명하셨다면 다 이유가 있는 것이 아니겠습니까? 서로 멀리 있다 보니, 축하를 못해 주는 것이 아쉽습니다만, 참으로 잘됐습니다."

"하하하! 그렇소?"

"예!"

"강이식 사령관! 지상군은 이곳에서 이번 겨울을 난 다음 내년 봄에 다시 진격을 하도록 합시다. 그동안 이곳 방위사령관이 된 이정 장군과 함께 군사들을 조련해 주시오."

"알겠습니다, 전하! 그런데 정양을 공격하신다고 하셨는데 무슨 복안이라도 있으십니까?"

"복안이랄 것이 뭐 있겠소? 지상군이 함께 가는 것도 아니고, 비조기만 가서 공격하고 올 것이요."

"그렇다면 그들이 왜 공격을 당하는지 알려 줘야 그들도 앞으로 어떻게 처신해야 할지를 깨닫지 않겠습니까?"

옆에 앉아 있던 연개소문도 같은 의견을 말했다.

"그것은 강이식 사령관의 말씀이 맞는 것 같습니다. 원래 돌궐은 고구려와도 가깝게 지냈었습니다. 그들에게 알아듣게끔 얘기하면 앞으로 함부로 행동하는 일은 없을 것입니다."

조영호가 고개를 흔들며 심각한 얼굴이 되었다.

"본장이 하늘에 있을 때를 생각해 보면 꼭 그렇지는 않소. 먼 훗날에 일어났던 일이지만 그들이 우리 삼한 땅뿐만 아니라 이곳 중원과 서쪽 수만 리를 정복했던 적이 있소."

조영호의 말에 모두 귀를 세웠다. 특히 그중에서도 약덕의 통역으로 조영호가 말하는 내용을 듣고 있던 이정은 더욱 그랬다.

"전하! 그렇다면 초원에 뿔뿔이 흩어져 사는 유목민에 불과한 그들이 중원 땅 모두를 수중에 넣었었다는 말씀이옵니까?"

이정이 놀란 표정으로 묻는 말에 조영호가 고개를 끄덕였다.

"그렇소! 우리 천족장군들이 하늘에서 내려오지 않았다면 훗날에 그런 시절이 분명히 있었을 것이요. 물론 이제는 그렇게 되지 않을 것이요. 더 이상은 천기이기 때문에 말씀드릴 수가 없소."

이정은 처음 듣는 말들이었기 때문에 계속 듣고 싶었지만, 천기라고 하면서 더 이상 조영호가 말을 하지 않자 실망한 빛이 어렸다.

"외람되지만, 한마디만 더 여쭙겠습니다. 그렇다면 훗날을 위해서 그들을 멸족시켜야 옳지 않겠사옵니까?"

"그건 안 될 말이요! 태황제 폐하께서는 모든 종족들이 평화롭게 살아가기를 바라고 계시오. 심지어 군사를 많이 양성하는 것을 제외하고는 그들이 어디에 살든 스스로 선택할 수 있게 하라는 명이셨소."

"그러면 그들이 중원 땅에 들어와 살아도 괜찮다는 말씀이옵니까?"

"당연하오. 그들도 폐하의 백성인데 왜 차별을 두겠소? 그들이 원하면 벼슬도 내리고 스스로 자기 종족도 다스리게 할 거요."

"……!"

장수들은 하나같이 놀라고 있었다. 여태까지 타 종족에 대해서는 오랑캐라고 하여 괄시하거나 배타적으로 대하는 것이 당연한 것처럼 받아들여져 왔는데, 태황제께서는 전혀 차별을 두지 않겠다는 것이다.

그들이 모두 의아스러운 표정을 짓고 있자, 조영호가 말을 이었다.

"제장들도 이제부터 우리 배달국에 순응하는 자들에 대해서는 어느 종족이든지 싱권하지 말고 우리 백성으로 공평하게 대우해야 할 것이요."

"알겠습니다."

대답을 듣고 난 조영호는 다시 정양 공격에 대한 의논을 시작했다.

오랫동안 숙의를 거친 결과 장안에서 썼던 방법을 다시 써 보자는 이정의 제안을 수용했다.

“일단 그들과 대화를 나눠 봅시다. 그런데 통역을 할 사람은 있소?”

“예, 우리 군사들 중에 돌궐 출신이 여럿 있습니다.”

조영호는 만족스러웠다.

“그렇다면 다행이요. 그들 중에 우리말과 돌궐 말을 잘하는 군사 두 사람을 데려가도록 하겠소.”

“알겠습니다. 준비를 시키겠습니다.”

· 이렇게 결정한 조영호는 이튿날 아침 일찍 정양으로 향했다. 거리는 얼마 되지 않았지만, 좌측에는 여양산맥이 뻗어 있고, 우측은 태행산맥이 거칠게 펼쳐져 있었다.

2대의 비조기가 높고 험한 산줄기 사이에 나 있는 협곡의 거센 바람을 맞으며 비행하는 것도 결코 쉬운 일이 아니었다. 이런 정도이니 저들이 말썽을 피울 때마다 번번이 군사로 정벌한다는 것도 쉽지 않겠다는 생각을 하면서 간신히 목적지 상공에 도착했다.

끝없이 펼쳐진 초원 위에 게르라고 부르는 유목민들의 가옥들이 드문드문 있었고, 멀리에는 이곳과는 어울리지 않아 보이는 작은 성이 하나 덩그마니 있었다. 통역하는 군사가 그곳을 가리키며 칸(可汗)이 사는 궁성이라고 말했다.

성벽이 둘러쳐진 상공에 도착한 2대의 비조기는 돌궐족의 칸이 있을 만한 건물부터 차례로 공격을 시작했다. 원래 그리 크지 않은 성인 데다가 칸이나 벼슬아치들이 사용할 만한 건물 역시도 많지 않았기 때문에 공격하기는 쉬웠다.

뭔 일인지도 모르고 공격을 당하고 있는 그들은 어찌할 바를 모르고 속수무책으로 당하고 있었다. 그런데다가 수송용 비조기를 조종하는 이일구는 지난번 양만춘이 지키고 있는 유주를 공격해 왔던 것에 아직도 화가 풀리지 않았는지 그들을 향해 폭탄까지 투하하고 있었다.

30여 분에 걸친 공격 끝에 조영호는 준비했던 두루마리를 떨어뜨려 놓고는 장안에서처럼 성문 밖에 멀찍이 비조기를 착륙시켰다.

돌궐족의 성격 탓인지 성안에서의 행동은 빨랐다. 성문이 열리고 털이 붙어 있는 가죽옷에 채두 변발을 한 남자들 20여 명이 말에 올라 흰색 깃발을 휘날리며 조영호 쪽으로 오고 있었다.

이윽고 50미터쯤 떨어진 곳에서 말을 세운 그들은 홍룡군포 차림의 조영호 앞으로 걸어와서 먼저 말을 건넸다.

그중에서 제일 옷차림이 예사롭지 않은 자였다.

"네놈들은 누구기에 우리를 공격하는 것인가?"

"내가 누구인가 밝히기 전에 네놈이 먼저 누구인지를 밝혀야 하지 않느냐?"

조영호의 말이 통역되자, 그가 말을 했다.

"나는 돌궐의 대왕인 출로 대칸이다."

"나는 시피 칸을 보기 위해 왔다."

출로 대칸은 용맹을 과시하듯 자기 가슴을 두 번이나 치면서 대꾸를 했다.

"나의 형님인 시피 대칸은 올봄에 돌아가시고, 내가 대칸이 되었다."

그의 건방진 모습에 은근히 울화가 치밀어 고함을 치려던 조영호는 문득 태황제가 몽고인들도 하늘을 숭배한다고 했던 말이 생각났다.

조영호는 마음을 누그러뜨리며 하늘을 가리켰다.

"오! 그런가? 나는 저 하늘에서 내려온 천족장군이다."

그 말이 통역되자 갑자기 놀란 토끼눈이 된 출로라는 자가 조심스럽게 되물었다.

"정녕, 텡그리(天)에서 오신 장수가 맞소?"

조영호는 스스로 말하려니, 낯간지럽다는 생각이 들어 옆에 서 있던 약덕에게 대신 설명을 해 주라고 지시를 했다.

'예!' 하고 대답을 한 약덕은 장황하게 설명을 늘어놓고 있었다. 통역을 중간에 세우고 대화를 나누니, 시간이 많이 걸릴 수밖에 없었다.

얼마 후, 출로 대칸이라는 자와 동행들이 스르르 무릎을 꿇었다. 그동안 약덕에게 통역을 해 주던 군사가 이번에는 조영호에게 말했다.

"대칸은 총사님을 천장(天將)이라고 부르고 있습니다. 그리고 자신에게 무엇을 원하고 계신지 말해 달라고 합니다."

하늘이라는 말이 이렇게 효과가 클 줄 몰랐던 조영호는 비로소 굳었던 얼굴을 펴면서 대꾸를 했다.

"음, 앞으로 너희들은 모두 텡그리의 나라인 배달국의 백성들로 살아야 한다. 그것이 텡그리의 뜻이다. 또한 너희들이 하는 일은 낙타를 기르고 말과 양을 치는 것이 아닌가? 그러니 돈황과 항주 동쪽에 있는 초원이라면 어느 곳이건 가축들을 데려가서 길러도 좋다. 다만, 본장이 원하는 거라면 텡그리의 말인 한글을 배워야 한다는 것이다."

"풀밭이 있는 곳이라면 중원 어디든 가도 된다는 말씀이옵니까?"

"물론이다. 너희 욕심만 생각하지 말고, 다른 백성들에게 피해가 되지 않도록 행동한다면 무엇이 문제가 되겠는가? 지난번에 유주로 쳐들어온 너의 장졸들은 본장이 혼을 내서 돌려보냈다. 그중에 고개도란 자는 너의 군사를 빌어 자신의 욕심을 채우려는 교활한 자이니 알아서 처리하라."

"분부 명심하겠사옵니다. 그자의 목을 베어 수급을 보내겠사옵니다."

일이 너무 쉽게 풀리자, 조영호는 안도를 하면서도 한편으로는 무엇인가 불안하다는 생각도 지울 수가 없었다.

"본장의 말을 따르겠다니 일단 그대를 믿어 보겠소. 그러면 배달국 태황제 폐하를 대신해 그대를 배달국 육군 소장에 임명하고, 이곳의 방위사령관을 맡기겠소. 지금처럼 이곳 백성을 다스리도록 하시오. 별도로 전할 말이 있으면 태원이나 산동에 있는 제주로 하시오."

원래 장군 임명은 태황제의 권한이지만, 그러자면 또 한참의 세월이 지나야 된다는 생각에 그렇게 한 것이었다.

"알겠사옵니다. 하온데 어째서 돈황과 항주 서쪽은 텡그리 신의 나라가 아니옵니까?"

조영호는 그 물음에는 마땅히 할 말이 없었지만, 그렇다고 대답을 해 주지 않을 수도 없는 노릇이었다.

"원래, 그곳도 배달국이 다스리려야 마땅하오. 그러나 그대들의 목숨이 소중하듯이 텡그리를 모르는 자들도 귀한 목숨들이오. 그래서 태황제 폐하께서는 그곳을 그들이 살아갈 땅으로 놔둔 것이오."

"이제야 알겠사옵니다."

이 순간에는 조영호도 몰랐다. 늦게 둔 아들이 효도한다는 사실을…….

그날 이후, 그들은 당나라나 토욕혼, 탕구르 등이 배달국의 국경을 넘나드는 일이 있으면 가차 없이 응징을 가하곤 했으니, 배달국에서는 대단한 효자를 얻은 셈이었다.

조영호는 그때서야 부드러운 어조로 말을 했다.

"이제 모두 일어나시오. 출로 장군! 혹시 본장이 도와줄 일은 없겠소?"

"한 가지 부탁이 있사옵니다. 제 동생인 힐리(詰利) 소칸을 태황제 폐하께 데려가 문후를 올리게 해 주실 수 있겠사옵니까?"

출로의 청을 들은 조영호는 잘못하면 인질이 되는 데도 자원해서 동생을 데려가라니 의외라고 생각했다.

"좋소! 본장이 지금 데려갈 것이니 준비하고 나오게 하시오."

"옛! 알겠사옵니다."

대답을 한 출로 대칸은 옆에 있던 젊은 사내에게 무엇인가를 지시했다. 그러자 젊은 사내는 자리에서 일어나 부리나케 말을 타고는 성으로 달려가는 것이었다. 틀림없이 먼 길을 떠날 준비를 하기 위해서 가는 것이 분명했다.

참으로 알쏭달쏭한 것이 세상일인지, 이렇게 출로 대칸의 제안으로 힐리 소칸이 배달국을 다녀가게 됨으로써 정양 지역이 확고하게 배달국의 영토가 되는 것은 물론, 돌궐족 역시 배달국의 백성이 된 것을 자랑스럽게 생각하게 되는 계기가 되었다.

왜냐하면 배달국의 문물을 눈으로 확인하고 나서 태황제가 하늘에서 왔다고 철석같이 믿게 된 힐리 소칸이 그 해 말에 죽는 출로 대칸의 뒤를 이어 돌궐족을 다스리는 대칸이 되기 때문이다.

조영호는 조영호 대로 통역을 위해서 따라왔던 두 군사들을 보면서 물었다.

"두 사람 중에 누가 이곳에 남아 한글을 가르치겠는가?"

그들은 한참을 망설이더니, 그중 1명이 자기가 남겠다고 말했다.

"소인이 남겠사옵니다. 그런데 언제 돌아갈 수 있는 것이옵니까?"

"두 해만 고생하면 다른 사람으로 바꿔 주겠다."

"알겠사옵니다."

출로가 성안으로 들어가서 대접을 하겠다는 것도 마다하고 조영호는 인질 아닌 인질까지 한 사람 데리고 태원으로 돌아왔다.

태원에 있던 강이식 등은 정양으로 출전했던 일행들이 돌아와 그동안 벌어졌던 일에 대해 설명을 해 주자 희색이 만면했다. 그중에는 태원 방위사령관인 이정이 가장 좋아했다.

대칸의 동생인 힐리 소칸을 모두에게 소개하고 난 조영호는 그들과 함께 늦은 점심을 뜨는 자리에서 당부를 했다.

"이제 날씨가 추워지고 있으니, 모두들 건강에 주의를 하시오. 본장은 산동에 있는 제주에 잠시 들렀다가 본국 도성을 다녀오겠소."

"알겠습니다. 중원으로는 언제쯤 돌아오실 예정이십니까?"

"태황제 폐하와 총리대신을 뵙고 나서, 열흘쯤 후에는 제주로 돌아와야 하오. 이원길을 돌려보내 주어야 하기 때문이요."

조영호는 제대로 손질도 못한 강이식의 턱수염을 보고는 가슴이 아려 왔다.

"강 사령관, 이제 웬만한 일은 연개소문 장군이나 이곳을 다스릴 이정 정군에게 맡기고 푹 좀 쉬어야겠소."

"총사 전하! 무슨 말씀이십니까? 소장에게 이곳에서 겨울을 나라고 하시니 오히려 좀이 쑤실 것 같습니다. 마음 같아서는 오늘이라도 다시 진격을 계속해서 하루빨리 대업을 완수하고 싶은 심정입니다."

"하하하! 지금도 그렇게 혈기가 넘치시니 든든합니다."

"총사께서는 모르시겠지만, 소장이 탁군(유주)을 점령하고 나서 얼마나 기뻤는지 아십니까? 이십 년 전에 소장이 점령했던 영주를 도로 내놓고, 군령에 따라 어쩔 수 없이 고구려 도성으로 돌아갈 때의 그 울분은 어느 누구도 헤아리지 못할 것입니다. 정말 땅을 치며 통곡하고 싶을 정도로……."

그때를 생각하면 아직도 아쉬움이 남는지 말을 잇지 못했다.

"음……."

"그런데 작년 봄에 영주를 지나 탁군까지 진격하는 것으로 되어 있는 중원 정벌 계획서를 보고 소장은 피가 끓어올랐습니다. 그렇게 시작된 중원 정벌에서 우리 북방공격군이 드디어 탁군을 점령하고 날아갈 것 같은 기분에 젖어 있던 소장에게 총사께서는 계획에도 없던 상곡군과 박릉군으로 계속 진격하라는 군명을 내리시지 않았습니까?"

"하하하! 그랬소?"

"예, 그러셨습니다. 물론 지엄하신 태황제 폐하와 함께 하늘에서 내려오신 총사이시지만, 폐하께서 승인도 하시기 전에 우리와 군략을 의논하시자마자 출정 명령을 내리시는 용단에 감탄을 했던 것입니다."

강이식의 말이 끝나자, 옆자리에 앉았던 연개소문이 말을 덧붙였다.

"소장 역시 본국에서 총사의 진격 결정을 용납하지 않으실 줄 알았습니다. 사실, 그때는 성을 취해도 그곳을 지키게 할 군사가 없는 실정이었으니, 그렇게 결정하더라도 당연하게 받아들였을 것입니다."

그 말에 이일구가 손사래를 치면서 대꾸를 했다.

"그것은 다들 몰라서 하시는 말씀이요. 폐하께서는 우리 천족장군들이 내린 결정은 폐하께서 내리신 결정으로 여기신다는 것이요. 그런 데다가 군사 부문에 있어서는 총리대신과 우수기 사령관 그리고 이 자리에 계신 총사께서 대부분 결정하신다는 사실을 아셔야 하오. 특히 총사가 지휘하는 특전군은 병장기도 하늘에서 가져온 것이고 전력도 일당천이요."

공중침투 특전대장 설계두도 덩달아 한마디 거들었다

"그 말씀은 맞는 말씀입니다. 우리 배달국의 특전군과, 육군, 수군 각 일천 명씩만 가지면 웬만한 나라쯤은 가볍게 무너뜨릴 수 있다고 자신합니다."

조영호가 웃으며 핀잔을 줬다.

"하하하! 설 대장 말대로 나라를 무너뜨리기는 쉽소. 그러나 폐하께서는 다른 나라를 무너뜨리는 것이 중요하다고 생각하지 않소. 나라를 무너뜨리고 나서 그 백성들을 얼마나 잘살 수 있게 만드느냐를 먼저 생각하시기 때문이요."

통역을 통해서 대화 내용을 듣고 있는 이정과 돌궐 소칸인 힐리는 들을수록 놀랍고 이해가 안 되는 부분도 많았다. 다른 나라를 무너뜨릴 수도 있는데 그것이 중요하지 않다니 그들로서는 말도 안 되는 소리였다.

참다못한 힐리가 조심스럽게 물었다.

"총사 전하, 그렇다면 우리 돌궐에 대해서도 폐하께서 그렇게 생각하실지가 궁금하옵니다."

그 말에 대한 대답은 홍룡군포 차림인 이휘조가 했다.

"힐리 소칸! 그것은 본장이 장담하겠소. 오히려 척박한 오지에 살기 때문에 폐하께서는 다른 백성보다 더 걱정을 하실 거요."

"예……."

자꾸 얘기가 길어지는 것을 본 조영호가 자리에서 일어나며 입을 열었다.

"자! 이제 떠나야겠소. 강 사령관 두 명의 통역 군사 중에 하나는 정양에서 한글을 가르치라고 두고 왔소. 그리고 저 군사는 힐리 소칸이 정양으로 돌아갈 때까지 소칸의 부관으로 쓰도록 하겠소. 도성에서도 필요할지 모르니 기왕이면 한 사람 더 붙여 주면 좋겠소."

"알겠습니다."

이렇게 조영호는 비조기에 올랐다.

2대의 비조기가 멀어져 가는 것을 바라보는 강이식의 눈에는 필설로는 형용할 수 없는 신뢰와 존경의 빛이 어리고 있었다.

세월은 흘러 그로부터 20년 후인 천명 25년(서기 640년) 9월 초하루가 되었다. 그동안 배달국은 도성을 북부 중원인 유주로 옮긴 다음 그곳을 천경(天京)이라고 불렀다. 쉽게 말해 현대에서는 중국의 수도가 되어 있는 북경(北京)이 바로 그곳이다.

배달국이 도성을 평양이나 영주로 옮기는 것을 검토하다가 그곳으로 결정하게 된 데는 수양제가 만들어 놓은 대운하 때문이었다. 그곳에 있는 수로(水路)를 이용하여 배달국 각지로 사람과 물자가 이동하기 편하다는 점이 도성으로 결정된 가장 큰 이유였다.

천경은 대운하 외에도 동쪽과 남쪽에 끝없이 펼쳐진 비옥한 화북평원과 서쪽에는 태행산맥, 북쪽에는 연산산맥이 병풍처럼 버티고 있는 땅이었다.

그곳에 들어서 있는 장엄한 천명궁(天命宮)! 장장 12년이라는 긴 세월 동안 조성된 궁궐은 당나라 궁궐인 장안궁이 조족지혈로 보일 만큼 웅장했고, 잘 짜인 건축 계획에 따라 세워졌다. 당초에는 궁궐을 이토록 웅장하게 세울 계획은 없었다.

배달국에서는 도성을 유주로 옮기겠다는 포고를 전국에 알리기 위해 방을 내붙였다. 뒤이어 태황제께서 백성들이 힘들어하지 않도록 궁궐을 자그마하게 지으라는 분부를 내리셨다는 사실도 풍문으로 전해졌다.

발 없는 말이 천리를 간다고 했던가? 이 소문은 바다를 건너와 중원 땅 중에서는 배달국이 가장 먼저 다스리기 시작했던 산동 지방에도 퍼졌다. 원래 산동 사람들은 학문이 높은 자들이 많고, 자존심이 강하기로는 둘째가라면 서러워하는 특성이 있었다. 그런 데다가 백성들 사이에서는 배달국이 당나라보다 더 살기가 좋다는 말이 나돌기 시작할 때였으니 더욱 자존심이 높아질 수밖에 없었다.

내주 나루터 선창가에서는 비단옷 차림의 남자들이 대화를 나누고 있었다.

"왕 대인, 혹시 왕 대인도 소문을 들으셨소?"

"소문이라뇨? 장 대인, 무슨 소문을 말씀하시는 게요?"

"아, 글쎄 폐하께서 백성들이 힘들어할까 봐 궁궐을 코딱지만하게 짓는다질 않습니까? 말이야 바른 말이지, 항주에서 돈황까지의 항돈장성을 쌓고 있는 당나라 백성이 더 힘들지, 우리가 힘들 게 뭐가 있겠습니까?"

"장 대인, 그 얘기는 저도 들었소이다. 그래서 저는 곧 내주 방위사령관을 찾아뵐까 하던 중이었어요. 궁궐 짓는데 보태시라고 오천 냥을 준비해 놓기는 놨소이다."

"허어! 그러셨소? 그렇다면 진즉에 저한테도 귀띔을 해 주시지⋯⋯ 내주부로 가실 때 저와 함께 가십시다. 저도 한몫을 하겠소이다. 하늘에서 내려오신 분을 그렇게 누추한 곳에 거처하시게 하면 백성 된 자로서 하늘을 보기가 부끄러워질 것이외다."

"동감이요. 알겠소이다, 장 대인! 제가 갈 때 연락을 드리겠소."

적어도 당나라 궁궐보다는 크게 만들어야 한다고, 이렇게 궁궐 조성비용을 쾌척하는 자가 속출했다.

조정 내각에서는 물론 태황제도 어이가 없었다. 궁궐을 크게 짓건 작게 짓건 백성들이 감당해야 할 공역이기 때문에 불평이 나오게 마련인데 이건 오히려 작게 짓는다고 타박이니 웃기는 일이었다.

그렇다고 조정과 태황제를 하늘처럼 받들고 있는 삼한 땅에서 그런 일이 일어났다면 그나마 이해를 하겠지만, 다스린 지가 불과 3, 4년밖에 안 된 중원 땅에서 이런 일이 벌어지고 있으니 더욱 납득이 되질 않았던 것이다.

처음에는 몇몇 백성들이 즉흥적인 행동이려니 하고 넘어갔지만, 산동의 내주, 제주, 청주, 노주 등에서 도성으로 보내오고 있는 돈이 장난이 아니었다.

결국 태황제가 그들을 만나 보겠다고 산동 땅을 밟았다. 황궁을 크게 짓자고 처음 주청했던 30여 명의 백성들은 태황제가 자기들을 만나 보려고 일부러 바다를 건너왔다는 사실만으로도 황공한 일이었다.

그들은 내주 치소로 부름을 받았다. 황송한 마음으로 태황제를 뵙기 위해 치소 안으로 들어간 그들은 그 자리에서 졸도하지 않은 것이 다행일 지경이었다. 태황제가 앉아 있는 앞에 의자들이 마주 놓여 있고 거기에 자신들을 앉으라고 하지 않는가!

그들이 극구 부당함을 간해도 막무가내로 앉으라는 명에 마지못해 앉았지만 좌불안석인 것은 어쩔 수 없었다.

태황제가 먼저 입을 열었다.

"과인은 백성들이 힘들까 봐 궁을 작게 만들라고 명하였는데, 그대들이 극구 크게 만들기를 주청한다고 들었소."

"황공하옵니다."

"그런 데다가 그대들이 이미 많은 재화를 여러 주의 치소에 바쳐서 도성으로 보내왔기에 과인이 돌려주기 위해 다시 가져왔소. 그대들의 충성스러운 마음은 어여쁘지만, 과인은 정녕 백성들을 힘들게 하고 싶지 않소."

"폐하, 미천한 백성이 한마디 아뢰겠사옵니다. 부디 소인들을 불충한 백성으로 만들지 말아 주시기를 청하옵니다."

또 다른 백성 하나가 자리에서 일어나 입을 열었다.

"폐하! 외람된 말씀이오나, 폐하께서 내키지 않으시오면 차라리 소인들에게 맡겨 주시길 청하옵니다."

"……."

태황제가 노여움까지 나타내면서 아무리 거부를 해도 자기들이 맡아서 궁궐을 지어 보겠노라고 죽기로 청을 하는 것이었다.

결국 태황제는 백성들이 원한다면 큼지막하게 짓겠다고 허락을 하고야 말았고, 도성을 만드는 일이 급물살을 타기 시작했다. 우선 당나라 도성인 장안성(長安城)*을 만들었던 건축가인 유룡(劉龍)을 초빙하여 도성의 설계와 건축을 맡긴 것도 그들이었다.

이러한 소문은 꼬리를 물고 퍼졌다. 그러다 보니 노역을 부담하는 백성들도 자기 순서가 되면 빠지지 않는 것은 물론이고 꾀를 부리는 일도 없었다. 그 외에 도성 공사에 공이 큰 사람이 있다면 영주에서

* 장안성(長安城): 원래 축조한 당시(서기 582~584)인 수나라 때는 대흥성으로 불렸으나 당나라가 장안성으로 바꿈.

포로가 됐다가 임유관 군항 공사를 지휘했던 등고였다.

그는 각 군의 태수들에게 노역을 해야 할 백성들의 숫자를 배당하고, 그들의 뒷바라지까지 소홀히 하지 않았다. 3만 명의 각종 기술자와 연인원 1,500만 명의 노역 인부가 동원된 12년 동안의 대역사였다.

이렇게 백성들의 정성으로 만들어진 도성이 천경이었고, 그렇게 만들어진 궁전이 바로 천명궁이었다.

배달국의 도성이 천경으로 옮겨 온 지도 벌써 3년이 지나고 있었다. 지금 천명궁의 대전에서는 2년마다 개최되는 전국회의가 시작되려고 하는 중이었다. 그것은 배달국의 동맹국 왕이나 지방 총독들이 태황제에게 문안을 하고, 주요 문제에 대해 논의를 하기 위한 자리였다.

호화찬란한 금빛 단 위에 위엄을 갖추고 앉아 있는 황룡포 차림의 태황제가 아래를 굽어보면서 입을 열었다.

"궁부 대신, 총리대신은 어째서 아직 안 오시는 게요?"

"예, 폐하! 총리대신 전하께서는 지금 별실에서 동맹국인 토번(吐蕃: 티베트)의 송첸캄포 국왕과 고창국의 국문태 국왕을 만나고 계시옵니다."

태황제의 비서실장격인 궁청장의 직위는 궁부 대신으로 격상되어 있었다. 궁부 대신인 변품의 대답에 태황제는 미간을 찌푸리며 역정을 냈다.

"그 두 나라는 서로 티격태격한 지가 꽤 된 것으로 들었는데 지금도 여전히 그런 것이요?"

"예, 그런 줄로 아옵니다. 그래서 외교부 대신인 약덕 장군도 그 자리에 참석해서 함께 협의 중에 있사옵니다."

개국 초부터 오랫동안 외교를 맡아 왔던 알천은 지방 총독으로 나가고 지금은 장군으로 승진한 약덕이 외교를 총괄하고 있었다.

"우리 천명궁을 찾은 국빈들과 총독들을 밖에서 너무 오래 기다리게 하면 안 될 텐데……."

막 그 말이 끝났을 때, 홍룡포 차림의 강철이 들어왔다.

"폐하, 소신이 조금 늦었사옵니다."

"음, 알고 있소. 어서 자리로 들어가시오."

"예에!"

대답을 한 강철이 천족장군들이 모여 앉아 있는 좌석으로 가서 앉았다.

지금 대전 안에는 자리 배치가 예전과는 사뭇 달랐다. 단 위의 태황제를 중심으로 좌측 단 아래에는 홍룡포나 홍룡군포를 입은 천족장군들이 앉아 있었고, 우측에는 총장 계급의 조정 대신들이 앉아 있었다. 그리고 태황제 맞은편 멀찍한 곳에도 역시 많은 의자가 놓여 있었다. 태황제는 물론 조정 신료들도 모두 의자에 앉아서 회의를 하는 방식으로 변한 것이다.

"폐하, 이제 시작하겠사옵니다."

"그러시오."

태황제의 허락이 있자, 궁부 대신인 변품은 문밖을 향해 큰 소리로 외쳤다.

"입장식을 시작하겠소. 우선 천축(인도)의 하르샤 국왕 전하 입장하시오."

변품의 말이 떨어지기가 무섭게 노란색 터번을 두르고, 울긋불긋한 옷을 치렁치렁하게 입은 자가 들어와 무릎을 꿇었다.

"외방(外邦)의 소신 하르샤, 태황제 폐하께 문후를 올리옵니다."

"하르샤 국왕, 오랜만이요. 어서 자리에 가서 앉으시오."

"예, 황공하옵니다."

대답을 한 그가 정해진 자리로 들어간 것을 확인한 궁부 대신은 변품이 다시 말을 이었다.

"다음 진납(캄보디아) 바바바르만 국왕 전하 입장하시오."

더운 지방 사람이라 그런지 그는 얇은 옷감으로 만든 옷차림으로 들어와 역시 문후를 올렸다.

"다음은……."

궁부 대신은 계속해서 토번(티베트)의 송첸캄포 국왕과 고창국(투르키스탄)의 국문태 국왕, 참파(베트남)의 가려발마 국왕을 불러들였다. 그들이 바로 배달국과 동맹을 맺고 있는 나라의 국왕들이었다.

이어서 궁부 대신은 왜국이 있던 땅에 설치된 4개 총독부의 총독들을 비롯해 유구(오키나와), 대만, 한반도에 있는 평양과 서비, 탐라 등 60개 지역의 직할 총독들을 일일이 호명하여 대전 안으로 들어오게 했다. 그들의 숫자만 봐도 배달국의 영토가 얼마나 넓은지를 여실히 보여 주고 있었다.

중원의 절반과 한반도, 왜국, 타이완, 러시아의 일부가 배달국의 직할지였고, 그 외로 베트남과 캄보디아, 몽고, 파키스탄, 인도 지방에 위치한 나라들이 배달국을 맹주로 하는 동맹국이었다. 그들은 자치국이었지만, 중요한 사항은 배달국 태황제의 의견을 들어서 행하는 훗날 한글 문화권이라고 불리는 지역의 나라들인 것이다.

대전 안에는 본국 신료들과 총독 등 모두 200명이 넘는 사람들이 들어와 한자리씩 차지하고 앉아서 태황제의 말을 기다리고 있었다.

"여러분들을 오랜만에 뵙게 되어 반갑기가 그지없소. 과인이 천족장군들과 함께 하늘에서 내려와 나라를 연 지도 어느덧 이십오 년에 접어들었소. 그동안 우리 배달국의 이름이 저 멀리 유럽까지 알려질 만큼 대제국(大帝國)을 이룬 것은 모두 이 자리에 계신 여러 동맹국의 국왕과 직할지 총독들의 공이요. 과인은 늘 고맙게 생각하는 바이오."

태황제의 인사말이 끝나자, 왜국 땅이었던 본주도의 총독인 부여장이 자리에서 일어나 공손한 자세로 입을 열었다. 그의 머리는 어느새 하얗게 세었고, 얼굴에는 주름도 깊게 패여 세월의 연륜이 묻어나고 있었다.

"태황제 폐하! 그것은 모두 하늘에서 내려오신 폐하와 열네 분의 천족장군 전하 분들께서 이룩하신 대업이라고 생각하옵니다. 노신(老臣)은 이 땅에 〈신(神)의 나라〉라고 불리는 이런 대제국이 이루어진 것을 보고 눈을 감을 수 있다는 사실만으로도 크나큰 복으로 여기고 있사옵니다."

"사비왕! 그 무슨 참람한 말씀이요? 아직도 정정하신데 눈을 감다니요?"

부여장이 주름투성이의 얼굴에 애써 미소를 담고 대꾸를 했다. 그는 오래전에 왕으로 봉작되어 사비왕으로 불리고 있었다.

"아니옵니다, 폐하! 이 늙은 신하도 이제 갈 날이 얼마 남지 않았다는 것을 잘 알고 있사옵니다. 그래도 먼저 세상을 떠난 보국대왕이나 계림대왕보다 오래 산 덕분에 이런 영광을 누릴 수 있질 않사옵니까?"

"우리 배달국이 이렇게 사해(四海)를 두루 아우를 수 있을 만치 문명(文明)이 앞선 큰 나라가 된 것은 모두 보국대왕인 을지문덕 장군이나 계림대왕인 김백정 장군 그리고 사비왕과 같은 훌륭한 분들이 계셨기에 가능한 일이었소."

태황제는 수년 전에 을지문덕과 김백정이 각각 수명이 다해 세상을 뜨게 되자 대왕(大王)이라는 작호를 내리고 그 업적을 기리도록 했었다.

또한 10여 년 전 무장상선(武裝商船)이 만들어지고 나서 청룡상단과 백호상단이 험난한 날씨와 해적과의 싸움 등 수많은 역경을 극복해 가며 결국 유럽 항로를 열었고, 이를 통해 배달국이란 나라가 유럽에 알려지게 되었다.

그 이후 그들 나라의 선박 수준으로서는 바닷길을 이용하지 못하고 실크로드인 육로를 이용하는 것이지만, 이집트나 유럽 각국에서 사신단과 선진 문물을 배우겠다고 유학생들이 오고 있을 정도였다.

"폐하, 미력한 노신도 그분들과 같은 자리에 끼워 주시니 황공할 따름이옵니다."

"그 무슨 말씀이요? 과인이 천족장군들과 함께 처음 이 땅에 내려와 운신할 근거도 제대로 없을 때, 백제 사직과 땅을 아낌없이 과인에게 내어주어 배달국의 초석을 다질 수 있게 해 주시지 않으셨소? 게다가 용맹과 지략이 뛰어난 사비왕이 아니었다면 뉘라서 그토록 빨리 왜국을 평정해서 네 분의 총독이 다스리는 우리 땅을 만들 수 있었겠소? 그 크나큰 공을 어찌 과인이 모른다고 하리요?"

태황제의 말에 눈물이 글썽해진 부여장은 목 메인 목소리로 대꾸를 했다.

"폐하……! 공이라고 할 것도 없는 작은 것까지 세세히 기억해 주시는 폐하께 노신은 그저 감읍하여 눈물이 앞을 가릴 뿐이옵니다."

"당연한 말씀을요. 우리 배달국은 나라와 백성을 위해 몸을 사리지 않고 애쓰신 분들에 대해서는 자손만대에까지 그 빛나는 업적과 이름이 기억되도록 할 것이요."

"황공하옵니다."

흐뭇한 미소로 부여장과 대화를 나누던 태황제는 다시 좌중을 향해 입을 열었다.

"이제 동맹국 국왕과 총독들의 애로사항을 듣기로 하겠소. 말씀해 보시오."

그 말이 떨어지기가 무섭게 고창국의 국왕이 먼저 자리에서 일어났다.

"폐하, 소신이 먼저 말씀을 올리겠사옵니다. 토번은 같은 동맹국이면서도 자주 군사를 몰아 소신이 다스리는 땅의 경계를 넘어오고 있사옵니다. 이를 바로잡아 주시기 청하옵니다."

태황제는 이미 그 말이 나올 줄 알았다는 표정으로 좌측 단 아래에 앉아 있는 강철을 쳐다봤다.

"총리대신! 여기 들어오기 전에 논의가 있은 줄로 아는데 어떻게 됐소?"

얘기가 잘 이루어지지 않았던지 강철이 머리를 좌우로 흔들며 어두운 표정으로 대답을 했다.

"폐하, 폐하께서도 아시고 계시는 바와 같이 토번과 고창국의 다툼은 비단길을 오가는 대상들로부터 거둬들이는 통행세 때문이옵니다. 그런데 두 국왕들이 서로 자신들의 주장만 내세우며 타협을 하려 들지를 않사옵니다."

태황제는 강철이 머리를 좌우로 흔드는 암묵적인 신호를 알아차리고는, 이미 생각해 놓았던 복안이 있었는지 토번 국왕에게 물었다.

"송첸캄포 국왕! 그대가 원하는 것이 무엇이요?"

"예, 소신은 사막 길을 오가는 대상들로부터 거둬들이는 전체 수입을 고창국과 똑같이 나눠야 한다고 생각하옵니다."

"흠…… 그렇다면 고창국의 국문태 국왕은 어떻게 하시길 원하시오?"

"소신은 수입의 삼분지 일까지는 토번 국왕께 내드릴 용의가 있사옵니다. 하오나 반으로 나눈다면 오직 그 수입에만 의존하고 있는 소신의 나라는 더 이상 지탱해 나갈 수가 없는 신정이옵니다."

태황제는 시무룩한 표정으로 토번 국왕을 쳐다보며 입을 열었다.

"과인이 생각하기에 송첸캄포 국왕이 과욕을 부리는 것 같소. 그대는 지난해 당나라 속국이던 토욕혼을 점령하지 않았소? 과인이 알기로 그곳에서 얻은 백성 숫자만 해도 이미 가지고 있던 숫자에 버금가고, 그쪽 길로도 대상들이 적잖이 지나가서 그 수입도 만만치 않다고 알고 있소."

"……."

"그럼에도 거기에 더해서 같은 동맹국인 고창국의 몫까지 넘겨다 보는 것이요? 허어 참! 백성들의 숫자를 늘리고 나니, 이제 동맹국도 눈에 보이지 않을 만큼 나라 힘이 강해졌다고 생각하는 모양이구려."

"폐하! 그런 것이 아니오라……."

"듣기 싫소! 과인은 동맹국의 국경까지 침범하는 토번국의 행동을 동맹에서 탈퇴하겠다는 뜻으로 받아들이고 있소. 그러니 우리 동맹에서 제외시킬 것을 여러 국왕들과 의논해 보겠소."

여태껏 태황제가 그토록 역정을 내는 것을 본 적이 없었다.

토번 국왕인 송첸캄포는 얼굴이 사색으로 변했다. 동맹에서 뺀다는 말은 바로 다른 나라에 침략을 받아도 모른 체하겠다는 것이었다. 아니 그보다 더 무서운 것은 동맹국들과 오히려 적이 될 수도 있다는 말이었다.

그는 태황제가 있는 단상 밑으로 기어가서 무릎을 꿇었다.

"폐하! 아니옵니다. 앞으로 고창국 경계는 절대 넘지 않을 것이오니, 제발 노여움을 푸시옵소서."

"흥! 기왕에 말이 나온 김에 한마디만 더하겠소. 우리 배달국에서는 한참 낙후된 기술로 여기고 있지만, 어떻든 당나라가 몰래 훔쳐가다시피 한 그 기술로 만든 신기전 화포를 귀국은 과인 몰래 당나라에서 들여오질 않았소? 과인은 이미 오래전에 그 사실을 알았음에도 여태껏 말없이 참고 있었던 것이요."

그는 머리를 대전 바닥에 찧으며 변명을 했다.

"폐하! 말씀하신 대로 다섯 대의 신기전 화포를 들여온 것은 사실이나, 그것은 당나라에서 그냥 주겠다고 하는 바람에 손해가 없겠다 싶어 앞뒤 분간 없이 그렇게 한 일이옵니다."

"이보시요, 송첸칸포! 그대가 뭐가 예쁘다고 당나라 이세민이 그런 무기를 그냥 줬겠소? 그 무기를 왜 주는지는 한번쯤 생각해 보셨을 것이 아니요?"

"……."

"여하튼! 그대는 동맹국으로서 하지 않아야 할 행동들을 했소! 땅도 넓어지고, 백성이 늘더니 이제 눈에 뵈는 게 없는 모양이구려."

"……."

"외교부 대신! 지금 그곳에는 어느 왕자가 주재대사(駐在大使)로 가 있소?"

약덕이 자리에서 일어나 대답을 했다.

"예, 폐하! 박상훈 천족장군 전하의 왕자가 토번 주재대사로 가 있사옵니다."

"흠……! 외교부 대신은 이 회의가 끝나는 즉시, 비조기를 보내 대사로 가 있는 왕자를 데려오시오."

배달국에서는 태황제를 비롯한 천족장군들의 아들들을 동맹국 주재대사로 파견해 경험을 쌓게 하고 있었다.

송첸캄포는 몸을 부들부들 떨면서 용서를 빌었다.

"앞으로는 절대로 그런 일이 없을 것이옵니다."

"하여튼 당분간 이 자리에서 그대를 보고 싶지 않으니, 영빈관으로 돌아가 있도록 하시오."

"예……."

그는 꿇고 있던 자리에서 일어나 어깨를 늘어뜨리고 죽을상이 되어 대전 밖으로 나갔다. 태황제가 그 꼴을 힐끗 내려다보고 있을 때, 고창국 국왕이 입을 열었다.

"폐하, 소신이 다스리는 고창국 국경을 넘나들면서 토번이 대상들을 약탈한 것은 당나라가 부추기는 대로 한 일이옵니다. 하오니 이번 한 번은 용서하시는 것이 어떻겠사옵니까?"

고창국 국왕의 말에 옆자리에 있던 참파국(베트남)의 가려발마 국왕이 발언권을 얻어 의견을 말했다.

"요사이 당나라는 군사적 위협과 이간책을 병행하는 것 같사옵니다. 그들은 소신의 나라와 경계인 안남 도호부에도 오만 명의 군사를 주둔시켜 놓은 것으로 확인되었사옵니다. 아마 토번 국왕도 이런 이간술책에 넘어간 것이 아닌가 하는 생각이 드옵니다."

이때 좌측 앞에 앉아 있던 농업부 대신인 방현령이 자리에서 일어나 가려발마의 말에 대꾸를 했다.

"폐하, 아무래도 당나라에 엄중한 경고를 해야 할 줄로 아옵니다. 그리고 참파 국왕께서는 크게 걱정하지 않으셔도 될 것이요. 당나라 이세민이 군사를 증강시켰다고 해도 경거망동하다가는 우리 배달국에서 가만히 있지 않을 것이라는 것을 잘 알고 있을 터이니 말씀입니다."

방현령은 20년 전만 해도 이세민의 신하였기 때문에 그에 대해서는 너무나 잘 알고 있었던 것이다.

참파 국왕이 대꾸를 했다.

"소신은 걱정해 본 적이 없소이다. 백성들을 잘살게 하는 것이 땅을 넓히는 것보다 더 중요하다는 태황제 폐하의 말씀만 염두에 두고 있을 뿐이외다."

태황제가 대전 안이 떠나가도록 웃었다.

"하하하! 가려발마 국왕께서 너무 본국을 믿고 있는 것은 아니시오? 당나라에서 오만 대군이나 코앞에 가져다 놨는데도 그렇게 태평하시니 말씀이요."

"아! 물론 그들이 삼만 정병만 보내도 우리 참파국은 짓밟힐 것이옵니다. 그러나 외방에 있는 소신은 〈신의 나라〉인 배달국을 믿고 있기 때문에 전혀 두려울 바가 없사옵니다."

"하하! 고마운 말씀이요. 총리대신!"

"예, 폐하!"

"양만춘 장군에게 명을 내려 우리 7군단을 당나라와 국경인 개봉으로 옮겨 놓으라고 하시오."

"알겠사옵니다."

"모두 들으세요. 당나라에는 따끔한 경고를 하겠지만, 사실 과인은 이곳 중원 구방에서 아옹다옹하는 것이 바람직하지 않다고 생각하오. 그래서 지난해에는 삼천 명의 백성들을 북아메리카로 보내 살 터를 잡아 주고 돌아왔소. 또한 내년에는 저 남쪽 호주라는 곳에 백성들을 보내 터를 잡아 살게 할 계획이요. 그렇게 전쟁을 하지 않으면서도 계속해서 세계 곳곳에 우리 백성들이 살아갈 땅을 늘려나갈 것이요. 이것이 과인과 함께 하늘에서 내려온 우리 천족장군들의 뜻이요!"

대전에서의 회의는 계속되고 있었고, 배달민족의 역사도 그렇게 다시 쓰여지고 있었다.

—전5권 끝

| 작가의 말 |

통쾌한 우리 민족의 대서사시를 쓰고 싶었다. 이것은 학창 시절부터 글쓰기를 즐겨하던 내가 이 나이가 되도록 두고두고 마음속에 간직해 온 바램이었다.

농촌에서 하루의 끼니를 걱정해야 하는 어려운 집안에서 태어나고 자라서인지 민초들의 고단한 삶이 늘 눈에 밟혔다. 이후로 공직자들 특히, 선거를 통해 짧은 임기 동안 관직을 맡는 자들의 행태를 보게 되면서, 큰 자리에 있거나 작은 자리에 있거나 지도자 자리에 있는 그들에게 진정 나라와 국민을 위하여 부끄럽지 않게 생각하고 행동하고 있는지, 가슴에 손을 얹고 생각해 보라고 묻고 싶을 때가 한두 번이 아니었다.

뿐만 아니라 우리 국민이 타국에서 목숨까지 잃는 피해를 당해도 국가가 말 한마디 변변히 못하는 경우도 보아 왔다. 이웃나라들이 우리 민족 역사를 폄훼하고 왜곡하는 것도 모자라 우리 땅까지 자기

네 땅이라고 억지를 쓰고 있는 현실을 보면서, 이것은 우리가 힘이 없기 때문에 겪는 서러움이라고 생각했다.

물론 그것은 여러 세대를 통해서 글줄깨나 읽었다고 하는 자들과 위정자들이 찬란한 우리 역사를 주체적이면서 대국적(大局的)인 입장에서 인식하고, 기록하고, 해석하지 못하여 기껏 중국사의 변두리 역사나 종속 역사 정도로 치부되게 만든 잘못도 있으리라.

이렇듯 가슴 저미는 안타까움과 아쉬움이 반복되고 되새김질될 때마다 작품에 대한 내 열망에 불을 댕겼고, 채찍질을 가했다.

삼국지만큼이나 웅장하고 우리 민족의 위대함을 다시 한 번 생각하게 하면서도 스트레스를 속 시원하게 날려 줄 장쾌한 작품을 써 보겠다고 마음먹었다. 그렇다 보니 정통 역사물로는 한계를 느껴 퓨전적 요소를 도입했고, 비슷한 시대의 실존 인물들을 대거 등장시키게 되었다.

하루하루를 연명하기 힘든 고된 삶 속에서도 나라를 걱정하는 민초들의 순수한 마음과 그들을 품에 안아 주어야 할 벼슬아치들의 자세, 그리고 백성들 위에 군림하는 위정자가 아니라 그들과 함께 호흡하면서 나라와 민족 발전을 고민하는 진정한 위정자들의 모습을 그리려고 애썼다.

그러나 막상 긴 여정을 마무리하고 나니 처음 의도했던 것과는 달리 부족하고 아쉬운 점이 적지 않지만, 나름으로는 최선을 다했다는 것으로 부끄러움을 감춘다. 못내 아쉬운 것은 처음에는 20권에 이르는 긴 장편을 기획했다가 여러 사정으로 5권 분량으로 맞추면서 백제가 산동, 요서 지방을 경영했던 부분과 배달국이 중원과 세계를 경략하는 부분을 좀 더 깊이 있게 그려 내지 못했다는 점이지만, 그것은 훗날 기회가 닿는다면 보충하기로 했다.

그동안 수시로 조언과 격려를 아끼지 않으신 고등학교 은사이며 작가이신 양승본 선생님과 권성훈 시인, 그리고 공직에 있는 여러 선후배 여러분께 이 자리를 빌려 고마움을 전한다. 마지막으로 이 책이 나오기까지 도움을 주신 연인M&B 대표이신 신현운 시인께 감사를 드린다.

향곡정사(香谷精舍)에서

신영진

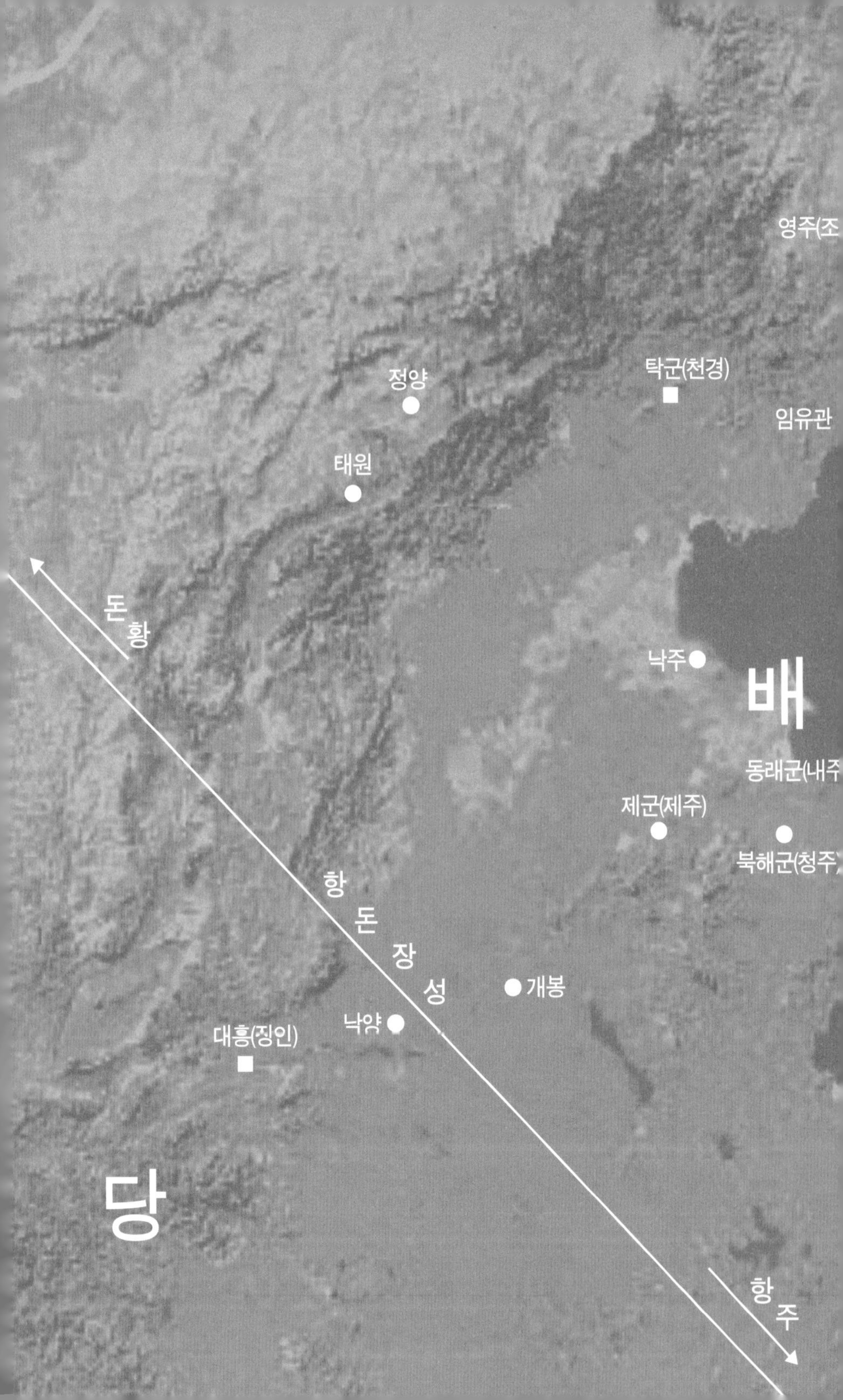

영주(조
탁군(천경)
정양
임유관
태원
돈황
낙주
배
동래군(내주
제군(제주)
북해군(청주
항돈장성
개봉
낙양
대흥(장인)
당
항주

요동성

원산

장안성(평양)

비사성(대련)

남포

부소갑(개성)

익현현(속초)

달 국

칠중성(파주)

만노군(진천)

당성(화성)

국원성(충주)

웅진성(공주)

중천성(부여)

서라벌(경주)

기벌포(장항)

월나(영암)

이도성

대마도(두섬)

탐라

국지성